最後的再見

Last Goodbye

瑪琪朵 著

天亮了，星星都去哪裡了？

「我還在這裡，只是妳看不見我。」

楔子

已經走到盡頭的東西，重生也不過是再一次的消亡。就像所有的開始，其實都只是一個寫好了的結局。

——宮崎駿《千與千尋》

黃昏之時，夕陽殘餘的紅與海水反射的藍，將海天交界處模糊成一片氤氳的紫色光。天色將暗未暗，一切如此晦暗不明，白天與黑夜重合在一起，模糊了界線，如同眞相與謊言，如同生與死。

潮汐的聲音從四面八方奔湧而來，海水溫柔地包裹著他，讓他有種重回到生命之初、泅泳在母親溫暖子宮的錯覺。

但那不過是錯覺，如同夕陽的光再瑰麗絢爛，也不過是爲了黑夜來臨前所做的道別。

最後，還是會死吧？

沒關係了，一切都沒關係了。

海水淹沒他的口鼻，胸腔從漲得發痛到毫無知覺，那一瞬間，他腦袋裡想起的，是那女孩的臉。

他曾經告訴她關於最後告別的話語：

「因爲這八分鐘的餘暉，我們無法察覺太陽其實早已經熄滅，好令人傷感。」

「不覺得這是太陽對地球最後的告別嗎？」

鮮紅色的血液一圈一圈地暈開，像盛開在水波裡的玫瑰，那是用盡他生命開出的花朵。

最後一絲太陽光線從海平面消失的時候，他閉上眼睛，無聲地祈禱——

如果世上眞的存在神明，那麼，請幫我告訴她：對不起，再見。

海平面之下，是一片密不透光的黑暗，一切喧囂終於消融在平靜裡。

海平面之上，星辰的光透露出來，像含淚的眼睛，從來不曾離開。

第一章　當每顆星星

顧凱風，你什麼時候回來？你在國外有沒有好好照顧自己？那裡冬天很冷吧？下雪了嗎？食物吃得還習慣嗎？算了，都待三年了，不習慣也得習慣。

交新女友了嗎？爲了表示身爲前女友的大度，我願意祝福你，但結婚時就別邀請我了，我怕我會帶一桶炸藥去當賀禮。

顧凱風，我沒有想你，只是想問你記得今天是什麼日子嗎？

今天是陶寶的生日。

三年多前我們撿到牠時，牠渾身髒兮兮像塊臭抹布，躲在垃圾堆角落瑟瑟發抖，是你將牠撿回來。然後我們帶牠去看獸醫，獸醫說牠年紀大了又生著病，一定是被主人遺棄了。

當時你對我說，沒關係，我們來養牠，給牠新的名字，今天就是牠的重生之日。

我沒有很想你，眞的沒有，你別誤會。

我打這通電話的目的只是想告訴你，陶寶很想你，一大早就坐在門邊等你帶著牠最愛的肉骨頭回來。

你走的那天，還沒跟陶寶說再見，這隻笨狗會傻傻地一直等你。

顧凱風，你回來吧。

現在，倒數第四十九天

《小美好》熱播的時候，炸裂一票姊姊阿姨久違的少女心，也炸裂我沉寂已久的高中同學圈，我的通訊軟體平均一天出現十幾則關心我和顧凱風的訊息。

「啊！妳看了沒？陶霸，妳看了沒？」

「沒。」

「快去看看，男女主角是學霸和學渣，這部講的根本就是顧凱風和妳的故事嘛！」

這讓人怎麼回話？

「來，傳幾張劇照過去給妳感受一下。」

接下來是一波男女主角劇照的甜蜜爆擊。

「小陶子，剛剛來的消息，今天下午四點女演員淨淨的採訪要延到周六，除了日期，時間、地點都沒變。」梁子衿趴在辦公桌隔板上，笑嘻嘻地望著我，「雖然那天是美妙歡樂的週末假日，但我想妳反正閒閒沒事孤苦伶仃沒人約，於是就替妳答應了。」

「……別叫我小陶子，聽起來很像太監。」

「對了，陶陶，」他從善如流地改口，「妳先前給我的訪綱要修改，對方經紀人說不能提緋聞，重新發出去前先讓我看過。」

「禮拜六有加班費嗎？」

「沒加班費，不過帥哥副總監會陪妳去。」

陪我去？因爲採訪對象是美女演員吧。

「滾。」我咬牙。

「妳就這麼對妳直屬上司說話的？小心我扣妳績效喔。」他不滿。

「請、您、滾。」我像拍蒼蠅一樣用文件夾將他打下去，尸位素餐坐領高薪的人渣。

「怎麼樣？怎麼樣？怎麼樣？怎麼樣？怎麼樣？怎麼樣？怎麼樣？怎麼樣？怎麼樣？怎麼樣？」

我若不回話，方霏這女人會重複跳針直到LINE的訊息欄全被這三個字占滿。

瞄了照片幾眼，我飛快回了一句評論，「我比女主美，顧不比男主帥。」

「我不是問這個，顧凱風到底何時回來？」

「誰知道。」

「少一副雲淡風輕的模樣，是誰昨晚當著我的面，哭著說要打電話求他回來？」

「那一定不是我。」

「有圖有眞相！爲了怕妳事後抵賴，我還錄影存證，妳自己看看！」

影片裡，披頭散髮的瘋女人一手抱著酒瓶一手抓著手機，叫魂似的聲聲哀求：「你回來，回來吧！嗚嗚嗚，嘔……」然後吐了一地。

我愣怔地看著這段不堪入目的影片，恨不得能狠狠賞自己一巴掌。

「限妳三秒內刪除影片，不然老子殺了妳。」

「我昨晚把這影片傳給顧凱風了，他……」刻意停頓了下，方霏才又來了訊息，「不過他LINE一直沒讀，手機也是直接轉語音信箱。」

「方霏，老子殺了妳。」

「喂，你們該不會眞的分手了吧？那傢伙似乎把我拉進黑名單了。」

忙死了。

「喂，大樹啊，H女星代言手機那則新聞置入行銷的配圖換一下，別用那張，不然廣告商會殺人……梁老大交代用那張？換，換掉。他美感欠缺你又不是不知道！」

「小惠，內文第三段第二行有個錯字，『不屑一顧』的屑打錯了，打成『肖』了，是『屑』不是『肖』……什麼隨便啦都一樣？兩個字差很多好嗎？妳問我哪個『屑』？頭皮屑的『屑』啦！妳沒念書才來當記者嗎？」

我用肩膀夾著分機電話，邊和小惠逐字校稿，還要應付方霏以關心爲名、行八卦之實的訊息轟炸，正忙得不可開交，手機鈴聲偏偏又在此時湊熱鬧。

來不及看清來電顯示，我抓起手機便吼道：「噯，妳煩不煩啊？說了多少次我和那男人這輩子都不會再見了！」

「妳說妳和誰這輩子不會再見了？」

不妙，是母后大人。

裝死，語氣盡量輕快，「嗨，媽，找我有事？」

「找妳一定要有事？沒事不能找妳？別岔開話題，剛剛妳說的那男人是誰？跟妳什麼關係？」

「我第二任男友啦。」我胡謅。

「第二任男友？妳不是除了小顧之外就沒別人了嗎？啥時交的啊？我怎麼都不知道。」媽將信將疑。

默默翻了翻白眼。不只媽懷疑，我本人也非常想知道我的第二任男友到底在哪裡。

「該不會又是妳死皮賴臉纏著人家男孩子不放吧？」

「媽，妳女兒行情不錯，也是有人追的好嗎？」我忍住再度翻白眼的衝動。

不怪媽，只怪我的少女時代實在太過剽悍，校霸和學霸的戀情人盡皆知，搞得我自己也不好意思沒當一回事。

「我就說嘛，當年就叫妳別吊死在一棵樹上，妳總算想通了。小伙子叫什麼名字？今年幾歲？身高體重？哪裡人？大學念哪？家裡做什麼的？」媽來了興趣，連珠炮似的問完，全不帶喘息。

家庭主婦刨根究底起來十分可怕，沒給她個答案，她是不會善罷甘休的。

「他叫……」我轉了轉眼珠，瞥見被我打下隔板的某人又不死心地爬上來，舉著自己的名片對我擠眉弄眼毛遂自薦。

好吧，他自找的，既然如此老子就成全他。

我十分敷衍地答：「他叫梁子衿，地球人，比我高一點胖一點，跟我一樣有爸爸有媽媽，年齡不是問題。哪間學校畢業？嗯，我想想……一時之間想不起來，到底哪間呢？」

「哥、倫、比、亞新聞學院。」梁子衿打pass的聲音大到幾乎全辦公室都聽見了。

「喔，想起來了，是哥倫比亞新聞學院。」

媽沉默了半晌。

正當我以爲她被梁子衿金光閃閃的海歸學歷震懾住時，她突然冒出一句「沒聽過這間學校呀」，然後感嘆這年頭台灣私立大學多得跟街邊的美語補習班一樣。聽聽這沒見過世面的言論，估計哥倫比亞新聞學院創辦人普立茲聽到都要抱著金招牌哭。

「媽，這不重要。」

「也罷，我不計較他私大畢業，對妳好就好。那你們怎麼認識的？怎麼開始交往的？交往多久了？他長得怎樣？」

「他是我高中學長，後來出國念書，再後來不小心進了同一間公司，算是我主管，平時很照顧我，我們就……在一起了，他長得一副斯……」我吞下「斯文敗類」的字眼，「斯斯文文的模樣。」

梁子衿扶了扶黑框眼鏡，滿意地點點頭，嘴上的笑意更加明媚。

嘖，果然斯文敗類。

「挺不錯嘛。不過，你們吵架了喔？不然怎麼說妳這輩子不再見他？」

「嗯，這是因爲、因爲他……」我頓了頓，把話先暫時停在這裡，製造懸念嘛，新聞話題總要製造懸念才能引起觀眾的注意力。

「快說啊，他怎麼了？」媽很緊張。

我慢條斯理喝了口水，務求逼眞帶點哭腔，其實是被水嗆到，「梁子衿他出車禍，死了……年紀輕輕就死了啊，死在我面前的馬路上，被砂石車輾過去，那叫一個爆頭啊，腦漿併流，屍體被拖行數十公尺，死無全屍啊，嗚嗚嗚，媽媽，女兒命好苦啊……」我把前幾天採訪的車禍新聞換個主詞口述給她聽。

梁子衿嘴角的笑容還未卸下，臉色就拉黑了一層，「妳這女人，夠狠。」我偏過頭欣賞他咬牙切齒的神情，得意洋洋地用口型對他說：「滾。」

沒想到我自然不做作的演技立刻被電話那頭識破，只聽見媽冷冷道：「陶小姐，妳可以再誇張點，或許我還會相信妳。」

嘁，眞無趣。

「妳應該知道我打電話找妳的目的吧？」

「妳對中統一發票兩百塊了喔？恭喜恭喜，現在可以在便利商店直接兌獎了，非常便民唷。」

「少跟我耍嘴皮子。」

「唉。」我嘆息。用膝蓋想也知道媽打這通電話的用意，這事放在更早以前，我頂多打哈哈，能推就推，但現在……目光落在方霏傳來的最後一則訊息——

「妳和顧凱風何時會破鏡重圓啊？」

沒有這一天。

和他不會再見了。

該忘了，該向前走了。

「說吧，這次又是誰？」我問。

媽叨叨說著事情是這樣的，就是家裡那個退休的陶老爸，前些日子參加聚會遇見當年的老長官，老長官曾經在某所高中任職教官，「妳還記得妳讀高中時的教官吧，這麼多年了，他對妳印象深刻……」

記得吧？姓徐？還是姓許？

對我印象深刻？

嗯，我摸摸手臂上倏然起立的雞皮疙瘩，「媽，他都幾歲了？我對爺孫戀沒興趣。」

「哎，妳這孩子別插嘴，讓我把話說完好不好？不是他，是他的小兒子……」

退休老人的聊天話題總離不開兒孫，陶老爸沒能含飴弄孫，只能拿出大齡女兒的美照炫耀，順帶吹噓一下我現在是前途發亮的新聞記者，未來還可能是個新聞主播。總之老教官十分滿意，說他有個小兒子剛好在北部工作，一表人才相貌堂堂，名校畢業，還是個醫生，就是個性孤僻了一點，才會至今未婚無女友，和我簡直是天作之合。

我忍了又忍，這句話還是衝口而出：「條件那麼好，至今未婚無女友，媽妳問過他有男友嗎？」

媽沉默三秒，悠悠嘆了口氣：「我就不信我女兒會輸給一個男人，妳就算搶也要把他搶過來。」

說得好像我不立刻跟他交配……呃，我是說交往，就對不起陶家十八代列祖列宗，阿公阿嬤地下有知都不能安息。

如果過世幾百年的祖宗們能夠地下有知，那麼在我每次發懶不想上班，便用「祖父病危」、「祖母摔傷」之類的藉口騙得幾天連續休假時，早就爬出墳墓將我這不肖子孫痛扁一頓，可見老人家他們還是挺縱容我爲非作歹的。因此媽的話我當耳邊風聽聽就算了，充分利用這段時間搞定文字校對，還順手改了幾個標題，撤換掉梁子衿交代非放不可的配圖，趕在截稿時間傳送出去。

「……要不你們什麼時候見個面？」歷時數千字的開場白這時才奔向重點，媽如果上新聞寫作課肯定不及格。

「好。」我爽快答應，管他何方妖孽，不就一起吃個飯嘛，老子承受得起。

媽樂得合不攏嘴，問我何時可以、約哪方便，我給了時間地點，她連忙說沒問題沒問題男方完全配合，生怕我反悔。

其實不需要這樣，我這人最看重承諾，答應的事那怕十八層地獄也會去。

顧凱風高中畢業前夕，我向他告白。

少年長睫毛覆蓋下的眼睛澄淨透明，他盯著我看了將近十秒鐘，忽然淺淺一笑。

他說：「如果妳能和我考上同一所大學，我們就交往吧。」

說完，他將手掌覆在我眼睛上，瞬間我像被下了蠱。

如果前方是個坑，他讓我跳，我也會傻傻笑著跳！

長大後回想起這一段，就覺得顧凱風端著人畜無害的笑容，根本就是一心機男，連拒絕都如此不著痕跡，硬生生戳中我要害。

他篤定我考不上。

但他說只要考上同一所大學我們就交往，換句話說就是：他會守身如玉等我。

是這個意思沒錯吧。

不管當時是他什麼意思，反正當時的我如此解讀了，也愚蠢地相信了。

為了這句話，賭上少女所有的自尊和驕傲，我高三這一年，切斷與所有豬朋狗友的聯繫，連差零點五級就飛天登頂的網路遊戲帳號，都和稀世寶物一併賣掉了。

整整一年，我懸梁刺股埋首苦讀苦苦煎熬，熬過地獄般的備考時光。當我拎著大學新生報到單，大搖大擺出現在他宿舍門口時，顧凱風的表情堪稱經典！

我說：「顧凱風，我來了，之前的約定還算數吧？」

我對你的承諾不管經過多久，決不賴帳。

那你呢？

現在，倒數第四十三天

週末下午，結束為女演員淨淨新戲宣傳而做的採訪，梁子衿開車載著我抵達一間高級餐廳。

「花了九分二十五秒，梁子衿你還能再開快點。」我沒好氣地嘲諷。

「喂，妳當我是計程車啊。」

「油錢給你報公帳，老子就不計較了。」

「利用公務車處理私事就算了，還使喚上司當司機，這種事虧妳幹得出來。」

「學著點，這叫『物盡其用』。」

我爬進後車座，從雜物堆裡撈出一個寫著大大「陶」字的紙箱，從裡面翻出一件黑色平口小禮服。這可是每個記者跑新聞必備的後車座百寶箱，裡面放滿因應各種場合的扮裝道具，必要的話還有各種防身工具。

「嘿嘿。」梁子衿吹了記口哨，不懷好意地笑。

「轉過頭去，不然我戳瞎你的狗眼。」我舉起一隻酒紅色高跟鞋，作勢威脅。

「大人饒命，小的不敢、不敢。」梁子衿立刻轉過身，背脊挺直，端坐在駕駛座上。

這隻高跟鞋的鞋跟足足有十公分高，尾端釘上尖銳的鐵片，踩在地板上會發出叩叩聲響，穿起來特別有女主播的氣勢。

每個女記者心裡都有一個主播夢，我也不能免俗。

美女主播通常都有一批狂熱粉絲，如果被狂粉跟蹤脅持，我就能拿這隻高跟鞋當武器，殺人滅口後馬上穿在腳下離開現場，找不到比這更完美的凶器了。

別理我，我有被害妄想症。

我迅速脫掉身上這件公務用套裝，換上黑色平口小禮服，撥弄一下垂在肩上的頭髮，有點懊惱地發現自己竟然穿了白色胸罩，眞失策，猶豫了三秒，從百寶箱裡找出剪刀，喀擦喀擦兩聲，拜拜，和黑色禮服完全不搭的白色肩帶。

「嘖嘖，看不出來……穿衣顯瘦，脫衣有肉，可惜長在不該長的地方……」梁子衿後仰著頭，嘴裡不知道在嘀咕些什麼。

我手肘一抬，從後座架住他的脖子，聲音沉沉道：「先生，搶劫。」

「喔不！拜託別殺我！我好害怕……」梁子衿舉起雙手十分配合，「妳要劫財、還是劫色？不然劫財劫色一起來吧，我全都依妳。」

「財！色就免了。」我啐了他一口，從他外套內裡的口袋摸出皮夾，「借我一千塊，我沒帶錢，下禮拜一上班還你。」

「錢都忘記帶，妳今天還帶了什麼出門？」

「腦袋呀。」我理直氣壯地回。

梁子衿笑了笑，摸摸我的腦袋，「快去吧，妳的相親對象等太久了。」

壞習慣！我狠瞪他一眼，扯順了被他揉亂的頭髮，打開車門出去後再用力甩上，他從車窗探出頭來喊住我，「喂，小陶子。」

「又幹麼？」

「別嚇跑人家……」

我雙手叉著腰，等待他把話說完。

「說不定這是妳最後一個相親對象了。」

「隨便吧。」我頭高傲一甩，踩著高跟鞋揚長而去。

餐廳入口處，一名穿著燕尾服的接待員將我攔下。

「您好，請問有預約嗎？」

「有。」

「登記的名字是？」

「嗯……」我陷入長長的思考，突發性失憶真要命，媽明明說過對方的名字，姓徐、還是姓許？好像叫志什麼來著，算了隨便，接待員胸前名牌剛好有個「明」字，那就叫「徐志明」吧。

「請問登記的名字是？」接待員禮貌的笑容快僵在臉上了。

「徐志明。」

接待員查詢了半分鐘，客氣地回覆：「抱歉，小姐，沒有這位客人，要不要……」

「抱歉，我記錯了，是許志明。」

「好的，我再重新查詢一次，請您稍等。」

「不用了，我見到我朋友了，他正在向我招手。」趁接待員還沒反應過來，我閃身走進餐廳，眼前展開一處偌大的空間，華麗的水晶燈將裝潢映照得金碧輝煌，精緻的白色屏風隔開桌椅，形成一個又一個隱蔽的用餐區域。

見到朋友這句鬼話當然是謊言，我連那位相親男的姓名都記不得，又怎麼可能記得他長得是圓是扁？

不過我說了，我今天帶了腦袋出門，突發性失憶不妨害我理智判斷，我緩步走在座位間，目光假裝不經意地四處梭巡。

該不會是老教官的年輕版本吧？那麼我現在、立刻、馬上掉頭走。

扣除掉女性及攜伴的男性，可能人選剩下寥寥數人，按照媽描述的年齡、氣質、職業性質一一篩選比對，憑著數年下來訓練有素的敏銳直覺，我走向一位身著白色襯衫，神色略顯拘謹且頻頻看錶的男子。

印象中的老教官凸眼塌鼻，還有些暴牙，幸好他的小兒子沒那麼糟。

「許先生嗎？抱歉來晚了。」我報出名號，「你好，我叫陶陶。」

他飛快站起來，顯得有些手足無措：「妳好，陶……陶……」

「《詩經》君子陶陶，其樂只且的『陶陶』。」我微微一笑，「叫我陶小姐就可以了。」

「這、這樣啊，好特別的名字。」

「嗯。」我不置可否。

眞心討厭需要自我介紹的場合。

雖然老爸再三保證他幫我取名時，帶著十二萬分莊重、虔誠的心，絞盡腦汁引經據典才找出這麼個好名字，然而我並不領情，我認爲他只是偷懶，看我妹的名字就知道了，她叫陶樂樂，多敷衍。

陶陶這名字小時候聽起來挺可愛的，長大了卻頗讓人感到困擾，叫單個字的話，後面總要加上稱謂，像是「陶小朋友」、「陶同學」、「陶小姐」、「陶記者」……怎麼叫都顯得疏遠，連名帶姓稱呼又因爲疊字的緣故，怎麼聽都太過親暱。

如此怪里怪氣的名字，導致我中二病發作了一整個青少女時期，老是臭著一張臉，誰敢用黏膩噁心的語調叫我陶陶，老子一定揍人。

揍人揍出名號，沒人敢惹我了，同學們敬我是校園惡霸，送了我「陶霸」的稱號。

被人「陶霸」、「陶霸」叫久了，再溫婉可人的女孩都會變成動不動就爆粗口的漢子，由此可知名字對於性格的影響實在巨大。

我僅有的一丁點少女心，大概全傾倒在顧凱風身上了。

校霸追學霸，大家看到的是我辣手催花的過程，卻忘記學霸也有一個「霸」字。

顧凱風從來不叫我名字，有段時間他看都不看我一眼，當我是空氣，後來他總算看我了，只是多半是斜著眼，我還好心勸他去眼科檢查一下是不是斜視。

被我霸王硬上弓後，他不再斜眼看我，開始對我有了稱呼，他叫我「喂」。「喂，吃飯」、「喂，陪我去圖書館」、「喂，不要玩太晚，早點睡」，「喂」來「喂」去，連叫路邊的流浪狗都比叫我親暱。

搞得我懷疑哪天人家問他女朋友的名字，他只說得出「喂」。

「喂，妳──」

「幹麼啦？」

「不要生氣。」

好啦，原諒你。

經過最初的自我介紹後，對方的神情已經沒那麼緊張，長相沒什麼記憶點，但還算順眼，舉手投足有條不紊，感覺是個井井有條的人，雖然話不多，暫時也找不到共通話題，不過總比一屁股坐下來就聒噪不休的男人好，這點我頗滿意。

他似乎也對我甚感滿意。

怎麼知道的？

我注意到他眼中微微閃動的光亮，所有男人都一樣，那是最原始的欲望。

我對自己的外貌十分有自信，只要不太快露出本性嚇跑人家，誠如梁子衿所言，說不定眼前這人眞會是我最後一個相親對象，兩人就這樣將就著過一輩子。

「我們點餐吧。」

「不好意思，我已經先點我自己的份了，陶小姐妳不介意吧。」

「喔，沒關係，不介意。」畢竟我遲到了一個小時。

小事，我眞的不介意，顧凱風也常常這樣自顧自點餐，不管我的死活。

我做什麼決定都快，唯獨對吃猶豫不決。

「吃什麼？」

「隨便，都可以，我不挑。」

「自助餐？」

「不要，菜色太多懶得挑。」

「排骨便當？」

「不要，萬一配菜出現茄子、蘿蔔、芹菜、波菜……那些我又不愛吃。」我強調，「這不是挑食喔，只是剛好我討厭的蔬菜成爲便當配菜的機率比較高而已。」

「還有花椰菜。」

「對，還有白色花椰菜。」

他白我一眼，繼續問：「那吃麵？牛肉麵？」

「不要，天氣熱，吃完流一堆汗。」

「水餃？滷味？」

「不要，那些只能當點心，吃完很快就覺得空虛了。」

「那妳到底想吃什麼？」

「隨便，都可以，你決定就好。」

像這樣的問與答總是無限循環鬼打牆，顧凱風常常被我搞得很火大，對他而言，吃飯不過是塡飽肚子的小事，沒必要這麼折騰。後來他索性不問了，直接拎著我上學生餐廳，先使喚我去占位，然後逕自去自助餐打菜，基於他點的菜頗合我胃口，我就笑笑不計較了，更何況配著顧凱風那張盛世美顏，我能直接吞下三碗白飯。

抬頭看了一眼對面那男的顏……嗯，還是點餐吧。

我一頁一頁翻看菜單，猶豫不決要吃牛排、豬排還是羊排？好不容易擇定了牛排，不過紐約客、肋眼、沙朗、菲力、丁骨到底要選哪一種？又要幾分熟？該搭配哪種前菜、沙拉、甜點、飲料？組合眞多，眞令人困擾。

所以我討厭高級餐廳，價格那麼昂貴，卻要客人事事自己做決定。

等到我決定好，再度招來服務員的時候，許先生面前已經撤下湯品換上主菜，我偏頭研究他桌上那盤蔬菜園，發現一件驚人的事實——

他的食物是我的食物的食物。

聽起來有些拗口，邏輯不好的人請直接跳過。

「你吃素？」

「是的。」他羞澀一笑，「宗教的緣故。」

道不同不相爲謀。抱歉了，我信的是無肉不歡教。

「那我不吃素沒關係吧？」我禮貌性一問。

「沒關係、沒關係。」

如果我是個有教養、懂體貼的女人，就算不點素食餐，也應該爲對方著想，點個吃起來不那麼嚇人的食物，可我偏不！

我骨子裡奔騰著叛逆的血液，越應該如何如何，我偏偏越不想乖乖照辦。

「普羅旺斯羊排，五分……」我皺眉想了想，倏地笑開，「等等，還是三分熟好了，切開見血的那種我最愛了。」

許先生臉上表情微妙地僵硬了一下。

「陶小姐，我、我突然想起我還有事……能、能不能先……」

「不能。」我用眼神壓下他的蠢蠢欲動，「女士用餐還沒結束，男士先行離席，這可不合禮儀喔。」

一會兒，熱騰騰且香氣四溢的餐點來了。跑了一下午的採訪，我滴米未進，早就餓得前胸貼後背了。

許先生接了通電話後，顯得更加坐立難安，期期艾艾地說：「陶小姐，我想我們之間應該有什麼誤會。」

我忙著大快朵頤沒空說話，只騰得出眼睛瞪他，他嚇得立刻噤聲。

我大口大口撕咬著血淋淋的羊排，不斷吮著骨頭表示回味無窮，他不斷抹去額頭上滲出的冷汗，一副隨時隨地就要昏倒在地的模樣。

十分鐘後，一輛救護車疾駛而來，只是送去醫院的不是我那相親對象，而是我！

竟、然、是、我！

這什麼情況啊？

我不過是在相親的時候吃了塊羊排，下巴就掉下來了。

整張臉拉長三分之一，說話口齒不清，嘴巴再也合不攏，一試著閉嘴太陽穴就疼得像有人拿錐子戳一樣。

餐廳服務員嚇壞了，急急忙忙將我送進急診，又因爲沒有立即的生命危險被掃地出門，而週末向來是看病的黃道吉日，醫院門庭若市，各科掛號處人滿爲患，難怪人家說台灣健保不倒是世界奇蹟。

轉了幾處門診，我終於在走道上攔住一位骨科醫師，他體格高大壯碩，袖子捲起的手腕隱隱露出刺青，說他是黑道大哥我也相信。

極道醫師看了我的下巴一眼便說：「這是顳下頜關節脫位。」

嗚嗚嗚嗚……請說人話，謝謝。

「下巴脫臼而已啦。」他找出一張切結書遞給我，「這種情況醫師徒手整就行，不過如果妳怕痛，想要麻醉後再進行，那就要簽切結書。」

如果當時我能說話，定會回他一句「那能順便幫我整成瓜子臉嗎？」可惜當時的我無法清楚表達意思，萬一他將我整成苦瓜臉，又不肯拿他的下半輩子來負責怎麼辦？於是我只好安靜走開。

來到麻醉科之後就是等待，無盡的等待，如果非要給這份等待加一個期限的話，我想那會是一萬年。

我持續著下巴脫臼的狀態，從發出殺豬似的嚎叫，最後只剩下斷斷續續的嗚咽，連瞪人的力氣都沒有，而我的相親對象早已消失無蹤。

「護士小姐，請問還要等多久啊？」

「今天需要麻醉的病人有點多，請按照掛號順序候診。」

嗚嗚嗚嗚……拿酒來，老子把自己喝醉行不行？

「我朋友躺在那兒很久沒人理了，拜託行行好，讓我們插個隊吧。」

「不行。」

「偷偷告訴妳吧，我朋友是NEW新聞的記者，你們不讓她插隊，小心她爆你們料。」

護士小姐冰冷而機械地答道：「抱歉，醫院規定就是這樣，誰來都一樣。」

嗚嗚嗚嗚……蠢豬，別再說了，妳是嫌我不夠丟人嗎？

我趕緊拿塊遮羞布蓋在臉上。

「陶霸我跟妳說，前陣子新聞報導有個三十歲出頭的工程師，吃飯時突然半邊臉垮掉，醫生說是過勞引起的小中風，跟妳的情況一模一樣，妳該不會也中風了吧？」

我摸摸失去知覺的半邊臉，心下只覺萬分悲涼。

「護士小姐妳看看，一個漂漂亮亮的女人現在嘴巴合不攏，口水滴得到處都是，不到三十歲卻一副老年痴呆的模樣，妳說她以後怎麼辦？嗚嗚嗚。」

方霏，我從小到大的好閨密，一接到通知便第一時間趕來醫院，我應該感激她的，但為什麼我只想拿膠帶封她的嘴呢？

「哎呀，她又流口水了，好噁心，護士小姐，她不會眞痴呆了吧？」

聽到這句話，我想死的心都有了。

不知道又等了多久，昏昏沉沉之際，依稀聽見有人喊著醫師過來了。

「怎麼弄的？」

「據說是吃羊排的時候……」護士小姐流利地答話，周圍響起吃吃的笑聲。

我才迷迷糊糊睜開一條眼縫，方霏就已經先撲過去了。

「醫師，求求你救救她，她快死了。」

吵死了，臭三八，我只是閉目養神，還有下巴脫臼不會死人好嗎？

那醫師穿著白袍、臉上戴著口罩，只露出一雙狹長的眼睛。

一睜開眼就對上那雙有些淡漠的眸子，我有一瞬間的怔愣。

顧凱風？

不是吧？

命運待我何其殘酷，竟讓我以最不堪入目的樣子和初戀男友相逢？

嗚嗚嗚！啊啊啊！

我一個激動，翻身從推床上滾下來，顧不得還沒裝回去的下巴，拔腿就跑。

「陶霸妳別跑，妳跑去哪？妳瘋了嗎？」
「快！快抓住她！病人精神崩潰了！」
「小心，別讓她亂跑！別讓她撞到其他病人！」
「注意注意！病人手中有攻擊性武器，小心別被她砸到了！」
「麻醉針準備，押回床上綁起來！別讓她亂動。」
走廊響起此起彼落的尖叫，急促的腳步聲不斷，各式物品乒乒乓乓地掉落一地，一陣混亂中，一位骨科醫師勇猛地飛撲向前，將大鬧醫院的瘋女人制服。
這場騷動總共造成兩個人體模型被撞倒、三個護理工作站被撞翻、四根點滴架歪倒傾斜，十數餘名醫護人員與病患恐慌潰逃，所幸無人傷亡。
而下場就是，我，陶霸，活了二十五年又三百零八天的人生，向來只有我綁人，沒有人綁我，現在我卻被五花大綁在推床上動彈不得。
無法說話，只能發出呼哧呼哧的聲音表達抗議。
「陶霸瘋了，嗚嗚，可憐的孩子，我不會拋棄妳的，我會請醫生爲妳好好治療的。」方霏抱著我哭得像死了親娃，不知情的人還以爲哪裡來的母子情深。
聽到她這樣說，我更生氣了，氣呼呼地扭動身體，不斷用頭去撞床邊的側欄，讓顧凱風目睹我這模樣，我不如瘋了算了。
穿著醫師白袍的那個男人始終不發一言，伸手擋在我的頭部和側欄中間，減緩撞擊帶來的力道，直到我逐漸恢復冷靜。

我瞪著他，瞪著瞪著，眼睛突然酸澀了起來。

我不能說話，但是你能說。

你來，你來說，難道你沒半句想對我說的話嗎？

最後他說：「麻醉針。」

現在，倒數第四十二天

分手後，我曾幻想過千百次我和顧凱風相逢的情景。

例如，我開著保時捷經過街邊一個落魄的流浪漢，丟下幾枚銅板絕塵而去，而他痴痴望著我的背影，流下懊悔不已的眼淚。

又例如，他帶著鮮花鑽戒來求婚，聲稱我才是他此生唯一摯愛，而我高高仰起脖子說：「你來晚了，我已經答應嫁給胡歌了。」

好吧，以上情節太過不切實際，我是成年人，應該理性一點，所以最符合現實的狀況就是——我接到新聞採訪通知，有個男人孤獨死在寓所，留下一封遺書給初戀情人，當我趕到現場，發現他臨死前抱著我送給他的絨毛狗娃娃……

諸如此類的幻想層出不窮，不管時空背景如何變幻，就算再見面時，我不是意氣風發地將他踩在腳底下，至少也不該是這副嘴歪眼斜半中風的醜陋模樣啊！

「我說妳啊，故意嚇跑相親對象就算了，吃羊排吃到下巴脫臼，妳也眞夠前無古人後無來者。」梁子衿邊替我上藥邊罵，「妳說我是該嘲笑妳？還是該佩服妳呢？」

歷經先前那場大鬧，我渾身傷痕累累，頭上腫個大包，尾椎痛得不得了，手腳還添了好幾處皮肉傷。只是梁子衿技術實在不好，OK繃貼得歪歪扭扭，藥也隨意亂抹個幾下就算，敷衍得很。

我努努嘴，下巴裝回去了，謝天謝地我能說話了。

我看著被他包成豬蹄的手，不禁皺眉，「怎麼是你在替我包紮？醫護人員呢？」

「還好意思提？誰敢靠近妳方圓十公尺？不把妳送進精神病院就不錯了。」

這倒是，我咳了一聲，「方霏呢？」

「妳說妳朋友？她一看見我就說『不打擾了』、『這孩子隨便你了』、『趁機把她辦了吧』，說完一堆莫名其妙的話之後，她就回去了。」

我臉一抽。這臭三八，該不會誤會我和梁子衿有什麼了吧？

「她說話就是這樣不經大腦，她沒別的意思，她就是……」我急著解釋。

梁子衿打斷我的話，「我回她『妳在的確挺不方便、挺打擾的』，她笑咪咪地塞給我這個就走了，我還沒仔細看是什麼。」說著，他從褲子口袋摸出一個包裝上寫著「甜蜜水果大戰激情夜」的神祕小東西。

估計他也沒料到是這種玩意兒，兩個成年人都尷尬得愣住了。

「呃，妳朋友都這麼……」他思索幾秒，「奔放？」

「她不是我朋友。」我連忙否認。

「妳用不用？」

「不用。」我斬釘截鐵。

「不太好啦，我怕鬧出人命。」梁子衿雙手交疊托著下巴，深情款款地說：「這樣我就要對妳負責了。」

我一個眼刀掃過去，老子現在殺了你，這樣也算鬧出一條人命，我對你負責，每逢你忌日，我負責燒柱清香給你。

然而梁子衿的眼神卻看得我渾身不自在，好像被坑進了某種曖昧的圈套，我得趕快轉移話題，對，轉移話題。

「那個，大樹和小惠他們很高興吧，生活版多了一條趣聞可以寫。」我自嘲道。

「沒錯，網路點閱率衝太高，夜間新聞還向我要影片去播，標題我直接下了：相親宴悲歌，輕熟女吃羊排疑似中風！」

「你眞讓他們播？」不敢相信梁子衿竟然出賣我！

「當然，這叫物盡其用嘛。」

我搶走梁子衿的手機，打開裡面的新聞APP，第一則就是我的新聞！點閱率第一名、分享數第一名、關鍵字搜索第一名，配圖是張我眼歪嘴斜流口水的醜照，好樣的，連馬賽克也不打，連性侵嫌疑犯都比我有人權！

今晚過後，我就成爲全台灣兩千多萬人茶餘飯後的笑談了，這叫我怎麼塑造專業女主播的形象啊？

「我露臉了，我有肖像權，新聞台得付我版權費。」破罐破摔，當不了女主播沒關係，錢到手才是眞。

「好說好說，自家員工嘛，一定幫妳爭取。」

聽他這麼說，我心裡舒坦一點了，可是——

「等等，爲什麼叫我輕熟女？」

「因爲妳既不是少女、又不是熟女，當然就是輕熟女嘍。」梁子衿頗有耐心地解釋。

好像有那麼點道理，不過——

「我只是下巴脫臼，又不是中風。」我還是不高興。

「這樣下標題比較聳動嘛。」

「梁子衿，身爲新聞人你的良心何在？」

「拿去餵狗了。」他得意地眉峰一揚，「學著點，不然妳以爲我是怎麼爬到這位子的？」

望著他狡黠含笑的眼眸，頓時明白這人分明是拿我說過的話氣我，不過我也不是省油的燈，哼。

「梁子衿，我以爲你升遷得那麼快，是因爲你喝過洋墨水，原來我想錯了……」我裝出一副愧疚的模樣。

「那當然，大家都知道我靠的不只學歷。」

「大家都以爲你靠的是出賣色相。」

梁子衿哈哈大笑，然後嘆了一口氣，似是無奈道：「妳呀少自以爲是，上生活版算便宜妳了，妳知不知道妳大鬧醫院的事差點上社會版，醫院要告妳毀損，還要替被妳弄傷的醫師告妳傷害！警察都來做筆錄了。」他俯身在我耳邊低聲說：「幸好我壓下來了，靠的就是我的色相。」

我一愣，顧凱風被我弄傷了？

回想起來，爲了脫身，我朝他又踢又抓又打，我練過跆拳，下手輕重我自己清楚，情急之下必定是沒輕沒重一頓胖揍！

「很嚴重嗎？」我急忙問。

「肋骨斷了三根，正在急救。」

「蛤？」我傻了。

「騙妳的，一個大男人被女孩子打成重傷也太沒用了吧。」

「那就好。」我有些心虛地問：「那他現在……」

「皮肉傷而已。」

「嗯，沒事就好。」我放下心來，心裡卻隱隱有股說不出的失落。

「所以說，」梁子衿收斂起先前的散漫，視線凝聚在我臉上，「到底發生了什麼事？値得妳鬧出這麼大的動靜？」

我別過臉，呵呵一聲乾笑，指指牆上的鐘，「你看，醫院會客時間快到了，不要打擾我休息，你快滾吧。」

現在，倒數第四十一天

這一晚，我沒有睡好，翻來覆去直到天濛濛亮才睡著，恍恍惚惚之間彷彿看見顧凱風立在病床前，身影沐浴在溫暖的晨光裡。

吻我吧、抱我吧，什麼話都不用說，只要給我一個吻，我就能當作我們從來沒分手，只是吵了很長時間的架。

看，愛上一個人有多卑微，連自尊都可以不要了，像張愛玲說的，卑微到塵埃裡，然後開出一朵花來。

「傻瓜，眞是個傻瓜。」他的嘆息擦過我的耳際。

不過是場夢境而已。

我告訴自己，這只是一場幾可亂眞的夢。

我的傷並沒什麼大礙，也不想浪費醫療資源，醒來之後，我沒有通知梁子衿和方霏，自行火速辦了出院手續。

「陶小姐，這是妳的健保卡。」

「謝謝……咦？」手中的健保卡冷不防被人抽走，我疑惑地抬頭，再度對上那雙清冷的眼眸。

「陶小姐，」他一手高舉著我的健保卡，一手將一張批價單拍在櫃臺上，「這張付掉才能走。」

看過批價單，我一口老血差點沒吐出來，「七萬九千元？爲什麼我要賠這麼多？」

「上面寫得很清楚。護理工作站的維修費和打翻藥品的價格，還有這個……」他指指額上的傷，「醫療費。」

這男人依舊戴著口罩，讓人猜不透他臉上的表情，但我聽出隱約的笑意藏在他的語氣裡，有點幸災樂禍，有點像在說死罪可免活罪難逃。

我抬起頭瞪著他，內心戲是我掄起拳頭狠狠教訓他一頓，然後將他按倒在牆上進行一場兒少不宜的圈圈叉叉。

內心有多狂野，我外表就有多冷淡平靜。

「不就錢嘛，小事。」我眯著眼笑，拿出皮夾瀟灑地用指尖彈出一張信用卡，卡片拋向空中旋轉三圈半完美落在櫃臺上，這動作我偷偷練習過很多次，終於派上用場。

「刷卡吧。」我氣勢十足。

只是當櫃臺小姐連續刷了幾張卡，卻都得出相同的結論：「您的卡片刷爆了」。

我尷尬得想抽自己幾巴掌。

賭上昨晚他在我耳邊的那聲嘆息，我厚起臉皮對這個戴口罩的男人說：「不如你替我賠吧。」

他眉壓得低低的，眼神深不見底，「非親非故，我爲什麼要替妳賠？」

非親非故？撇得眞乾淨，他越是如此，我偏要和他沾親帶故。

我在心裡先將自己狠狠唾棄一番，然後拽住他的醫師白袍，以一種嗲到欠抽的聲音說：「寶貝，我知道你還在生我的氣，別生氣了好不好？」

「妳幹什麼？陶小姐，請妳自重！」他嚇了一跳想推開我，豈料我身上這件布料少得可以的平口小禮服讓他無從下手。

所有醫護人員不約而同停下手邊的工作，病床的門簾都被拉開，露出一張張好奇張望的臉，有了觀眾，我演得更加賣力。

「我說分手只是開玩笑的，你別當眞了，人家把寶貴的第一次給了你，你不能翻臉不認帳啊，嗚嗚嗚。」女人嚶嚶啜泣。

「妳胡說什麼？我根本不認識妳。」男人臉色鐵青。

「你可以不認我，但是孩子呢？你不能不認孩子呀，求求你去看看寶寶吧，他很想你，嗚嗚嗚。」這我可沒說謊，我和顧凱風的確有孩子，毛孩子，一隻名叫「陶寶」的馬爾濟斯小狗。

周遭安靜了一瞬，隨即像炸開鍋一樣哄鬧起來。

「想不到徐醫師是這種人，始亂終棄的賤男人，我們對你太失望了。」

「連孩子都有了？徐醫師，你可得好好給人家一個交代才說得過去呀。」

「雖說英雄難過美人關，但徐醫師你也太糊塗了，這女人有什麼好，竟然栽在她身上？」

「醫術固然重要，醫德更不可輕忽，看來徐醫師升任麻醉科總醫師的人事命令要緩一緩了。」

連醫院高層都趕來湊一腳，你一言我一語，議論得異常群情激憤，大有一發不可收拾的態勢。

等一下，徐醫師、徐醫師……眾人口裡的徐醫師是誰啊？誰是徐醫師？

顧凱風何時改姓了？

我眉頭一皺，直覺案情並不單純，上前一把扯下男人的口罩，然後我瞬間石化了。

✦

「就知道我們家徐醫師絕對不是那種人，賤女人，妳誣賴我們家徐醫師到底有什麼企圖？」

「昨天才跟男人相親，今天又莫名其妙冒出個孩子，我要是妳，老早就躲起來了，絕對不敢出來丟人啦。」

「這位小姐，建議妳去做腦部檢查，千萬別放棄治療，幻想症很有機會痊癒的。」

「支持徐醫師提告，要不然每個女病患都跑來說跟徐醫師有孩子了。」

平日輕聲細語的白衣天使瞬間變成得理不饒人的鬼夜叉，也是，誰讓我玷汙了她們心目中的男神。

饒是陶霸臉皮夠厚，被徐太太們左三圈右三圈團團包圍住指責，我實在吃不消。

我選擇call out求救。

方霏說她這輩子沒遇過連初戀男友都能認錯的女人，跟我當朋友她覺得丟人，讓我自己看著辦。我告訴她咱們友誼的小船徹底翻覆，祝她以後又老又肥又被男人甩；而她則祝福我一輩子孤苦終老沒人愛。

手機滑過一輪，從電話簿、臉書聯絡人到LINE好友列表，爲什麼連一個可靠的朋友都沒有？

占據快速撥號鍵頭一位的是暱稱「前男友」的那人，留著不刪是爲了見證自己的愚蠢，最後我按下梁子衿的手機號碼。

對每位女性來說，此人都是準男友預備役，永遠只管曖昧不談戀愛的流氓。

「梁子衿，你現在有空嗎？算了，你不用回答，不管有沒有空你都得借我一筆錢。」我在電話裡跟他大致講述一遍經過。

「小陶子，妳等著，別擔心，我立刻過去。」

電話另一端隱隱約約傳來兩位女性的聲音，一個低柔的嗓音說「寶貝你去哪裡？不是說好大戰三百回合嗎」，另一個較爲尖銳的嗓音說「梁子衿你要是現在離開就死定了」。

「如果你不方便出門，用網路銀行把錢匯給我就好。」我的口氣聽起來很像詐騙集團。

「方便，非常方便。」他忙不迭地說。

我默默掛掉電話，臉上降下三條斜線，心裡替他哀悼：對不起啊，打擾你的好事了。

正當我有點愧疚又有點感動之際，見到梁子衿帶來的大隊人馬，我的下巴又差點掉下來。

「請問您出於何種意圖將徐醫師指認爲孩子的父親？單純是誤會嗎？還是您和徐醫師眞

有不可告人的關係？」

別懷疑，單純只是誤會。

「陶小姐，醫院即將替徐醫師控告您毀謗及損害名譽，請問妳有什麼想法？」

沒有想法。

我臭著臉，那位剛被我栽贓成拋家棄子花心男的徐醫師，臉色自然也好看不到哪裡去。

「請問您會排斥讓孩子做DNA鑑定嗎？」

狗能驗DNA嗎？告訴我？誰家記者問的白目問題？

我眉一壓，凶惡地瞪過去，小惠身體一瑟縮，手中的麥克風幾乎拿不穩。

她小聲辯解：「陶霸，抱歉啦，這是梁老大指定的問題，他說肥水不落外人田，這麼囧又爆笑的事，務必要留給自家新聞台報導，所以麻煩妳配合點。」

大樹戰戰兢兢地架起攝影機，「小陶姊，梁老大交代這則新聞要上影音平台。」

一見攝影鏡頭擺在面前，我職業病就犯了，隨手扒拉一下亂糟糟的頭髮，迅速抹粉補妝，塗上豔紅色的口紅，擺出專業女記者的架式。

「麻煩拍出水準，影片一定要後製，記得修掉黑眼圈，別讓我看起來憔悴不堪。」我扭著手指叮嚀，「再拍出像昨天那樣的醜照，老子就扭斷你脖子。」

「是、是，一定將小陶姊拍得像女星走紅毯。」大樹討好地說：「醫院時尚第一人就是小陶姊。」

我無力地翻了個白眼。唉，也罷，隨他們瞎折騰去吧。

「嘖嘖，才一時半會兒沒看住妳，轉眼間妳又惹事。」梁子衿眉梢嘴角掩飾不住調侃的笑，「奇葩，當真奇葩，妳走到哪都能發生新聞點，我都無語了。」

因爲他這句話，後來公司同事開始叫我「陶奇葩」，不過這是後話了。

「無語的話就閉嘴。」我面無表情問道：「梁副總監，你確定你搞定你床上那兩位小姐了嗎？」

「咦？被妳發現了啊，呵呵。」梁子衿乾笑幾聲。

那兩位穿著妖嬈、濃妝豔抹的小姐正一左一右勾住他的手臂，滿臉哀怨地瞪著我。要不是老爸說我命帶煞氣，妖魔鬼怪絕對不敢近身，我差點就以爲她們是哪裡來的女鬼，陰魂不散地追著梁子衿跟前跟後。

「這兩位是我姊。」

呵呵，我懂，乾姊姊嘛。

梁子衿打發掉那兩位性感乾姊姊，花蝴蝶似的四處飛舞打點，總算讓院方高層打消替徐醫師控告我的念頭。死罪可免活罪難逃，我仍然要賠償醫院的損失，梁子衿說他領了現金替我付掉賠償金，還以NEW新聞的名義捐款給院方，當作我的遮羞費。

「大恩大德，謝謝啦。」

「別高興得太早，這筆錢先讓妳欠著，之後每個月直接從妳的薪資帳戶扣除。」他難得擺出嚴肅的表情。

「能每個月只扣一千嗎？梁老大。」自知理虧，我低眉順眼像個小媳婦似的和他商量，

「拜託啦，我上有老父老母、下有一隻狗兒子要養。」

「妳每天少喝一杯星巴克，每個月至少能省下三千。」

「人是鐵，飯是鋼，咖啡是燃料。」我掩面哀嘆，「星巴克可是小資女的小確幸啊。」

「一樣是咖啡，妳有更經濟實惠的選擇。」

「什麼選擇？」

梁子衿用食指撥弄了一下瀏海，「英俊瀟灑、風流倜儻、燦爛奪目NEW新聞第一花美男，本人在下我，親手泡的咖啡呀。」

說實在的，梁子衿泡咖啡的技術實在讓人不敢恭維，偏偏又愛找我當實驗對象，品嘗他研發的各種口味稀奇古怪的咖啡。

「謝謝你喔。」我暗暗盤算著將第一花痴美男泡的咖啡，拿去賣給即時新聞部的實習生，一杯賣兩百應該不過分吧。那幫涉世未深的妹妹被他迷得團團轉，幸好我對他免疫了，早早看穿他金玉其外敗絮其中的眞面目。

一番折騰之後，這起烏龍事件總算圓滿落幕，梁子衿也歡天喜地和徐醫師互相交換了名片。

我捏著自己的名片，紙張都捏出皺褶了，刮得手心發疼，依舊無法決定是否將名片遞給他。

仔細端詳徐醫師的眉眼，一樣是狹長的眼睛，一樣眼尾略爲上挑，顧凱風是悶騷的內雙眼皮，眼前這男人卻是招搖的雙眼皮。

高挑修長的身形、挺直的鼻梁、略薄的唇及線條漂亮的下頷，雖然兩人同樣都有美男的標準配備，但眼窩下臥蠶的形狀、臉部輪廓和髮型都不一樣，站在一起絕對不會被人認為相像。我當時到底是怎麼鬼矇眼的？

「演什麼深情對望？還不快跟徐醫師道歉。」梁子衿偏過頭，附在我耳邊輕聲說：「我告訴他，妳是因為男友劈腿才會精神失常。」

「可我沒有男友啊。」

「現在是說這個的時候嗎？」梁子衿又推了推我，「去道歉。」

這男人絕對不想再見到我了吧。

我心不甘情不願地走向前，試探著朝那男人伸出手，「抱歉，徐醫師。」

趁這機會，我很快瞄了一眼他胸前的名牌——

麻醉科醫師　徐自南

我簡直恨不得戳瞎自己的狗眼，怎麼發瘋的當下沒看清楚這張名牌呢？

他平靜地將視線落在我身上，沒有任何表情，「沒事的話，請妳帶著記者和攝影機離開吧。」

我有瞬間的失神，就是這張沒有表情的臉，讓我彷彿見到顧凱風就站在面前。

我垂下頭，用力拍了拍臉頰，拚命給自己心理建設：陶霸，瞧妳這點出息，振作點！

再度抬起頭，我已經換上一副職業臉孔，笑靨如花，「徐醫師，我們這樣也算不打不相識，俗話說『見面三分情』，下次我來看病時偷偷讓我插隊吧，我不會告訴別人的。」

說完，我飛快將名片塞進他胸前口袋，還不忘順帶摸了他的胸肌一把，嗯，手感不錯，看來平時有在練，比顧凱風有男人味多了。

我繼續笑盈盈地說：「這是我的名片，改天徐醫師要是發生醫療糾紛，記得第一時間通知我，給我獨家。」

他無言以對，終於不再面無表情，而是渾身迸射出冰冷的氣息。

「我們就這樣說定了，走嘍，拜拜。」我向他拋了個媚眼，趁他身上的寒氣還沒將我凍死前，拎起包包快步離開。

步出醫院門口才發現下雨了，雨下得不小，滴滴答答淋濕了全世界。

我將包包擋在額前，試圖遮擋一點雨水，小跑步到對面馬路的公車亭，捷運站離這裡還有段距離，看樣子只能坐公車回家了。

十一月深秋時節，冷鋒說來就來，每下一次雨，氣溫就降低幾度。

隔著雨幕依稀見著某個熟悉的白色身影朝我走來，手裡還拿把傘。

顧凱風？不對，是徐自南？

我抹了一把臉上的雨水，顧不得把妝抹花了，再定睛一看，沒有顧凱風也沒有徐自南，只有一群穿著白色制服的高中小屁孩追著公車跑過來。

心裡隱隱約約有些失落，恨不得狠狠抽自己幾巴掌。

見鬼了，缺男人缺成這副德性，每隻公的都看成顧凱風是吧？陶霸，妳給我振作點！

再度抬頭，一台騷包的紅色Jaguar閃爍著紅燈停在公車亭前，探出車窗的是一張陽光燦爛的笑臉。

「我送妳回家吧。」梁子衿將我拉進車裡的時候，我正打著冷顫，嘴唇哆嗦得說不出一句話來，他將暖氣調到最高，車窗玻璃瞬間蒙上一層白色霧氣。

他用紙巾替我擦去臉上的雨水，我呆坐在副駕駛座上，任憑他動作。待身體逐漸暖和起來之後，我找回了說話的能力，開口第一句就是：「這可是你主動提的啊，別再說我使喚你當司機。」

「是我心甘情願，行了吧？」

見我不停搓著雙手，他從我屁股底下拉出一件長版風衣外套。

「披著，別著涼了。」

看看這騷包的香檳金色，聞聞這撲鼻而來的濃豔香水味，我嫌棄地拿它來擦了擦頭髮，隨口問：「這又是哪個女人的？」

「我媽的。」

我手下一頓，瞥見他抿著笑意的嘴角，不屑地哼了聲，「乾媽的吧。」

「嘿，妳罵髒話。」

「我沒有。」

「妳有。」

「我沒有。」

「我聽見了。」

「囉嗦，開車。」

雨斜斜地打在車窗外，點點連成線，車子緩慢地穿梭在細細密密的銀線之中。

這城市一遇下雨就塞車。

爲了打發漫漫時間，我玩起手機遊戲，梁子衿職業病發作，拿著手機猛刷網路新聞，不知道看到什麼，他突然眼睛一亮，「小陶子，我請妳吃飯吧。」

「好啊。」我頭也沒抬。

能夠免費蹭飯哪有拒絕的道理，我一心二用地說：「要吃什麼？哎呀，好難決定，不如折成現金給我吧。」

「和上司吃飯當然要吃最高貴的。」梁子衿說完，油門一踩，直奔最「高」而不「貴」的餐廳而去。

「小陶，恭喜妳，妳這則網路新聞的點閱率，短短不到一天就衝破本周新高。」坐在101大樓美食街裡，梁子衿興奮地表示「相親女悲歌」說不定能做成系列報導，探討現今社會大齡女子寂寞芳心造成的性格扭曲，一定能引起廣大共鳴。

「……」

「標題就下『致我們終將失去的少女心』。」

「……」

「置入行銷是一定要的，記得發幾篇通稿給婚友社和鑽石商叫他們買廣告。對了，那個唱過〈大齡女子〉的歌手近期要發片，線報指出她鬧了婚變，安排一下專訪，看看能不能多探出點口風。」

「……」

「別顧著吃，我說的話妳記住了嗎？」

「……記住了。」和上司吃飯等同變相加班，還是折現最實際。

和梁子衿的飯局到後來幾乎都在討論公事，我們擬了幾個主題，迅速敲定受訪對象，決定以專題報導的方式呈現，預計在周四晚間的帶狀新聞節目中播出。

「時間眞趕。」我邊收拾筆記邊嘆氣。

「打鐵趁熱嘛。」梁子衿苦笑，「喜新厭舊就是我們新聞人的宿命。」

「幸好我不念舊。」我說，說得眞瀟灑。

回到自己的小窩時，已經很晚了。

破舊國宅改建的套房是我在這座城市的棲身之所，這裡專門租給學生和收入不高的社會人士。每逢下雨，屋內總下著小雨，可我不住頂樓啊，別告訴我這水打哪來的，我不想知道。

總之屋況十分堪憂，我忍著不向建管局舉發是因爲此處交通方便、租金便宜，鄰近捷運站的套房一個月房租才八千，還包水包網路，在這寸土寸金的大城市算是佛心價了。

大四那年，由於實習的緣故，我常常早出晚歸，無法配合門禁，所以搬離學校宿舍，之後就一直住在這裡，動過很多次念頭要搬，卻又捨不得。

和顧凱風分手後，我換了手機號、重新申請社群帳號、丟掉所有跟他相關的物品、刪光和他的合照，除了少數一兩個共同朋友之外，其餘也不再聯繫，唯一不變的就是我仍居住在這間小套房，懶得搬家只是藉口，或許潛意識裡，我仍然希望他來找我吧。

老舊國宅沒有電梯，晚上回家的時候，陰暗的樓道只有一盞燈忽明忽滅，高跟鞋敲在樓板發出叩叩的回音，連綿不絕，營造出宛如恐怖片的氣氛。

才爬到四樓我就氣喘吁吁，歲月不饒人哪，想當年老子能一手扛著一箱啤酒，一手扛著一個活人，連跑帶蹦地直奔頂樓呢。

住在對門的女房客冷不防拉開一條門縫，露出一張骷髏般眼窩深陷的面孔。

「哇啊！」我連罵幾聲髒話，仔細一看，女孩臉上塗著嚇死人的黑色眼影和紫色唇膏。

「大嬸，拜託妳小聲點，喘得像在叫春。」她嘴裡嚼著口香糖，尖酸地抱怨。

大、嬸？誰是大嬸？

我還沒嫌妳夜夜叫春，吵得我睡不著覺。

「妹仔，妳當兵的男友知道妳在援交嗎？」我捏捏她的臉頰，嘖嘖，滿臉的膠原蛋白，「別仗著自己青春無敵，使用過度很容易鬆掉的。」

「變態大嬸！」她惡狠狠地瞪我一眼，用力甩上門板。

我聳聳肩，不以為意地打開自家大門。

現在的年輕妹妹很會想歪，我不過看她老是嚼口香糖，提醒她小心下巴脫臼而已。

門一打開，陶寶汪汪叫奔了出來，我一把抱起牠又親又摟，將牠渾身親個夠才放手。陶寶哀怨地發出嗚嗚聲，我摸摸牠的頭安撫道：「可憐的孩子，你餓了吧。」

陶寶年紀大了，牙齒掉光了，不能吃硬梆梆的狗飼料，狗罐頭又貴又不健康，我上網查了些食譜，天天做鮮食給牠。

我從冰箱拿出水煮雞胸肉、胡蘿蔔泥和地瓜泥，拌了些營養膏和起司塞進微波爐加熱，陶寶舔舔舌頭，乖巧地坐在一旁等待。趁這幾分鐘的空檔，我打開收音機，廣播女主持人楊茜輕柔低沉的嗓音頓時充滿整個小房間。

微波爐叮的一聲，我將這碗賣相實在不怎麼樣、曾經被方霏吐槽像嬰兒嘔吐物的糊狀物倒進狗碗裡，陶寶很快吃得碗底朝天，只有牠從不嫌棄我煮的食物，見牠如此捧場，我又抓起牠親了好幾口。

樓下傳來幾聲催促的喇叭聲，我才想到梁子衿還在外面，趕緊放下陶寶跑到陽臺，朝樓下揮手。

「獨居老人，妳還活著嗎？」他兩手圈在嘴邊向我喊話。

你才獨居老人。

我學他也將兩手圈在嘴邊回道：「再過一百年也死不了，等著禍害遺千年呢。」

太遠了，看不清梁子衿臉上的表情，只見他揮揮手後調轉車頭離去。

這是梁子衿堅持的紳士風度。儘管我不斷告訴他我不是柔弱的妖豔賤貨，我可是跆拳道高手，他卻堅持每次送我回家都要見到我安全進入房間才算完結。

「治安太差了，萬一有人埋伏在樓道或者闖空門偷襲，妳怎麼辦啊？」
「真有萬一的話，你一個弱男子也派不上用場。」不是鄙視梁子衿，我只是實話實說。
「至少我可以報警。」
「謝謝你喔。」
學霸顧凱風也有一套自己的紳士風度，他送我回家，默默跟進房間，磨磨蹭蹭半天不肯走，擺明了直接登堂入室。
從沒遇過色慾薰心的歹徒，倒是顧凱風曾經埋伏在黑漆漆的樓道襲擊我，色慾薰心地抓住我就一陣熱吻。
「顧凱風你發情啊。」我嘴裡罵得狠，跆拳道招數統統失靈，拳頭落在他身上成了不痛不癢的抓抓撓撓，他低笑著又將臉湊了過來，用唇摩擦我的唇，舌頭追逐著我的舌，情侶間的擁抱、親吻、撫摸……好像永遠都不夠。
被他撩得臉紅心跳、慾火焚身，我恨不得撕開他的襯衫將他就地正法，就在我快不顧一切暴走之際，他驀地停下動作，端正衣冠斯文守禮地站到一旁，一派禁慾系男神的模樣。
「如果想繼續就得結婚。」他正色道。
「蛤？」我傻了。
「求婚吧……妳求婚的話我就娶妳。」
「爲什麼我要求婚？爲什麼我要求婚？」我跳針似的吼了兩聲，惱火地推開他，氣呼呼地進了房間。

這是怎麼了？

連梁子衿送我回家這種小事，我都能回憶起那個男人，大概是這兩天過得太刺激了。

伺候完狗大爺吃喝拉撒，我宛如游魂般飄進浴室洗澡，半小時後穿著睡衣飄出來，發覺有些餓了。

煮滾了水，丟下泡麵和青菜，我心不在焉地從冰箱拿出一罐調味料，打開瓶蓋正要往鍋裡倒——

「拿錯了，這是醋，辣椒油在後面。」

我瞬間停下了手，充盈在眼眶裡的液體讓我始終無法看清標籤，只能將瓶子湊近鼻尖用力嗅了嗅，刺激的酸味撲鼻而來，是呢，又拿錯了。

「如果不阻止妳，妳是不是又要將醋倒進麵裡去了？」

「你管我，沒人要你吃。」

「我餓了。」

「自己去煮。」

「小氣鬼。」

「求我啊。」

「求什麼？求婚嗎？」他笑，「妳會答應嗎？」

如果當時，我說的是好而不是分手，一切會不會不同？

麵湯的水蒸氣在冷空氣裡氤氳成一團白霧，顧凱風的笑容在霧氣裡影影綽綽。

麵涼了，霧氣消失了，他也消失了，一點痕跡也不留。

瘋了，眞是瘋了，我竟然和一碗泡麵自問自答起來。

我從冰箱拿出啤酒，喝幾口酒配幾口麵，到最後麵也不吃了，光喝酒。

「獨自旅行的小王子想起他B612星球上的玫瑰，感慨地說『當初我實在太年輕了，不知該如何去愛她』。我們都曾在年少的時候，因爲一些莫名其妙的小事而離開某個人，直到後來意識到原來對方在自己生命中的地位如此重要，我們才學會什麼叫做珍惜。」幾秒鐘的空白後，楊茜的聲音伴隨著歌聲緩緩從廣播中傳來，「各位聽眾朋友，你曾經錯過的那個人是否會再出現？接下來分享一首由五月天所演唱的電影主題曲……」

當每顆星星都在嗚咽　都在落淚
每個幻想　都已幻滅
是否能相信　你會出現？——

〈當每顆星星〉詞／曲阿信

我從十七歲轉瞬間來到二十五歲，跨過青澀的學生時期，進入社會短短數載，磨滅了夢想、失去了期待，每每在褪去白天的喧囂熱鬧後，於安靜的夜裡思念湧上——我很想你。

我閉著眼睛，頹然地倒在地板上，毛絨絨的小傢伙窩在我身側，是冰冷世界唯一的溫熱，軟軟的、暖暖的，呼嚕呼嚕睡著了。

「別睡在地板上，妳會著涼。」

「你會心疼嗎？」

「當然會。」

「心疼到什麼程度？」

「疼得快要死掉，卻又死不掉。」

第二章　那一年的花季

我和顧凱風的關係，說得文青一點，他是我初戀；說得俗氣一點，他是我陶霸第一個看上的男人。

我們是怎麼相遇、相識，進而相愛的？

像那些少女漫畫、偶像劇裡出現的場景，蠢萌妹大喊著「媽咪妳怎麼不早點叫醒我，上學快遲到了」，接下來在某處轉角與高冷男相撞，兩人四目相對電流四射，背景併發出漫天玫瑰花瓣……別傻了，我和顧凱風的相識只有五個字，不打不相識。

我們不是青梅竹馬，從來沒有同桌的緣分，最大的原因除了他比我高一屆，更在於教育部三申五令嚴格禁止而學校卻永遠陽奉陰違的能力分班制度。

所謂的能力，講白了就只是應付學業考試的能力，但是師長和家長們聯手以「多元發展」爲名義，編排了不少名目好掩人耳目，例如資優班、數理班、語言班、音樂班、美術班、體育班等等，然後將還懵懵懂懂的孩子一個一個塞進這些框架中。

按照過往的分班制度，就是A班到F班，有自覺的好孩子都要避免自己淪落到F班。

大人們有一套分類學生的方法，而我們也自有一套標籤方式。

資優班：書呆子、媽寶。

數理班：宅男。

語言班：宅女。

音樂班：有錢人。

美術班：念書很差，但還算乖，就去學畫畫。

體育班：頭腦簡單、四肢發達。

我和顧凱風之間的距離絕非F班袁湘琴和A班江植樹可比，也不是哪天我天可憐見得以爬進校排百名榜就能解決。

我念的班級已經超越F班，超脫所有正常的體制之外，是謂「資源班」。

什麼是資源班？

按照學業成績將孩子分類完畢後，剩下那些不學無術、成天惹事生非的渣仔，大人仍抱持一絲希望，覺得也許他們未來還是能成為社會的某種資源，所以就有了這種班別。

或許你會認為資源班和資優班的學生走在路上會互相看對方不順眼，甚至一言不合就幹架，錯！事實上雙方相處挺和平的，而那和平是建立在對彼此不屑一顧和漠不關心之上。

當時的我也欣賞不來顧凱風那種十幾年前被稱為娘娘腔，而現在被追捧為韓系花美男的長相，我偏好傑森斯坦森那類型的螢幕硬漢，一身健碩的肌肉，帶著又冷又酷的表情飛車穿越火海為我而來。

現實生活裡最接近硬漢形象的，就是火車站一帶那間跆拳道館的教練，在附近徘徊了幾天後，我下定決心去學跆拳。

我爸，身為一名除暴安良的警察，不知道花季少女心中骯髒齷齪的心思，高高興興地捧著白花花的鈔票去幫我報名。

爲了這件事，老媽和他吵了好大一架：「女孩子不學鋼琴不學芭蕾學啥跆拳呢？以後跟人打架是不是？」

爸解釋：「多運動，強身健體好啊。」

我在一旁猛附和：「對、對，強身健體好啊。」

媽冷冷地說：「想運動啊？每天跑學校操場十圈才准給我回家！」

爸說：「這不一樣，學打拳能防身啊。」

我點頭如搗蒜：「對、對，能防身。」

媽大吼：「想防身就讓妳爸教妳幾招防身術，浪費錢去學什麼跆拳？」

被媽這麼一吼，父女倆一聲也不敢再吭。

十幾年前我爸身上的六塊肌還沒團結成腹部那一大坨啤酒肚，穿上筆挺的警隊制服，勉強能稱爲山寨版吳彥祖，但陶爸在我心裡之所以永遠無法成爲硬漢，就是因爲一遇到我媽生氣，他就變得軟趴趴，硬不起來了。

我把頭靠向老爸胸膛，忍住不去聞他滿身汗臭味，學陶樂樂說話的口氣，捏著嗓子細聲細氣地說：「把拔，求求你啦，陶陶想學跆拳道……」

噁，簡直快吐了，眞心不懂爲啥男人都愛吃這一套。

每次陶樂樂用這種嗲到欠抽的語氣說話，爸就一副願意替她摘星星摘月亮的模樣，而我賭氣絕食半天，除了換來老媽一頓竹筍炒肉絲伺候，什麼也沒得到。這次我學乖了，尊嚴算什麼？達成目的才是重點。

陶爸果然很快心軟，他長嘆一口氣，說了一句七〇年代電視劇才有的台詞：「寶貝妳說我該拿妳怎麼辦呢？」

然後冒著被現世情人發現後，將會被趕去睡客廳的危險，他帶著前世情人去找教練。教練高高興興收下老爸帶來的半年學費和一瓶陳年金門高粱，直誇我有天賦，還說他有個和我年齡相仿的兒子，會把我當女兒般盡心盡力教導。

有時教練會向學員們抱怨他那囂張跋扈的老婆，和他那念資優班卻與他父子感情疏離的兒子，因為老爸值勤，比較晚來接我，我常常不得已留下來多聽幾句。

在教練的眼睛裡，我看見一種……中年男子無能為力的孤寂，而那樣的孤寂，我在老爸眼中也見過。

如果我年紀夠大，就會和他一起喝酒，或者叫上老爸和他一起喝酒，他們應該很有話聊，但我當時還是個十一、二歲的小少女，只能抱抱他，像跟陶爸撒嬌一樣地安慰他。

幾個月過去，學校裡最凶狠的老大見到我都要繞道走，我身邊也多了幾個跟前跟後的小嘍囉。我感覺自己差不多能去闖蕩江湖了，便趁練習迴旋踢時，隨口問那年屆不惑但保養頗好的男教練，願不願意隨我比翼雙飛？讓我們風裡來火裡去，做對快樂的鴛鴦大盜吧，哈哈哈。

你說中文博大精深，怎麼形容男女關係的詞語如此貧乏呢？

我只是想表達一男一女攜手浪跡天涯，那種天地遼闊、如鳥兒般盡情飛翔的瀟灑之感，完全沒有夾帶一絲骯髒齷齪的男女私情。

或許「比翼雙飛」、「鴛鴦」這兩個詞使教練產生某種遐想，他嚇得跌倒在地，害我以為我瞬間練成了江湖傳說中的佛山無影腳。

我扶起他，他卻用力甩開我，幸好我反應快，倒下的時候拉他當墊背，才沒摔個四腳朝天。

教練說他沒那個意思，罵我小孩子胡思亂想，還說以後不讓我來學跆拳道了。

我一聽那還得了！教練都收了半年學費和那瓶老爸捨不得喝的陳年金門高粱，現在竟然棄我於不顧，實在太沒江湖道義了！

我想了想，義正詞嚴地告訴他：「教練，我的屁股都讓你摸了、腰讓你摟了、腿也讓你抱了，你不能不要我！不然我要告訴你老婆！」

至於為什麼要告訴他老婆，而不是我爸，大概是長期以來陶爸總是怕老婆，我下意識覺得告訴他老婆比較有用。

只是我還來不及把這件事告訴教練他老婆，他老婆就帶著兒子氣吼吼地出現在道館。

不要問我為什麼時機掐得如此剛好，電視劇都是那麼演的，當你懷揣著一個不可告人的祕密，越不想讓某人知道，某人就越容易碰巧知道。

他老婆面色鐵青，一副要殺了他的樣子，場面一陣混亂，我根本不敢多看他們母子一眼，也不敢繼續留在那兒，拎起書包一溜煙地跑走了。

事後回想，我拍拍屁股逃跑也挺不義的，趕緊派老爸去打聽，老爸風騷地開著警車去了，回來卻說教練消失不見了，而且沒把剩下的學費結算還給我們，那可是陶爸省吃儉用存下來的私房錢啊，可惡！

跆拳道館自從那天深夜起就大門深鎖，因爲地點好，原址很快另租出去，改建成某家連鎖英文補習班。

我擔心教練是不是被老婆殺人滅口，守了幾天電視新聞沒看見殺人棄屍的消息，倒是某餐廳氣爆事故的報導沸沸揚揚了好幾天，一位女記者爲了協助疏散民眾，臉部還因此被灼傷。

被媽使喚去丟垃圾時，我聽見街坊鄰居小聲談論：聽說火車站附近那間跆拳道館的教練有戀童癖，雖然在那裡學打拳的張三的女兒、李四的兒子極力否認，說絕對沒這回事，但無風不起浪啊，會鬧出這種醜聞十之八九有問題，況且後來教練始終不見人影，代表他心虛不敢出來面對。

傳言越演越烈、越來越誇張，我想替教練澄清，我可以作證他不是那樣的人，話都到了嘴邊，卻又想起這不就等於間接承認爸送我去學跆拳了嗎？

自古忠孝難兩全，爲了家庭幸福和諧，我和爸決定把這件事當作父女倆之間的小祕密，放在心裡，爛在肚裡，死後帶進棺材裡。

也因爲這個「小祕密」，之後不管我惹出多大的事，老爸總會想盡辦法幫我擺平，甚至不惜動用他縣警隊小隊長的權力。

我偷偷學跆拳的事，老媽完全被矇在鼓裡，我和老爸聯合騙她說我是去補英文，每次來回都是爸開車接送，跆拳道服也放在警局。媽只是覺得奇怪，爲什麼我每次上完英文課就全身臭哄哄，像從臭水溝裡撈起來一樣，我隨口胡謅補習班空調不好，她罵了句「黑心鬼開的黑心補習班」，然後就相信了。

我媽這人凶歸凶，其實很好哄騙。

她也相信了傳聞，吃晚飯的時候，她幸災樂禍道：「聽說那教練是戀童癖呢，幸好沒讓妳去學。」

我心虛地多扒了幾口飯。

陶樂樂瞪著一雙無比純潔的大眼睛問：「媽咪，什麼是戀童癖？」

「就是……喜歡亂摸小孩子身體的壞人。」媽不知道怎麼向幼童解釋，便凶她，「小孩子問這麼多幹麼？快吃飯。」

「那教練……看起來人滿不錯的啊。」我咬著筷子，弱弱地辯解。

「不准咬筷子！」媽巴了一下我的頭，筷子差點插進我的喉嚨裡，「知人知面不知心，以後長大妳就知道了。」

我咳了幾聲抗議，「不要動手動腳的。」

「吃完飯家庭聯絡簿拿過來，我很久沒簽妳的聯絡簿了。」

我想到聯絡簿剛被老師記上一筆「跟同學打架，請家長嚴加管教」，趕緊說：「我爸說要幫我簽。」

「妳爸出勤務去了，明天才會回來。」

我呆滯了半晌，「我剛剛……想到……啊，我的聯絡簿好像忘了帶回來。」媽單手支著下巴瞇起眼睛看我，每當她出現這樣的表情，代表我和爸其中有一人就要遭殃，可是如果被她看見聯絡簿，我和爸兩人都會遭殃。

我急中生智說：「媽，爸今天出勤務，妳要趕緊去拜拜！」只要爸出勤務，媽就會頌經拜佛好幾個小時，祈求神明保佑老爸平安無事歸來。媽橫了我一眼，那意思是「今天不宜殺生，下次再修理妳」，便急急忙忙點香去了。

「姊，」陶樂樂拉拉我的衣角，小聲說：「妳的聯絡簿在書包裡，我有看到喔。」

「閉嘴，吃妳的飯。」我擺出最凶惡的表情。

天真無邪的孩子露出惡魔般的笑容：「我要吃雞腿。」

我默默地將自己碗中的雞腿夾給她。

「我還要吃布丁。」

「吃屎吧妳。」

「姊姊欺負我……嗚嗚嗚。」

「陶陶，妳皮癢了嗎？」媽的怒吼聲從神明廳傳來，真難爲她一邊念經還要一邊分神注意餐桌上的動靜。

「吃吧，都給妳吃，吃死妳這小肥婆。」唉。

通過這些事，我漸漸知道大人只願相信他們親眼看見的、親耳聽見的，卻不願相信看不見也聽不見的眞心。

「眞正重要的東西用眼睛是看不到的。」這句話是小狐狸告訴小王子的，所有的孩子都知道，唯獨大人不知道。

好久好久之後，當我成爲新聞記者，我常常回想起這件往事，以及沒有人在意的眞相，不知道那個教練流落何方？他的妻兒是否相信他的眞心？是否已經與他重修舊好？

鎮上唯一一家跆拳道館沒了，我很失落，只能靠著不斷向人挑戰，一天也不敢忘地持續自我鍛鍊。我曾想過，如果當初能繼續學下去，說不定有朝一日將成爲國家選手，打進奧運拿獎牌；然而後來我取得的最高成就只是成爲一方校園惡霸，還因此進了資源班，變成師長眼中最令人頭痛的叛逆人物。

躋身校園惡霸，絕非一朝一夕可成。剛開始我謹記教練的訓誡——禮始禮終、內外兼修，偏偏國中屁孩多到我嫌煩，實在無法以禮相待，動手教訓了幾個大的，其他人就安靜了。

國中入學塡新生資料時，我未雨綢繆地將家裡住址塡上爸工作的警局地址，聯絡電話則塡寫爸在警局的專線和爸的手機，這樣一來，絕對能三百六十度零死角防堵老師散布任何對我不利的消息，無論我惹出什麼禍，都有神隊友陶老爸幫忙擺平。

直到某天，老爸告訴我，我那疊記過單已經多到沒地方藏，他擔心遲早有一天會被媽發現。

「你竟然把我的記過單都留下來？」聞言，我晴天霹靂，這種東西不是應該要像《哈利波特》的咆哮信一樣，看完就自動銷毀嗎？

豬隊友十分委屈，「我統統帶回家了。」

「帶回家幹麼？燒金紙嗎？」

「不然怎麼辦？上面寫著貴家長留存，我不敢亂丟。」

我誠懇建議：「老爸，其實你可以撕碎丟進馬桶沖掉，或者拜拜燒金紙時燒掉。」

「喔，原來如此。」爸恍然大悟，隨後又露出爲難的表情，「可是，寶貝，警察不能隨便湮滅證物。」

「不、准、叫、我、寶、貝！」

老爸如此有職業操守，我該拍拍手，但是看著那疊無處藏的記過單，我頭好痛。

這天晚上，我從抽屜深處翻出課本，應該寫滿課堂筆記的課本，除了端正的印刷字體之外空無一物，我將薄薄的記過單一張一張夾在紙頁間，三支警告換一支小過，三支小過換一支大過，三大過勒令退學，算算總共有二十六張，還差一張我就功德圓滿了，都是年少輕狂的印記啊。

那一瞬間，我決定金盆洗手重新做人，別懷疑，佛祖頓悟也在一瞬間。

當時距離基測不到一百天，當我宣布要考高中時，所有小跟班都面有難色。

「陶霸，這太爲難我們了，我們連課本都不知道丟去哪了，怎麼準備基測呢？」

「對啊，妳不是說國中畢業要去學弄頭髮，以後咱們一起開間髮廊嗎？爲什麼又改變主意了？」

「陶霸，英文字母到底是二十四個還是二十六個？為什麼我每次背的都不一樣？」
「不，要我念書不如殺了我吧……」
「陶霸，妳是我們的精神領袖，我們決定『精神上』支持妳！」
「不就是國文、英文、數學嘛，課本又不會吃人。」方霏重重拍了一下桌子，滿桌的書本跳了一跳，「陶霸我陪妳！」

夠義氣！

身邊那群小跟班誓死跟隨的就只有方霏，不怪他們，智商的確是一道門檻，我能辦到，不代表他們也能。

一下子要補足國中三年的課業，對我和方霏而言確實有些吃力，無法彌補的時間就以效率取勝。

我研究了歷屆考題，發現選擇題選項有長有短時，短的通常是正確答案；若是選項字數差不多，第三個選項出線的機率最高；中、英文作文則找幾個通用範例背好開頭和結尾，就這樣，臨陣磨槍不亮也光。高中放榜，我以不錯的成績考進全縣第四志願，方霏擦著錄取分數邊緣和我進了同一間學校，跌破眾人眼鏡，我倆被譽為「資源回收」經典範例。

升上高中之後，我答應老爸以後不再讓他煩惱記過單的事，要做個端端莊莊的淑女，豈料命運大神依舊拿刀逼我走上校園惡霸這條路。

這窮鄉僻壤的小地方比不上市區，擠不進前三志願的孩子多半就近選讀四中，因此來來去去都是些從前國中中後段班的熟面孔，多多少少聽過我的名號。很快地，我身邊又聚集起一群好姊妹，最常廝混在一起的除了方霏，還有另外兩位已經從良的前太妹，短小精悍的名叫淑芬，珠圓玉潤的則是怡君。

其實，就連「淑芬」、「怡君」那樣的菜市場名字，我也曾偷偷羨慕過。

和只知道逞凶鬥狠的國中時期不同，十六、七歲的少女受賀爾蒙驅使，將大部分心思都放在追星、追無腦偶像劇和打扮自己吸引異性上。

高中第一年結束，方霏、淑芬、怡君三人很快交了男朋友，整個暑假不見人影，而我因爲某件事被禁足，無聊到整天拿著遙控器，一遍遍將電視從第一台轉到最後一台。

洗心革面後的日子好無趣，我總算了解爲何流氓會忍不住一再犯案，因爲太無聊了啊。

終於等到高二開學那天，等不及鬧鐘響我就起床了，盥洗完畢、穿好制服坐在餐桌前，安安靜靜地吃早餐。

「妳……妳眞的是我姊嗎？」陶樂樂好奇地盯著餐桌前的高中制服美少女，「妳是誰附身的？」

「看三小。」我用筷子插起飯糰，送進嘴巴咬下一大口，嚼了嚼，「再看我把筷子捅進妳屁眼。」

「噢，是我姊沒錯。」她失望地嘆氣。

太早到校顯得我好像太急不可耐，不行，少說也要踩著早自習的鐘聲進校門，於是我決定不採用騎自行車或搭公車這類充滿青春氣息的上學方式，慢慢走向學校。

和風暖吹，天空湛藍如洗，陽光灑在樹葉上跳躍著金色光澤，路上的年輕學子洋溢著笑容——這作文範本從哪抄來的？頂著亞熱帶陽光，吸著馬路上汽機車排放的廢氣，誰洋溢著笑容走給我看看啊。

我揮汗如雨，拖著老牛拉破車的步伐走進校門，內心後悔不下一百遍，糾察隊員本來要吹哨，見了我一副凶神惡煞的模樣紛紛退避三舍。

路過中庭時，注意到一大群人不知在圍觀什麼，人群中央傳來熟悉的女高音，而那把聲音的主人正在哭泣。

我心中陡然升起一股不祥的預感，連忙撥開人群一看，方霏正毫無形象地坐在地上嚎啕大哭。

我掩面嘆氣，本來不想理她，又想她從小學就跟著我形影不離，外人眼中她就是我陶霸罩的，任她在大庭廣眾之下哭號，我的臉面往哪擺，於是連哄帶騙，半拖半拉將她帶進教室。

一進教室就引來無數好奇的目光，我輪流看去一眼，「看什麼看？現在都幾點了，還不去晨掃？」

「陶霸，我、我們掃完了……」

「嗯？」

「應該還有哪裡不乾淨，我們再去掃。」閒雜人等告退離開，只留下幾位要好的姊妹。

我將空蕩蕩的書包空投到自己的座椅上，晃著腳坐上桌子，「說！妳哭什麼？」

「他不愛我了，他再也不愛我了。」方霏哭著說。

「這已經是我第N次聽見同樣的話了。」

等到方霏哭到斷斷續續抽氣時，我隨意從某同學的抽屜摸走一包面紙給她，她擦擦眼淚，又擤了擤鼻涕，才將校草男友的劈腿始末一一道來，爲了取信於我，她還賭咒發誓，「陶霸，我保證這次是眞的，我親眼看見他牽著一個高一女生的手親親熱熱地來學校，妳一定要替我教訓那個男的，嗚嗚嗚。」

「牽手而已？說不定是他妹呢？今天開學第一天，也許他帶妹妹來上學，妳要不要再觀察看看？」淑芬向來勸和不勸離。

「我也有妹妹，但我絕不會跟親妹妹手牽手，噁心。」我火上加油，妄下斷論，「一定有姦情。」

「沒錯，這次是牽手，下次就是親嘴了。」怡君唯恐天下不亂，「這對姦夫淫婦。」

「那妳直接衝上去暴打他們一頓啊，哭什麼？」我提出解決之道。

「看到他們卿卿我我的樣子，我太難過了，心好痛……嗚嗚嗚。」方霏繼續哭。

「沒出息的東西。」我罵了一聲，抽出所有的面紙替她抹去眼淚，「哭得老子心煩。」

問明了班級和姓名，我立刻率領眾姊妹們直接去對方班上逮人。

我叼著棒棒糖，攔下一個正要進門的倒楣鬼問：「『豬腸液』在嗎？」

這啥噁心名？難怪會劈腿。

那倒楣鬼呑呑吐吐半天，表示班上沒這人。

我瞪向方霏，「妳確定他在這一班？」

方霏小聲地糾正我：「是朱祥義啦。」

我默了默，拎住那倒楣鬼的衣領搖一搖，撂下狠話：「聽清楚沒？給我把他抓過來！不然老子拿你當替死鬼，揍你出氣。」

下午放學時分，那對姦夫淫婦就被丟到我跟前。

「陶霸，這次帶去哪？」

通常進行這類「關愛同學活動」，一定要選擇偏僻且沒有監視器的死角。偏僻，是避免被閒雜人等干擾；死角，是避免對方逃跑；沒有監視器，當然是方便事後抵賴。校園內這類地點不多，大概就是學生社團大樓頂樓、僻靜的廁所角落或自行車停車棚。

我坐在桌子上，腳踩在椅子上，抬高下巴，眼睛斜睨跪在地上顫抖不已的兩人，緩緩開口：「車棚吧。」

這天之所以選了自行車停車棚，純粹是懶得爬樓梯和不想聞廁所臭味，卻不想這是我和顧凱風命運糾結的開端。

「賤男，竟敢玩弄老子的好姊妹，好大的膽子啊！」我甩了甩手臂，手指交握，將十根指關節捏得劈哩啪啦作響，「是梁靜茹給了你勇氣嗎？」

還沒開始審問，小三女友就嚇得癱軟在地，「大姊頭，不關我的事，是他主動來招惹我的，嗚嗚嗚⋯⋯」

生平最恨這種把自己當林黛玉看的女生，我還沒把她怎麼樣，就擺出一副可憐兮兮的姿態。

「她說謊，是她先勾引我的！」

「我真的不知道他有女朋友，他騙我，我也是受害者啊。」小三女友眨著無辜的雙眼泣訴。

「曹雅妮，妳少裝無辜，妳明明知道我有霏霏了還來勾引我！」劈腿男抱住方霏的大腿，「霏霏，妳要相信我，我一心一意只愛妳一個，對她只是玩玩而已。」

「夠了！」我一腳往劈腿男身上招呼，「玩？你喜歡玩劈腿是吧？老子成全你，讓你劈個夠。」

「霏霏救我，嗚嗚嗚，求求妳救救我。」劈腿男五官扭曲成一團，鼻涕眼淚齊飛，絲毫沒有校草的風采。

我嫌棄地撇過頭問方霏：「這種貨色妳還要？」

方霏倒也乾脆，上午還哭成淚人兒，此刻卻用力甩開他，鄙夷地說：「不要了。」

「不！我錯了，饒了我啊。」

「太遲了！」我勾起嘴角冷冷一笑，「來人啊，將他的腿一百八十度掰直了！看他能劈多久。」

淑芬和怡君分別拉住劈腿男的兩隻腳，劈腿男雙手抓住自行車棚的鐵柱，死命哀號：「救命！救命啊！」

車棚停了幾輛自行車，稍微識相點的學生都繞道而行，偏偏一個白目男攔在我面前，皺緊了眉頭，「喂，妳們——」

這群花痴女看到那白目男立刻個個春心蕩漾，拋下劈腿男搔首弄姿起來，方霏這臭三八竟然還偷偷補妝。

一抹夕陽惡作劇般照進我的眼睛裡，我瞇起眼才能上下打量他一番。少年身材高眺，穿著整潔筆挺的白色制服襯衫，額前細碎的頭髮襯得輪廓更深刻好看，嘴角旁掐著一顆小小淺淺的梨窩。

以爲長得帥我就怕了嗎？

「不管你是誰，勸你別多管閒事，滾開！」

他毫不畏懼地直視著我：「妳、妳們滾。」

重複了兩個「妳」字，並非結巴，而是明確指出，要我、我們全部滾蛋。

相信我，陶霸活到十七歲，遇過比他外表凶狠十倍的流氓，卻是第一次見識到「氣場強大」這四個字怎麼寫。

「臭小子，你找死！」

惱羞成怒的我被方霏拉住了，她客客氣氣地說：「同學，我們正在喬事情，你可以等一等嗎？」

他說：「我要回家了。」

我語帶諷刺，「你要回家關我屁事，難不成要說聲『老師再見、同學再見、大家明天見』嗎？」

他不悅地調轉視線，淡淡地道：「讓開，擋到我的自行車了。」

這句話明顯不是對著我說的，大家循著他的目光望過去，發現劈腿男死命抓住的鐵柱拴著一輛自行車。

劈腿男怔愣半晌，如獲大赦般放開柱子，拉著小三女友逃命似的跑走了。

眼見人被放跑了，我衝著眼前這個男生怒道：「你想替他挨揍？好，老子成全你！」

話音未落，我一記正拳直襲他臉面，眾女發出一聲驚呼，不是讚歎我出拳迅疾如風，而是擔心我打傷了這張如花似玉的臉蛋。

男生反應很快，躲開了那記正拳，我緊接著一腳旋踢，他順著我的攻勢側過身體，送我一記後踢反擊，速度太快，我還沒反應過來就被踢中胸口。

眾女又發出一聲驚呼，我摀著胸口，痛到一陣茫然。

這個人練過跆拳？非但練過，還是個高手。

「我不打女人。」他望向我，眼底透露出惡劣的笑意，「但妳不是女人。」

什麼意思？老子是女的，女的啊。

姊妹們抿起嘴，一副想笑不敢笑的模樣，我才恍然大悟——他笑我沒胸部！

「你找死！」我瞬間被激怒，掄起拳頭揍他，幾個連續攻擊全被他利用身高優勢格擋下。

哼，腿長了不起，我這邊人多！加起來超過兩百公斤，壓都壓死你。

我向其他三人使了個眼色：「姊妹們抓住他！」

淑芬和怡君卻反過來拉住我。

「搞什麼？窩裡反了！」我又急又怒，壓低身體將她們甩開，趁著起身的勢頭迅速跳起，一腳飛踢——落空！

竟然落空？

白目男從我飛起的腿下溜過去，靈活得像蛇一樣。

很少人能躲過我的飛踢，一時之間我太過驚訝而忘記收勢，維持腿岔開的姿勢悽慘落地。

「我們快走吧。」方霏扶起我，連聲勸說，「陶霸妳不是他的對手，我們快走吧。」

我嘴裡叫囂：「臭小子，你惹了我，你死定了！」

他聳聳肩，一臉滿不在乎的神氣，「忘了跟妳說，我剛通知了教官。」

「啊——」我怒吼著往前衝。

姊妹們全都拚死命阻止我，「陶霸，別打了，教官來了，我們快走吧。」

此時教官吹著哨子出現，「那邊怎麼回事？誰在鬧事？」

眼看教官胖墩墩的身影越來越近，我只得暫時放棄想要痛揍那男生一頓的念頭，恨恨地撂下一句狠話：「你等著，我一定會把你揍得連你媽都不認識。」

說完，我便被方霏拉走了。

我撫著發悶的胸口，不知是痛得還是氣得，方霏好心提議：「陶霸，妳今天沒騎車吧？我載妳回去。」

「不用，我搭公車。」

「聽說最近有公車之狼，趁著人多的時候偷摸女生大腿，如果眞的遇見了，陶霸妳小心……」見我雙眼放光，她抖了一下改口，「小心別把色狼打死了，給他點教訓就好，我不想去牢裡看妳。」

我瞪了她一眼，懷著滿滿怒氣去搭公車。沒碰見傳說中的公車之狼就算了，那些推擠著準備上車的學生一見到我便紛紛退開，導致正値放學時刻本應該滿載的公車，車上乘客卻疏疏落落，只有幾位老人家坐在位子上搖搖晃晃打盹，司機大哥覺得奇怪，還回頭問我：「今天不是開學日嗎？學生還沒放學？」

公車冷氣吹啊吹，我的怒氣漸漸消去了大半。

垂頭喪氣回到家，本想趁媽在廚房準備晚餐時偷偷摸摸溜進房間，不料陶樂樂一聽見開門聲便立刻大喊：「媽，姊回來了。」

媽聞聲從廚房探出頭來，「妳怎麼渾身是傷？」

「摔的。」

「怎麼摔的？在哪摔的？」

「騎自行車摔的。」

媽「喔」了一聲，轉身炒菜去了。我琢磨了一下她那聲「喔」的意思，大概就是「這麼大個人了騎自行車也能摔」。

廚房果然飄出一句，「……摔死活該。」

母女間的對話能心有靈犀到這個地步，眞難得了。

「去洗澡，髒死了。」媽補槍一句，並交代陶樂樂去買醬油。

洗完澡，陶樂樂捧著醫藥箱敲門，「姊，媽咪叫我來幫妳擦藥。」

「嗯，妳技術越來越好了。」我躺在床上享受陶樂樂的服務，心想有個妹妹還眞不賴。

「沒辦法，誰叫我有個愛打架的姊姊。」

「妳不說話沒人當妳啞巴。」

「姊，Super Junior要出新專輯了。」哈韓始祖就是我妹，她最大的專長就是三秒內從一堆長得幾乎一模一樣的韓國男子偶像中分辨出誰是誰。長大後的她成爲專業的鑑識科法醫，能從一堆看起來一模一樣的死人骨頭中分辨出哪塊是胸骨哪塊大腿骨——她擁有一雙看透事物本質的眼睛。

「關我屁事。」

「人家好想要，可是零用錢好少。」但此時她只是個討厭的哈韓妹。

人家零用錢也很少，出門在外吃喝都是靠勒索朋友，我隨口應和：「買，妳叫他們出中文專輯，出了老子統統買。」

「姊，妳今天沒有騎自行車去學校喔。」陶樂樂雙手食指互相敲擊，噘著嘴巴，「如果妳不給我錢，我可能會不小心說溜嘴喔。」

人人聞風喪膽的四中校霸竟然被一個國中生給勒索了，說出來誰都不信。

啊啊啊！氣死了，開學第一天就諸事不順！連零用錢都被敲詐了一千塊。

吃完晚餐，我重重地將自己摔在床上，一想到那個白目男，心中又燒起熊熊怒火，被他踢中的胸口彷彿還在隱隱作痛，心臟砰砰砰跳得超快。

哼，不找他報仇，我的名字就倒過來寫！

越想越生氣，我用力捶著枕頭洩恨，媽在房間外拍著門板怒吼，「吵死了，妳體力那麼好，給我去洗碗！」

我將碗盤當作是那張白目男的臉蛋狠狠刷著，刷得啵亮，才漸漸冷靜下來。

有些後悔沒問清楚他的姓名班級，四中學生那麼多，到哪裡找這個人？

回到房間，我傳訊問了方霏和在場的其他幾個女生，她們都說從來沒在四中見過那麼帥的男生，完全願意拿十個校草換一個他。

「容貌俊美，氣質乾淨，個性冷冽。」方霏如此形容，我簡直懷疑我們遇到的不是同一個人，「他美好得不像人類……」

對、對，這我同意，他不是人。

「如果我曾經在四中見過他，第一眼就會記得他，然後——」

「然後怎樣？」

「我會不顧一切追求他，讓他愛上我，我們倆划著愛的小船，徜徉在無邊無際的浪漫愛情海……」

「那祝你們早日陰溝裡翻船。」我鄙夷地翻了一個方霏看不到的白眼。

方霏的幻想實在讓我吐槽到無力，不過她說得沒錯，要是之前見過他的話，她早就下手了，哪輪得到劈腿男豬腸液，況且那男生穿著嶄新的制服，制服沒繡上姓名學號，此人必是今天才來報到的轉學生！

而那男生取車的那一區，是三年級的停車棚，說明他是三年級的轉學生。

四中原本的老校長退休了，新上任的女校長聽說是從某間注重升學率的私立中學調任過來，還特別在學校開設高三資優班。我冷靜分析，對方三年級才轉學，必定是爲了新設置的高三資優班而來。

高三資優班？

笑死人，天生的資優生早就考上第一志願了，哪需要來念區區縣立四中？說穿了那群人不過就是得靠著後天努力才能成爲資優生，每天趕鴨子上架似的念書考試，放學後還有加強輔導課，被大家暗地裡戲稱爲「台政成清交衝刺班」。一年後，這個班的大學錄取榜單將被貼在校牆外最顯眼的位置，當作學校的招生廣告，讓大家知道就算是四中學生，也還是能拚進前五大名校。

範圍一下子縮小，來日方長，我反倒不急著找那男生報仇了，得好好想個辦法殺殺他的銳氣，讓他知道四中校園裡誰才是老大！

隔天一早，頂著九月秋老虎的豔陽，全校學生群聚在操場上，滿頭大汗做著晨間操，而我早早買通班長，躲在教室納涼補眠。

晨間操音樂一結束，校園廣播就迫不及待傳喚本人。

「二年G班，二年G班陶陶同學請到教官室報到。」

我暗暗嘆口氣，什麼時候「G」這個字母能拿來稱呼我的罩杯，而不是我念的班級呢？同學們陸陸續續回到教室，有人貼在我耳邊小心翼翼地喊：「陶霸，教官找妳。」

我懶懶地睜開一條眼縫，「煩死了。」

「怎麼辦？該不會是昨天堵人的事被教官發現了吧？」淑芬神色有些驚慌。

「發現就發現，怕什麼？」我毫不在意地擺擺手，「對了，昨天晚上交代妳們查的人……」

「放心，怡君帶幾個人去查了。」方霏抓住我的手，「陶霸，妳知道待會怎麼做吧？」

「嗯。」我點頭應下，大搖大擺出了教室。

喊了一聲「報告」，我逕自打開門，一股冷氣的涼意撲面而來。這些老傢伙可眞會享福啊，學生熱得快暴動，他們躲在辦公室吹冷氣。

沒等教官招呼，我一屁股坐在他面前的椅凳上，怒目而視。

「我讓妳坐下了嗎？」

「您也沒讓我站著呀。」

「妳！」教官氣得拍桌，瘦弱的桌腳顫了一顫，「說說，昨天都有誰？」

「沒別人，就我一個。」

「睜眼說瞎話，我明明看見好幾個人圍在那邊！」

「人是我揍的，其他人只是來勸架，不關他們的事。」不管教官如何逼供，我皆一力承擔，絕不會供出其他人，這是江湖道義。

「好，那妳說爲什麼打架？」

「不爲什麼。」

「沒原因妳會隨便揍人？」

「心情不好。」

「妳最好想清楚再回答！」

我仰起頭，瞇起眼睛看著在日光裡飛舞的細小塵埃，故作老成地嘆口氣：「教官，您知道我的脾氣，我不會說的。」

「就妳講義氣是吧？別以爲我不知道有哪些人，信不信我全抓起來記過？」

「教官，一人做事一人當，要記過就記吧，別浪費口水囉嗦了。」

「看妳那副不痛不癢的模樣，簡直無藥可救！」教官氣得站起身來來回回踱步，嘴裡數落我的各項光榮事蹟，從蹺課、打架、頂撞師長、欺凌同學到服儀不合規定、上課不帶課本、作業愛交不交、清潔工作不確實、自習時間偷吃泡麵、聚眾玩牌……明明都是些雞毛蒜皮的小事，到他口中我彷彿成了十惡不赦的壞蛋。

每次被師長訓誡，我總想起小時候聽過的一個聖經故事，大意是說一群猶太人抓到一個賣淫的女人，正要在市集裡公開對她執行處罰時，耶穌見到了說：「你們之中誰沒有罪，誰就可以拿石頭打她。」眾人聞言便摸摸鼻子散去，沒有一人能定她的罪。

「請問教官，」我忍不住打斷他，「您年輕的時候從來不曾上課遲到、不曾偷懶、不曾打過同學、不曾頂撞父母師長？師長交代的工作每次都會確實完成？如果連您也做不到，憑什麼拿來要求我們？」

「妳還有理了？總之打人就是不對！頂撞師長就是不對！」

「我不是要為昨天的事開脫，我也知道打人不對，但那個渣男欺騙兩個女生的感情，能不挨打嗎？告訴師長，師長能替我們解決問題嗎？多半只會一味地喝斥、處罰我們，叫我們不准談戀愛吧？」

「妳！」教官啞口無言，臉上一陣紅一陣白，臉色變化得很精采。

「教官問完了？我可以回教室了吧？」

「不准。給我在這邊罰站，好好面壁思過，待我想想要怎麼懲治妳。」

我面對檔案櫃站著等候教官發落，百無聊賴中，眼角餘光瞄到玻璃窗外有道身影微動，不知道是誰在外面站了許久，隨即響起敲門聲，一個身材高眺的男生喊了聲「報告」走進來。

「教官，老師叫我來領班級點名表。」

「那班的？」

「高三A班。」男生答。

教官抬手指指我身前靠牆的檔案櫃，我斜眼瞪著他，或許感覺到我「炙熱」的目光，他漫不經心地朝我掃了一眼，嘴角抿了一抿，帶點譏嘲的笑意。

那男生領完班級點名表，低頭走過我身邊時丟下一句：「手下敗將。」

抓耙子還有臉來？存心來看我笑話是吧？

「可惡，吵死了。」我側過身體想看清楚他制服胸前繡著的名字，才一動作就聽到教官厲聲喝斥，「站好！叫妳面壁思過，妳動什麼動？」

見教官仍是一臉怒氣未消，我好心勸道：「教官您別生氣，為了我這種後段班的渣仔氣壞身體可不好。」

「行！這次我不跟妳囉嗦了，叫妳家長來，讓我看看到底是誰養出這種女兒！」

「你確定要叫我爸來？」

「確定。」

「不要啦，教官我好怕唷。」我渾身顫抖。

「知道怕就好。」教官拿起話筒，「電話幾號？」

「你會後悔的。」我報出爸的手機號碼，渾身顫抖是因為憋笑憋得很辛苦。

不到十分鐘，陶爸開著騷包警車來到學校，不需要通報，一亮出警徽，校門口警衛便直接放行。

「寶貝別怕，爸來救妳了。」看著爸傳來的訊息，我差點壓不住嘴角眉梢滿臉的笑。

現在向各位隆重介紹我的前世情人——陶君偉先生，縣警隊小隊長，威風凜凜，縣內白道見了他要敬禮喊聲「陶隊好」，黑道聽到他的大名都要忌憚三分，怕了吧，哈哈哈。

「咦？你是？」教官拿下鼻梁上的老花眼鏡，揉揉眼睛。

「長官！」見到教官，陶君偉飛撲上前，膝蓋一軟差點沒跪下去，「真的是您啊，二十幾年沒見了，我好想您啊，我是陶君偉啊。」

「你是偉仔？那個瘦不拉嘰的小偉仔？」

「是，是我，多虧您當年的照顧，我才沒有誤入歧途。」

哈囉，兩位先生，請問你們在演失散多年又相逢的戲碼嗎？兩人只顧敘舊，把目瞪口呆的我晾在一旁。

「原來這就是你女兒啊，長得一臉英氣，個性……挺活潑的，也很講義氣，這點跟你很像。」短短幾分鐘，教官口中的我從「凶神惡煞」變成「一臉英氣」，「粗魯無禮」變成「個性活潑」，睜眼說瞎話的功夫令我很是佩服。

「是、是，管教得不好，讓長官見笑了，您要怎麼罰她，我都沒意見。」

「爸！」又被豬隊友出賣了，我不甘心地捶了一下桌子當作抗議。

爸難得對我疾言厲色，「下次再這樣我就跟妳媽說，讓她修理妳！還不快認錯。」

陶霸天不怕地不怕就怕老媽，我垂下頭，「對不起，教官，我知道錯了。」

跳過兩位老男人涕淚縱橫的喜相逢，陶爸再三保證會好好管束我，絕對不會再給教官添麻煩，教官也答應會仔細考察我在學校的生活，一有風吹草動就立刻向他匯報。

「陶陶啊，」教官慈眉善目地喊我，我渾身雞皮疙瘩很配合地自動起立，「這次幸好對方家長沒追究，看在偉仔面子上，這樣吧，妳多做些愛校服務我就不計較了。」

愛校服務都是學生不願意做的粗活累活髒活，我寧願被記過。

都是那個愛管閒事的白目男害的，都是他打的小報告！

明明是陽光燦爛的日子，我卻覺得天空烏雲密布起來，非要降下一場大雨才能澆熄心頭火。

我帶著一臉煞氣回到教室，渾身散發出「別惹我，惹我就死定了」的強大氣場，人人見了莫不退避三舍。

偏偏有個不怕死的——

「顧凱風找妳喔。」方霏用手肘頂了頂我的胳膊，笑得十分猥瑣，「我跟他說妳去教官室還沒回來。」

「誰？」我皺眉。

「昨天踢妳一腳又笑妳沒胸部的那位帥哥學長。」

我用眼神示意她閉嘴，並冷冷道：「不認識。」

閨密就是她知道不管怎麼惹妳，妳永遠都不可能眞的衝著她生氣，所以她總是對妳肆無忌憚。

方霏用衛生紙掩著嘴角，咯咯嬌笑了幾聲，「小姐啊，您這麼快就忘記人家公子，人家公子對您可是心心念念癡心一片，一早就巴巴地送來這個呢。」

「什麼？」

「陶霸，這是妳的嗎？」她的爪子拎著一個小小的粉紅色可怕東西晃來晃去。

一看清那是個粉紅蕾絲小碎花零錢包，我老臉一紅，「不是。」

丟死人了，絕對不能承認那是我的，陶霸鋼鐵漢子形象和蕾絲小碎花絕對八竿子打不著！

話說我今天的內衣內褲也是成套的粉紅蕾絲，媽買的我有什麼辦法？

她嫌棄我坐沒坐姿站沒站相常常爆粗口，想藉由蕾絲小碎花喚醒我的女性荷爾蒙。我堅決相信是她少生了女性荷爾蒙給我，於是頂了一句，「妳讓老陶每天穿蕾絲小碎花，他也不會變成女的啊。」

老媽冷笑，手中的雞毛撣子抖了兩下，「老娘花錢買的，妳不喜歡就別穿啊。」沒禮貌，怎麼能叫發育中的少女裸胸呢！我恨恨地殺掉豬公撲滿出門，拉著方霏陪我去逛街，兩人繞了百貨公司內衣專櫃好幾圈，又兩手空空地回家。

太坑人了，前後兩片破布縫在一起要一千多塊！對當時的高中少女可是一筆巨款，我自然買不下手，只能屈辱地接受媽買的各種粉色蕾絲小碎花胸罩、粉色蕾絲小碎花內褲、粉色蕾絲小碎花零錢包……

後來當我拿到人生第一筆薪資時，第一件事不是大吃大喝，而是將所有粉色蕾絲小碎花內衣褲全部換成黑色、灰色！

如果可以，我希望結婚那天也不要看見任何粉色蕾絲小碎花。

粉色蕾絲小碎花零錢包在方霏手裡翻來覆去，「可是裡面有張紙條，寫著『當你看見這張紙條，就表示你撿到這個受詛咒的零錢包，勸你物歸原主，不然生的孩子沒胸沒屁股』，字跡很像妳的耶。」

是，是老子一時興起寫的，但我絕對不會承認的，「不是我。」

「還有，這張紙條背後還寫著『帶我走到遙遠的以後，帶走我一個人自轉的寂寞』，這是《不良校花》的片尾曲吧，天哪，妳也看那部偶像劇？太好了，我們可以一起討論劇情。」

但我不想跟妳討論劇情。

「囉嗦，就說不是我的。」我惱羞成怒地搶回粉色蕾絲小碎花零錢包。他名叫顧凱風是吧？這倒好，自己送上門來，省得我去找人。

「妳說他叫顧凱風？查查他的底細。」我交代。

「早就查好了，就等著妳要呢。」方霏狗腿地說，向一旁使了下眼色，立刻有個長得尖嘴猴腮樣的男生恭恭敬敬呈上一張寫得密密麻麻的紙。

「大姊頭請笑納。」

我嗯了一聲接過，紙上寫著顧凱風的身高體重星座血型出生年月日父母姓名家住哪裡興趣愛好拿手科目個人自我介紹……不錯，資料挺詳細的。

「這些都是從入學檔案裡就能查到的資料，抄那麼多手都酸了吧。」

「能爲大姊頭辦事是我的榮幸，再辛苦也是值得的。」男生完全沒聽出我的諷刺之意。

我冷冷一笑，「你哪班的？叫啥？」

「高三C班，大家都叫我猴男。」

「你和顧凱風很熟？」

「不……是很熟……」見我刨去的眼刀，猴男馬上跪地求饒，「大姊頭饒命啊，我和他只是國小同班同學，國中他就搬家了，現在才又轉回來，就這樣而已，我們沒說過幾句話，如果他有得罪妳的地方不關我的事啊。」

「你拿這些來糊弄我？」我把那張紙撕成碎片甩到他臉上，「再去查，老子要知道他有什麼弱點、有什麼把柄、有什麼不欲人知的祕密！」

「是是是，我這就去查。」

「滾。」我思考幾秒，又把猴男叫回來，面不改色地問：「那個人……有沒有女朋友？」

「沒有。」

「男朋友？」

猴男呆滯了半晌，「我想是沒有的。」

「那他有沒有喜歡的女孩子……」我不自在地輕咳一聲，「類型？」

聞言，所有人都側目朝我看來，表情寫著「看來案情並不單純」。

我語氣冷淡地說道：「老子只是想拿這當把柄威脅他，沒別的意思。」

方霏撇了撇嘴，似乎不以爲然，嘴裡模糊不清地咕噥：「我們也沒說妳有別的意思，幹麼急著解釋，有鬼。」

「有種妳說清楚點。」

「顧凱風是這學期才轉來的，目前念高三資優班，」無視我飛去的眼刀，方霏繼續往下說，「他之前念的是第一志願男校的資優班，是貨眞價實的資優生呢，一定全副心思都擈在學習上，沒想過要戀愛。」

「這次學校祭出高額獎學金，吸引不少一中、二中的學生轉進來。」淑芬解釋，「一中的轉學生先領五十萬，學雜費、課後輔導費全免，考上國立大學另外再給五十萬。」

「哇，那加起來不就一百萬了，才高中畢業就賺進人生第一桶金。」方霏雙眼閃爍著金錢符號，「長得帥、頭腦好、又會賺錢，根本人生勝利組。」

「才不是人生勝利組，他來自單親家庭，被父親拋棄了。」怡君說。

眾女感謝學校撒錢挖人牆角，才能讓身處貧脊荒蕪的四中草原的我們，得以眞正見識到何謂「高嶺之花」。

我對顧凱風是眞資優還是假資優沒興趣，只奇怪地問了一句：「單親？」

「是啊，根據情報顯示，他父親不知去向，母親獨自養育他。」怡君接著說，「我猜是因爲有了這筆獎學金能減輕母親的重擔，所以他才轉學的吧。」

「難怪他身上總散發出一股遺世獨立的憂鬱氣質，讓人想好好憐惜他、疼愛他。」方霏合掌放在側臉頰邊，眾女紛紛點頭附和。

「人家沒了爸還有媽呢，妳就急著母愛爆發，想當他媽啊？」我忍不住噴笑出聲，嘲諷那個發花痴的女人。

這就是我和顧凱風相遇的開始，沒有漫天飛舞的玫瑰花瓣和粉紅泡泡，只有我和他相看兩討厭。

✦

時間：還差三分鐘就到中午用餐時刻。

地點：兩棟教學大樓之間的中庭花園。

我躲進一棵粗壯大樹的背後，旁邊就是生態池，一隻烏龜從水中慢吞吞地探出頭，好奇地四處張望。

「陶霸，妳不是要去保健室睡覺嗎？爲什麼躲在這裡？」

「老子想感受大自然，不可以嗎？」

「可以是可以，但是妳爲什麼拿著望眼鏡？」

「老子想順便做生態觀察，妳有意見？」

「沒意見沒意見，我怎麼敢有意見？畢竟妳裝病蹺課，我可是負責掩護妳的共犯呀。」方霏興奮地左右張望，「這次妳盯上了誰？要不要通知其他姊妹？我們人多勢眾，殺他個措手不及！」

「滾！」我一腳將她踹進生態池裡，成功讓她閉上嘴巴。

四中貧脊多年的草原來了棵極品天菜，偷偷摸摸跟在他身後的可不只我一個，不過我的目的跟那些花痴女不一樣，我是爲了收集敵方情報，知己知彼百戰百勝。

眼見目標從教學大樓走出，我們跟在他身後維持不遠不近的距離，洶湧的人群是最好的掩護。

只是——有沒有這麼誇張?算了算，除了我之外，跟蹤小隊成員竟然多達七、八個，甩都甩不掉。

花痴們總是在某個轉角處跳出來攔住顧凱風，口中的台詞千篇一律：

「學長（同學），這是我親手做的三明治（蛋糕／餅乾／便當），請你嚐嚐看。」

「學長（同學），這是我親手做的圍巾（手套／吊飾／卡片），一片心意，請你收下。」

這些無孔不入的花痴女嚴重阻礙我「生態觀察」，我抱怨道：「這些女的眞礙眼。」

「不如我來解決她們。」怡君捲起袖子，躍躍欲試。

「妳想怎麼解決？」我反問。

「簡單，威脅恐嚇她們不准靠近顧凱風，以前國中我們不都是這麼幹的嗎？」

「唉，可是我已經答應我爸要金盆洗手了，不能整天動手動腳的。」

三人異口同聲地問：「那動什麼？」

我在一塊石頭上坐下，雙手交疊撐住下巴，一本正經地說：「動腦啊。」

怡君和淑芬面面相覷，方霏則露出驚恐的表情，「不，陶霸，妳還是走暴力路線吧，那比較適合妳。」

最快的方式當然是將靠近顧凱風十公尺之內的女生全部抓起來揍一頓，但一來不想打草驚蛇，二來人數太多實在不勝其擾，於是我用了些骯髒的手段。

說穿了也沒什麼，不過說了些他的壞話，從「顧凱風是單親家庭的孩子」、「顧凱風會打女人」這些事實開始，流言自己會長腳，幾天之後變成「顧凱風被爸爸拋棄了，和媽媽兩人過著貧窮的生活」、「顧凱風有暴力傾向」、「顧凱風什麼都聽媽媽的」……

沒有女生會喜歡家境貧窮，又有暴力傾向，且還是個媽寶的男生，圍繞在他身邊的花痴女瞬間清空了不少，顧凱風不用太感謝我。

「陶霸，妳也太缺德了，好好一個男生，妳怎能毀了他的清白呢？」淑芬語氣裡滿滿的心疼。

「我從頭到尾只說了兩件事實——顧凱風單親、他打了女生（我），誰知道流言會傳成這樣？」我聳了聳肩，表示無辜。

自習課的時候，班長小惠走上講臺，小聲地要大家繳交暑假作業，同學或聊天或吃零食或打電動或看漫畫，就是沒人理她。

小惠這個班長當得一點也不威風，大家不想做的事統統都丟給她，老師們也老愛叫她跑腿打雜。

只見她喊了半天，收到的作業寥寥可數，急得淚珠在眼眶裡打轉。

最討厭女生哭哭啼啼了，我出聲道：「吵死了，班長說要交暑假作業，全都聾了是不是？」

空氣凝滯了一會兒，有人率先喊道：「我寫完英文了，但是數學沒寫，誰寫數學了？借我抄。」

接著大家紛紛交換資源。

「我數學寫完了借你，你英文借我抄。」

「誰有帶書來？我要寫讀書心得。」

「我這裡有好幾本《海賊王》、《火影忍者》和《黑執事》，誰要借？」

「我！」

「咦？這些都是漫畫吧？算了算了，反正老師也沒規定不行。」

「我有《危險保健室》喔。」方霏邪惡地淫笑，念出封面上的文案，「在一次陰錯陽差的情況下，男學生和醫護老師開始了一段以肉體關係爲主的……」

沒等她念完我就將漫畫搶走，津津有味地看起來。

「陶霸，妳的暑假作業呢？」方霏問我。

「幫我寫。」我將作業推給她。

「我自己的都還沒寫完。」她翻了個白眼。

人人安安靜靜、奮筆疾書的畫面出現在後段班的自習課裡，堪稱百年難得一見的奇景。

「咦？走錯教室了嗎？」下堂來上課的班導一陣錯愕，特地倒退出去看看班牌，確認是高二G班沒錯後打趣道：「太陽打西邊出來了，大家怎麼突然變用功了？」

「那是老師您教導有方啊。」狗腿霏的名號不是叫假的，兩三下就把老師哄得開開心心。

下課後，怡君和淑芬將班上所有暑假作業收齊交給小惠。

小惠感激地望了我一眼，然後恭恭敬敬呈上作業本，「陶霸，妳的讀書心得寫好了。」

「嗯。」我隨意翻看了一下，「交出去吧。」

「好。」

「寫得不錯，以後我的讀書心得就交給妳了。」

「好的，沒問題。」

「不過，就是字寫太漂亮了，寫醜一點沒關係，不然老師會懷疑。」

「我知道了。」小惠唯唯諾諾地答應。

「還有，妳剛才應該凶一點，不然根本沒人在意妳的話。」

「對不起，我以後一定會努力。」

我還想說什麼，這時有人來喊小惠，「班長，班導問妳作業收齊了沒？收齊了就趕快送去辦公室。」

「喔，好。」小惠趕緊起身，抱著一疊作業離開。

她一離去，方霏就轉頭過來說：「妳幹麼對小惠說那些？她個性就是那樣，這輩子沒救了。」

「我只是看不慣她一副任人宰割的模樣。」

「話說，剛才宰割她的好像就是我面前的某人喔。」

我不置可否，從抽屜拿出洋芋片，撕開封口。

方霏一邊伸手拈走幾片洋芋片，一邊說：「快中午了，現在吃零食，不怕待會午餐吃不下嗎？」

「我正在吃午餐了。」我嚼了幾片洋芋片，忽然想起一件事，隨口提起，「暑假我曾經在路上撞見小惠被貂毛勒索，我衝上去和貂毛幹了一架，正要分出個輸贏的時候，我爸好巧不巧開著巡邏車經過，就把他抓走了。」

貂毛是這一帶橫著走的鄉里惡霸，等級自然比我這校園惡霸高了不少。

方霏一聽他名號，嚇得眼睛霎時瞪大，忙追問：「後來呢？」

「後來聽說貂毛被查出身上藏著幾粒『藥』，當然就是被送去勒戒所嘍。」

「陶霸，妳不要用平淡的口吻講出那麼驚悚的事好嗎？貂毛那種黑道流氓也是妳能惹的？妳就不怕他報復？」

「是啊，所以我被老爸禁足了整整一個暑假，整天在家無聊死了。」我苦惱地抱怨，「要不是當初老媽誓死反對，我應該去念警校，以後就能名正言順地揍人了。」

方霏無力地翻了翻白眼，「妳呀，就是太有正義感了，看不慣的事都愛出頭，才會變成今天這樣。」

「這算缺點嗎？」

「缺點，也是優點。」她嘆口氣，「以後妳怎麼死的都不知道。」

我回：「是喔？謝謝妳的神機妙算。方大小姐如此聰明伶俐，還不是讓人劈腿了。」

閨密就是妳明明知道她哪裡痛，偏就往哪裡戳死她。

「這是兩回事好嗎？他長得一副忠厚老實的樣子，我怎麼知道他會背著我偷吃。」方霏惱羞辯解，頓了頓，突然捶了一下桌子，「陶霸，我決定了。」

「決定什麼？」

「反正連忠厚老實的男生都會劈腿，我不如和大帥哥交往，至少被劈腿了也不會太沒面子。」

人家說談戀愛會讓女人智商降低，沒想到失戀會讓方霏的智商降低到谷底。

「……妳鬼哭狼嚎了好幾天，不是因爲妳難過朱祥義劈腿，而是因爲沒面子？」

「是呀。」她理直氣壯。

我完全無語。閨密就是妳明明知道她是一條賊船，還是只能心甘情願踏上賊船，跟她同舟共濟。

我揉揉眉心，想到另一件讓我更加頭痛的事，「教官說明天早上要開始做愛校服務了，我可是爲了替妳報仇才遭到處罰，妳要來幫我。」

方霏吃光我的洋芋片，乾脆俐落地回了三個字：「那當然。」

第三章　最重要的小事

隔天早上，我率領全班同學進行悲催的愛校服務，清掃校園外的人行道。

「教官，我們來了。」

見到我們一群人拎著掃帚水桶的大陣仗，教官一愣，摸摸沒毛的腦門，「我不記得有處罰這麼多人啊？」

我不要臉地說：「報告教官，我人緣好，班上同學自願過來幫忙。」

「這樣啊，那你們掃吧，掃完早點回教室自習。」

教官前腳剛離開，抱怨聲就稀稀落落傳來。

「不公平，明明受處罰的是陶霸，爲什麼全班都要來掃？」

「陶同學的事就是全班的事，分什麼你我……」小惠勸道。

我用最凶惡的目光掃過一圈人，強大氣場飄蕩開來，「誰有意見現在就可以離開。」

「對不起，我錯了，我掃我掃，不要霸凌我啊，嗚嗚。」

同學們團結合作做清潔，很好，我滿意地看著這一幕，動口不動手，「地上落葉全部撿起來，一片葉子都別讓我看見。」

學生們陸陸續續來上學，一個胖嘟嘟的男生咬著三明治進校門，將紙袋隨手丟到地上。

我雙手環胸斜靠在牆邊，朝怡君使了個眼色，小胖子立刻被拖到暗處曉以大義，幾分鐘後他含著兩泡眼淚、身上帶著幾塊瘀青走出來，方霏拋了夾子和垃圾袋讓他加入愛校服務隊伍。

幾個搔首弄姿的小學妹經過我面前，飄落下的那幾根頭髮難逃我的火眼金睛，我再度使了個眼色，小學妹被拖到暗處不到幾秒就哭著出來，主動要求加入愛校服務隊伍。

沒多久，愛校服務隊伍的成員越來越多，以學校爲中心，方圓一百公尺內再也沒人敢亂丟垃圾，人行道上一塊一塊菱形地磚被刷洗得晶亮，連水溝蓋孔縫隙都被小蕙他們拿工具摳得乾乾淨淨。

「不錯、不錯。」教官來看了幾次，直誇我辦事效率高。

「哪裡、哪裡。」我謙遜一笑。

「霏霏，辛苦了，肚子餓了吧，來吃早餐。」

自從朱祥義被方霏甩了之後，天天送早餐來求復合，這天也不例外。

我哼了一聲，鄙夷道：「這劈腿豬送的東西妳還吃得下，也不怕得口蹄疫？」

淑芬說：「食物是無辜的，陶霸，私人恩怨不能連累食物。」

怡君說：「方霏，妳千萬別復合，一定要拖著他，讓他天天給妳送早餐。」

「這倒是。」方霏得意地說。

「今天有妳最愛吃的肉蛋吐司，我去美食節目報導過的那家名店排了好久才買到。」朱祥義一臉討好。

「霏霏有，那我們呢？」淑芬問。

「有有有，大家都有。」朱祥義忙不迭地從塑膠袋取出一個又一個熱呼呼的肉蛋吐司。

我暗暗嚥了口口水，嘴上挖苦他：「你的小三學妹也有嗎？」

氣氛瞬間凍結，朱祥義吶吶辯駁：「我已經沒有跟她連絡了。」

「陶霸，妳不吃嗎？」方霏眼睛盯著最後一份肉蛋吐司，「不吃的話我吃掉嘍。」

「不吃。」我嘴硬回，「吃吧，吃死妳這肥豬。」

「肥豬」這兩個字戳中方霏的痛處，即將送進口中的肉蛋吐司緊急剎車。

她沉痛地嘆口氣，「小惠，妳吃吧。」

「咦？不，我不餓……」小惠推辭，肚子卻誠實地發出一陣咕嚕咕嚕聲響。

「囉嗦，叫妳吃就吃。」我瞟了她一眼，她嚇得立刻接過肉蛋吐司。

聞著肉蛋吐司的香味，我開始後悔了，雖然在家吃過肉包和豆漿，但忙了大半個早上還眞有點餓，正想使喚誰去福利社幫我買點東西，就遠遠瞥見顧凱風騎著自行車過來，而自行車把手上掛著的不就是一袋早餐嗎？

「站住。」我伸出掃把往前一橫攔下他，眾姊妹們顧不得沒吃完的肉蛋吐司，團團圍在他身邊。

他長腿蹬在地上，掀起眉睫看了過來。

「此路是我開，此樹是我栽，要從此地過，留下早餐來。」我仰天大笑。

他淡淡地給出兩個字評語，「幼稚。」

呃，我也覺得滿幼稚的，我只是想感受一下說出這句經典的土匪台詞是啥滋味。

「留下你的早餐。」女土匪伸出一隻手，掌心向上晃了晃。

顧凱風默默解下塑膠袋遞過來，然後牽著自行車進校門，乖順得不可思議。本來預期將遭遇一場激烈抗爭的女土匪怔愣了幾秒，待回過神，手中已經多了一袋糧，裡面有麵包、三明治和牛奶。

這麼容易？早知道搶糧搶錢搶男人統統來。

眾人投向我的鄙夷目光明明白白寫著：連單親孩子的早餐都搶，眞是沒人性啊沒人性。

其實我只是開玩笑，誰知他竟二話不說眞給了我，那搶都搶了能怎麼辦？食物是無辜的，當然吃掉啊。

◆

數學課的時候，老師剛宣布將利用下課前十分鐘進行小考，我的肚子就忽然一陣絞痛，趁老師轉身寫板書時，我虛弱地戳戳前座的方霏，「早餐……有毒……」

「什麼？」

「顧凱風……那個陰險歹毒的小人，想毒死我。」

「傻孩子妳胡說什麼呢？他又不知道妳會搶他的早餐，不想考試就直說嘛。」

「不，這次是眞的……。」我雙腳不斷交叉夾緊，極力克制下腹部某種亟待噴發的欲望，額頭滲出涔涔冷汗。

「陶霸，妳演技越來越逼眞了。」方霏咯咯笑。

「不行，忍不住了！」我霍然起身，在老師及全班同學的驚呼聲中直奔廁所，徹徹底底體驗了人生第一次上吐下瀉。

「妳應該就是吃壞肚子了，下次注意點，千萬別亂吃來路不明的東西。」醫護老師自然一番訓誡，我有苦難言。

就著開水吞下腸胃藥，屈辱和不甘卡在喉嚨裡咽又咽不下，吐又吐不出，我收緊拳頭，將紙杯捏成扁平狀，投進垃圾桶裡。

「陶霸，妳要不要多休息一下？」

「不用。」我擺擺手。

「我們不急著回教室的，下堂課要英文小考……」

「滾。」我低喝一聲，扶著酸軟的腰腹起身，緩緩步出保健室，往高三資優班教室前進。

這筆帳必須得算在顧凱風頭上！

高三資優班位於教學大樓三樓的圓弧形轉角處，一側窗戶遠眺校園外的城市風景，視野絕佳，靠走廊的這一側則面向中庭花園。三層樓的樓梯若在平時完全是一塊小蛋糕，但此刻我卻爬得氣喘吁吁、雙腿打顫，姊妹們要來扶我，都被我以「老子腿沒斷」爲由拒絕。

稍稍讓喘息平復下來，我爬上最後幾道階梯，走到目標教室前，氣勢十足地大吼：「顧凱風你給我滾出來！」

教室裡的人朝我投來各種異樣目光，有的害怕、有的竊笑、有的嫌惡，偏偏那名字的擁有者坐在角落靠窗座位，悠然自得聽著音樂，陽光從樹葉縫隙篩落下來，將他攏進斑駁的光影裡，一副歲月靜好的模樣。

「學妹，」一個男生半身探出窗臺，斯文的黑框眼鏡也遮掩不住那雙賊溜溜的桃花眼，「我們班男神不隨便出場的。」

方霏低聲在我耳邊說：「又一個新轉來的，名叫梁子衿。」

看來不給這些轉學生一點下馬威，他們以為四中沒人了！

我扭扭脖子甩甩手臂，雙手拉直反扭呈伸展姿勢，淑芬、怡君見狀立刻驚慌地拉住我，「陶霸，冷靜冷靜，這人揍不得。」

「為何？」

「妳不覺得他很帥嗎？」

「……」

頂著我近乎瘋狂的殺人目光，淑芬理智地勸道：「陶霸別這樣，我們不是來打架的，驚動教官就不好了。」

方霏對黑框眼鏡男客客氣氣地說：「麻煩學長幫忙叫一下顧凱風學長，我們有事找他。」

他偏過頭，自以為幽默地朝教室裡喊：「凱，又有學妹找你告白了，這次的很辣喔，潑辣的『辣』。」

語落，教室內立刻傳出笑聲。

有人笑著推了推顧凱風，他這時才注意到教室外面的動靜，單手支住下巴望過來，遠遠拋出個事不關己的表情，擺明不把我放在眼裡。

我忍無可忍，踢開虛掩的門逕直走進教室，站到他座位前，扯掉他耳朵上的耳機。

「顧凱風，我只是來告訴你一聲，『謝謝』你今天早上的早餐。」我刻意加重「謝謝」二字的咬字。

他睨了我一眼，淡淡地說：「牛奶昨天過期了。」

「誰會把過期牛奶帶來學校？」我內心抓狂，表面卻十分淡定。

他重新將耳機塞進耳朵裡，補了一句算是解釋：「我沒注意，反正妳也沒事。」

那你怎麼知道牛奶過期了？還有，我看起來像沒事嗎？

壓下內心排山倒海的怒意，我忿忿地撂下話：「你，給我記住。」

我冷笑著轉身，卻在聽見他的回話時突然頓住腳步，拇指內收四指併攏，以手刀姿勢劈向那扇貼著「全力衝刺，備戰高三」宣傳標語的門板。

碰！薄薄的三合板裂開一道口子，木材碎屑掉了下來，眾人目瞪口呆。

要不是因爲拉肚子，腿腳使不上力，別說一道口子，那扇華而不實的門板非被我踹成兩半不可。

我揚起最完美的笑容，擺出最囂張的神態，「作爲回報，讓學校替你們換扇好一點的門板！」

梁子衿誇張地哇了一聲，「學妹好身手。」

雖然對方比我高出將近一個頭，我依然能夠輕易揪住他的衣領，「潑『辣』的辣？識相點就該好好打聽我是誰？看在你新來的份上，這次饒過你，下次……呵呵呵。」我拍拍那扇破門板，抿著淺笑，「這扇破門就是你的下場。」

他臉色一陣青一陣白，看來嚇得夠嗆。

「我是她的經紀人，想認識她可以跟我約喔。」三八方霏趁機將一張紙條塞進梁子衿的制服胸前口袋，對他拋了個媚眼。

今天這一趟，除了去高三資優班插旗立威，還要讓顧凱風知道——他的歲月靜好很快就要被我終結掉了。

「哇塞！徒手劈木板，陶霸妳剛剛簡直太帥了！」

「好啊，狠狠給他們一個下馬威，看那些高三嚇得屁滾尿流啦。」

離開高三資優班教室後，淑芬、怡君兩人為我歡呼，方霏拉起我通紅的手，「手不疼嗎？」

「不、疼……」直到來到沒有旁人的地方，我繃緊的五官才放鬆開來，哀哀吐出一聲悲鳴，「才怪，疼死老子了。」

「妳就逞強吧，疼死妳。」方霏一副不出所料的樣子，拽著我的手說：「走，去保健室擦藥。」

「不必了，區區小傷。」

「聽說下節課要考英文單字。」

「……我勉爲其難去一趟好了。」

醫護老師看見我腫成豬蹄的手，關心地問道：「才一會沒見，妳手怎麼受傷了？」

我轉轉手腕，「沒事，被門板夾到而已。」

「沒事會夾到門？又跟人打架了吧？」醫護老師年紀輕輕，嘮叨起來跟老媽有得拚，「都多大的女孩子了，整天動手動腳成何體統。妳是她同學，又是從小到大的好朋友，也不知道攔著點？通知教官了嗎？」

原本乖乖站著聽訓的方霏聽見他打算告訴教官，頓時心慌不已，忙討好地說：「老師，您是我們沙漠中的綠洲、黑夜裡的燈塔，我們這些迷失的小船都躲到您這裡避難啦，如果連您也向教官打小報告，那我們該何去何從呢？」

「我這是包庇啊。」

「不，您這叫庇護。」

醫護老師臉上無奈的神色更深了，他拿我們沒辦法。要告教官就告，我才不在乎，想到幾天手疼換來校霸地位的鞏固，划算！我忍不住哈哈哈笑了三聲。

聽見我扭曲的笑聲，醫護老師驚恐地問：「這孩子腦袋被門夾壞了吧？」

方霏扭頭看我一眼，見怪不怪地回：「放心，她腦袋從沒好過。」

◆

陽光明媚的下午，風吹得書頁嘩嘩作響，聽著籃球落地的聲音無端有些煩躁，我往窗外看去，眼神飄忽沒有焦點。

高二G班教室位在二樓，隔著一排台灣欒樹就是籃球場，靠窗座位自然是最佳看台區，所有風光一覽無遺，缺點就是其他班級上體育課時有點吵，聽不清楚講臺上老師講課，不過後段班的學生不會介意。

場中男生跑來跑去，有道活躍的身影突然吸引住我的視線。微濕的瀏海貼在他額頭上，陽光照耀在他的臉、脖子、手臂，反射出細碎光芒，像鍍上一層金粉，他的球衣下襬被風掀起，露出些許腰腹肌膚，肌肉線條引人無限遐想。

爲什麼注意到他？太奇怪了！一定是特別討厭這個人的緣故。

中場休息的時候，幾個女生圍著他又是遞礦泉水又是遞毛巾，像後宮嬪妃對著皇帝獻殷勤，皇帝甩甩手誰都不理會，轉身從小太監手裡拿過礦泉水，哎，剛剛看那小太監先偷喝了好幾口，被人間接接吻了都不知道。

「喂，妳們說，假如有個特別討厭的男生，除了揍他一頓之外，還有什麼方法能狠狠教訓他？」我糾結這個問題好幾天了。

「有什麼好考慮的？」方霏豎起英文課本，敷衍地側過頭對我說：「當然是狠狠揍他一頓，揍到連他媽都不認得他。」

「不嘲笑，不謾罵，不打架，不歧視，我們要和平地解決問題。」我無精打采地背出反霸凌宣傳標語，手撐著下巴，十分哀愁，「我答應我爸和教官了。」

「哇，我有沒有聽錯？這是陶霸說出的話嗎？」

「我的意思是，有沒有更厲害的、讓他痛不欲生的方法？能殺人於無形、不被教官發現的那種。」

淑芬想了好一陣子，「那他最看重、最需要、一旦失去就活不下去的東西是什麼？奪走他最珍視的東西，說不定他會一輩子悲痛欲絕，心碎至死。」

怡君也贊同，「沒錯，俗話說『哀莫大於心死』，肉體傷痛很快就會復原，內心創傷是難以痊癒的。」

「嗯，有道理。」我摸摸下巴，思索著一個高中男生最珍視的東西會是什麼？電動玩具？考試成績？名譽？友情？還是……童貞？

我想像顧凱風被我扒光衣服推倒在床，鏡頭淡出移到花瓶上，含著露珠的玫瑰花瓣搖搖欲墜，下一個鏡頭，他裹著被單嚶嚶啜泣，而我吐出一口煙圈，悠悠說道：哭什麼？老子負責就是了……

方霏問：「那男生長得如何？」

我朝窗外籃球場瞥去，「還能入眼吧。」

怡君說：「能入得妳的眼，一定是個帥哥。」

「勉勉強強算吧。」我回，對自己高標準的審美觀頗爲自豪。

淑芬興奮地建議：「我知道了，妳就去倒追他，讓那個男生徹底愛上妳，再無情地甩了他，將他的自尊狠狠踩在腳下。」

我鄙夷地看了她一眼：「妳以爲這是哪部漫畫裡的鬼畜情節嗎？」

「妳別小看愛情的力量，」淑芬不以爲然，低聲說：「我哥被初戀女友甩了之後，不去工作，成天躲在家裡不是睡覺就是打電動，我媽氣死了，說好好一個兒子被女人給毀了。」

怡君跟著應和：「有道理，這種悶虧教官無法管，他只能默默吞下，陶霸妳也能全身而退。」

想像顧凱風爲愛憔悴、痛不欲生的模樣，我有些躍躍欲試，「如果他在大考前失戀，想必成績會一落千丈，到時考不上理想學校，嘿嘿嘿……」

方霏猛地驚呼：「陶霸，妳想『教訓』的那個男生該不會是顧凱風學長吧？」

「不行嗎？」

「當然不行，他不就是踢妳一腳、笑妳沒胸部、害妳拉肚子，妳至於跟他過不去嗎？」

「我就看他不順眼。」哇，不細數還眞沒注意，我的兩支大過都是因爲他多管閒事才被記上的。

「不行不行，那麼澄淨又美好的男神，他要是受到一丁點傷害，我一定跟妳絕交。」

我十分唾棄方霏這種因顏値而異的處事方式，剛剛是誰說要痛揍他一頓，揍到連他媽都不認得他？

我伸出五指用力一抓，陰惻惻地笑道：「不整死他，我的名字就倒過來念。」
方霏毫不客氣地吐嘲：「陶同學，妳的名字不管從左邊從右邊，念起來都一樣。」
只有怡君支持我：「陶霸，妳打算怎麼做？」
「那自然要從長計議，總之我一定要抓到顧凱風的把柄……」

最後一節國文課，老師讓我們寫作文，眼看一天的課程即將結束，同學們心情都放鬆起來，滿心期盼著放學鐘聲響起，除了班長小惠偷偷在寫數學習題，其他人都在小聲聊天、吃零食、看漫畫、聽音樂、打電動。
國文老師不太想管，也不太敢管，畢竟前些日子才發生高中生拿椅子砸傷老師的新聞，偶爾大家鬧得太過歡騰，才意思意思地喊了聲：「安靜，不要吵到別班。」喊完就自顧自看小說去了。
「陶霸，妳說那個戴黑框眼鏡的學長會不會跟我聯繫啊？」方霏抱著手機傻笑。
「不會。」他有病才會跟妳聯繫，正常人都會極力跟校園惡霸和太妹撇清關係。
怡君和同桌男生打來鬧去，淑芬正和男友電話熱線，她男友高中畢業就沒再繼續升學，游手好閒了兩個月，接下來準備去當兵。
只有我，無聊到只能寫作文！
我咬著筆頭，對著一片空白的稿紙發呆了一陣，抬頭環顧四周，就算升上高中，一樣難逃被分配到資源回收班的命運。

突然覺得有點厭煩，具體厭煩什麼我也說不上來。

幾天前在高三教室，我對顧凱風撂下狠話「你給我記住」，當時他回了一句話，讓我克制不住脾氣劈壞了門板。

他將指尖抵住胸口左側的位置：「嗯，記在這裡。」

說這話時，他眼睛裡好像有什麼東西一閃而過，微笑的模樣像在對我挑釁，又像許下一個溫柔至極的承諾。

只要一想起，胸口就會莫名麻一下，好像有隻小小蝴蝶伸出一隻柔軟的觸鬚，在心尖上輕輕點一下。

煩死了。

淑芬和男友嘰哩呱啦聊了快一節課，眞不知道哪來那麼多廢話，眼看快要結束了，卻又在那邊「你掛了啦」、「不，妳先掛」、「不要啦，你先」、「妳先啦」，兩人一來一往彷彿能無限循環到天荒地老，我索性抽走她手上的手機，直接按掉。

「陶霸，妳怎麼替我掛了？」淑芬嗔怪我。

「寧可自己先掛斷電話，也不要讓男人掛妳電話。」我出言指點，「這叫欲擒故縱妳懂不懂？」

「妳聽她亂講就慘了，她從來沒談過戀愛。」方霏不吐嘲我會死。

我反擊，「總比被劈腿好。」

「陶霸，其實我內心愛的是妳。」方霏深情款款地握住我的手，「這份愛不需要回應，妳默默接受就好。」

我簡直快吐了，「好好好，我也愛妳，快去吃藥吧。」

好不容易放學鐘聲響起，國文老師讓小惠收作文，她站在講臺上喊：「作文寫完的同學請交上來。」

交上去的稿紙只有薄薄一小疊，小惠露出十分落寞的神情。

方霏很快收拾好書包，過去交卷，「陶霸，我去外面等妳喔。」

我嗯了一聲，回過神來，正準備將稿紙揉成一團塞進書包，卻被眼尖的國文老師發現，他熱情地朝我揮揮手：「陶同學，妳寫完就快交過來吧。」

伴隨這句話而來的，還有他殷切期盼的目光。

我才遲疑了一會兒，國文老師就迫不及待走過來搶走桌上的稿紙。

別看，你會後悔。

「陶同學久違地提筆寫作，我一定要好好拜讀……」國文老師看著稿紙，嘴角微微抽搐，「這都是些什麼啊？」

滿滿一張稿紙寫著各種猥瑣又下流的惡整計畫，還配上插圖，主圖是一個標注著「陶」字的光頭人踩在另一個光頭人身上。

「陶同學的文字條理分明，配圖線條簡潔且十分傳神，有成爲記者的潛能。」國文老師昧著良心稱讚我一番，指著被我踩在腳下的那個光頭人問：「這人是誰？」

還能有誰?當然是顧凱風啊。

「關你屁事。」

國文老師絲毫不在意我惡劣的語氣，興沖沖地指著另一張光頭人跪在「陶」字光頭人面前求饒的插圖，評論道：「這張看起來好像求婚喔。」

我惱羞成怒地瞪了國文老師一眼，搶回稿紙塞進書包，抬腳走出教室，將國文老師含糊不清的聲音拋在身後。

「多麼青澀的初戀啊……」

初你的頭啦，什麼初戀！

走廊上，方霏興奮地勾住我的脖子，「陶霸，我們去吃雪花冰，學校旁邊的巷子口新開一家冰店，每次放學後都大排長龍，我們也去吃吃看。」

「熱。」我皺眉拍掉她的手，「怡君和淑芬呢？」

「都跟男友約會去了。」

「嘖，沒良心，有異性沒人性。」

「還是我對妳最好。」

「算了吧妳，要不是妳失戀，妳會比她們更沒人性。」

「呵呵。」方霏傻笑。

冰店門口掛著復古的藍色白字店旗，配料臺前人頭攢動，我冷不防就瞥見了一個人，想要忽略他的存在幾乎是不可能的事情。

不知道是大宇宙神的意志還是人為製造的巧合，遇見顧凱風的機會似乎莫名其妙變多了。他臉色有些泛紅，大概是剛打完球，手臂搭了件淺藍色的運動外套，眼睛微微瞇起，對著滿座的店內直皺眉。

「顧凱風、梁子衿，我們這兒還有兩個空位！」一群高三班的女生忽然尖叫，拚命朝兩人熱情地揮手。

哪有什麼空位？分明是女生分左右兩邊擠呀擠，勉強挪出長椅中間的空隙，若坐在上面，恰好詮釋什麼叫「左擁右抱」。

面對如此盛情難卻，梁子衿顯然已經司空見慣，顧凱風則顯得有點窘迫，他別開眼，注意到有一張四人桌空了出來，店員剛撤去餐具，他就迫不及待拉著梁子衿過去坐下。

可惡！那張桌子我從排隊點餐時就盯上了，原先的食客們感受到我殺人於無形的凝視，快速吃完離開，現下竟然被人捷足先登了。

我撇過頭說：「不吃了，我們走吧。」

「可是，冰都點了……」

「妳沒看見店裡沒位子嗎？」

「看！那邊有張四人桌只坐了兩個人，簡直太幸運了，兩大美男坐在那兒，光看就很養眼。」方霏指向顧凱風和梁子衿的方向，立刻沒節操地放聲大喊：「學長、學長，好巧喔，你們也來吃冰啊？」

「是啊，學妹，我們這裡還有兩個空位喔。」梁子衿也沒節操地立刻回應。

這一幕別說養眼，我恐怕會越看越上火。

方霏扯扯我的衣角，「陶霸，別矜持了。」

小姐，妳哪隻眼睛看我矜持了？

「妳去啊，有種妳、去、啊。」

不是我太高估我和方霏的友誼，就是我太低估方霏的厚臉皮了。

「當然去。」她開心地答道，然後又踐又拉，硬推著我一道過去。

我拗不過她，一坐下來，剛點好的冰品很快就送上桌。

「學長，你是什麼冰？」方霏主動向梁子衿搭話。

「芒果冰，妳要試看看嗎？」

「好啊，那學長也吃吃看我的，我的是薏仁牛奶冰。」

「學妹喜歡吃薏仁啊，難怪皮膚白白嫩嫩的。」梁子衿說著便要伸手掐方霏的臉頰，我用鐵湯匙重重拍向他的手背，他嚇得縮回手。

「哇，好凶啊。」他誇張地喊道。

「別對我老婆毛手毛腳。」我冷聲道。

方霏嗔怪我一眼，附在我耳邊低聲說：「但是……我想被他毛手毛腳啊。」

我狠瞪她，「不管妳了，等妳失身了再來向我哭訴吧。」

然後我招手讓店員送上一支新湯匙，挖了一匙冰正準備送進嘴裡，卻聽見梁子衿用開玩笑的語氣問：「妳們兩個女生感情很好嘛，是在交往嗎？」

我眨巴著眼，沒聽懂話的意思，方霏卻急急地否認：「不、不，我喜歡男生。」

我嘴角抽了抽，瞬間明白過來，隨口順著她的話說：「我也喜歡男生。」

默默吃冰的顧凱風突然抬起頭，一雙眼睛不偏不倚與我撞個正著，眼神流轉間，一圈漣漪的細波漸漸在他眼眸深處擴散開來，彷彿我那句話說的是「我喜歡他」一樣。

我決定直到吃完冰離開座位前都不說話了。

「學妹，妳這是什麼冰？」

我心道：千年寒冰。

「看起來好清爽喔，我試吃看看。」梁子衿自來熟的本事簡直令我嘆爲觀止，他說著便伸出湯匙。

我還沒來得及護住冰，顧凱風便面無表情地格開他的湯匙，並且發話：「吃我的，我的也是檸檬冰。」

梁子衿嫌棄道：「才不要，你的冰連糖水都不加，還不如整顆檸檬拿來啃。」

「我試試妳的。」說時遲那時快，他逕自從我的碗中央挖走滿滿一匙，含進嘴裡，隨即誇張地大喊：「天哪，酸死我了，妳和顧凱風怎麼都愛這種變態口味？」

我的檸檬冰也是不加煉乳不加糖水，意外發現與顧凱風的這個小小共通點，我不自覺彎起嘴角。

難道這就是命中註定的緣分？

緣分這兩個字讓我渾身狠狠一抖。

◆

中午用餐時間，學生餐廳萬頭攢動，想殺出一條血路，必須得團隊合作，所以怡君、淑芬負責去打菜，我和方霏負責佔位。

有人的地方就有八卦，八卦集散地自然就是學生餐廳。

目光如炬掃視過全場，最後停在一張長桌上，幾個女生邊吃飯邊聊八卦，小道消息與飯菜氣息彌漫整間學生餐廳。

僅僅是飄進耳朵裡的流言蜚語，就足夠讓人心煩意亂。

剛開始還只是「不愛念書」、「頻率不高的作弊蹺課」、「偶爾跟老師頂嘴」、「為朋友出頭才會動手打人」，漸漸就出現了越來越離譜的版本，像是「動不動就聚眾滋事」、「抽菸喝酒」、「吸毒援交」、「是個到處睡的婊子」……

「妳聽聽她們都在亂說什麼！」

「知道是亂說，幹麼在意？自己坦蕩蕩就好啦。」方霏的不以為意，在我看來根本就是鄉愿。

竟然還說我搞援交？仗著是大哥的女人在校園橫行霸道？

前面那句一聽就知道是空穴來風，算了，我度量大不計較，但後面那句我可不高興了，大哥的女人？誰是大哥？老子自己就是大哥！

我默默往那三個女生身旁一站，她們立刻狼吞虎嚥起來，不到三十秒就端著餐盤起身。

「慢點吃，急什麼？我又沒催妳們。」我冷笑一聲。

「大姊頭請坐，我們吃飽了，先、先走了。」說完三人準備開溜。

「回來！」我雙手環胸，目光冷冽，「妳們剛剛說了什麼？我聽得不是很清楚。」

「沒、沒什麼。」幾個女生一溜煙跑掉了。

我這人有個怪癖，思考的時候眼睛會無意識盯住某件物品，某件物品可以是天空中的浮雲、牆壁上的蚊子，也可能是人，搭配我不笑時看起來超級厭世的臉，方霏形容那是「惡魔的凝視」，被我盯上的人常常感到頭皮發麻，但其實我只是陷入思考而已。

而此時我眼珠子動也不動，盯住不遠處某個端著餐盤的男生的後腦勺，彷彿感應到什麼，他回過頭淡淡地掃我一眼。

有那麼一瞬間，我的大腦皮層出現了短暫真空，那種莫名不舒服、不自在的感覺又出現了，胸口彷彿又開始隱隱作痛。

站在顧凱風隔壁的黑框眼鏡男也順著他的視線看過來，「嗨，好巧，辣妹妳們也來吃飯啊？」

「不吃飯難道吃屎嗎？」我冷回。

「呵呵，學妹還眞是一如既往的幽默。」沒被我的冷言冷語嚇到，他笑嘻嘻道：「眞巧，上次妳們沒座位，這次我們倆找不到座位，換我們跟妳們併桌吧。」

然後不管我是否同意，他硬拉著顧凱風挨在我身邊坐下。

方霏頓時星星眼，直說：「禮尚往來，應該的。」

大概我們這群校園惡霸和校園男神的組合太過新奇，很快又引起竊竊私語。

「快看那邊，兩大男神竟然跟G班太妹一起吃飯，一定是被脅迫的。」

我才是被脅迫的。

「對著太妹吃飯不怕消化不良嗎？」

我才消化不良。

我陰沉著一張臉，一手支著下巴，口裡嚼著淡而無味的炒高麗菜，筷子在餐盤上撥來撥去。

「很難吃嗎？」淑芬問：「今天的菜不合妳胃口？」

「不是本來就很難吃？」

「學餐的菜啊，唉，沒有期待就沒有傷害。」怡君搖搖頭。

「你們不覺得自從換了新校長後，學餐的菜色越來越爛了嗎？學校不知道收了廠商多少回扣。」方霏抱怨完突然發出一聲怪叫。

我鄙夷地看著她：「妳這沒用的東西，叫什麼叫？」

「菜裡有一條蟲。」她聲音顫抖。

「一條小菜蟲而已，大驚小怪。」

一直沉默吃飯的顧凱風冷不防插話：「有一條蟲並不可怕，妳知道最可怕的是什麼？」

「什麼？」

「半條蟲。」

順著他的目光往下看，赫然發現翠綠色的高麗菜葉上躺著半截白色的……蟲屍？別問我另外半截到哪裡去了？我一點都不想知道！

瞬間一陣噁心感在胃裡翻湧，我將菜嘔了出來，然後端起餐盤，大步走向打菜的窗口，那裡只有三三兩兩幾個學生在打飯菜，裡面的工作人員在聊天。

敲了敲玻璃窗，一位大叔懶懶地走過來問我什麼事？

我將餐盤中的那半條菜蟲展示給他看，那位大叔喔了一聲，笑嘻嘻地回：「同學妳不懂啦，這表示菜有機純天然不加農藥啊。」

「至少菜要洗乾淨吧？」我將餐盤甩到工作臺上，「不吃了，我要退錢！」

「妳都吃一半了怎麼退錢？不然賠妳一勺菜就是了。」大叔用勺子將那半截蟲屍撥開，又用同樣的勺子舀起高麗菜蓋在餐盤裡。

我再也忍不住了，掄起拳頭，尚未有下一步動作，嘴巴便被方霏封住，雙手被淑芬和怡君一左一右架住，整個人就這麼被拖走了。

出了學生餐廳，我甩開她們怒道：「幹什麼？我想跟大叔談談也不行？」

方霏說：「拜託，我們還不夠了解妳嗎？看妳那張凶神惡煞的臉和掄得死緊的拳頭，分明是想拆了學餐洩恨。」

怡君說：「要不是我們三人攔著你，妳明天又要上教官室了。上上次替方霏教訓渣男被記一支過，上次砸壞高三A班門板和窗戶玻璃，破壞公物又是一支過，再繼續下去，我們班的愛校服務就要做到畢業了。」

淑芬十分哀怨：「爲了幫妳做早上的愛校服務，我已經很久沒跟男友一起上學了。」

三人你一言我一語，將我原本囂張的氣焰滅了不少。

「陶霸，消消氣，冷靜一點。」

「算了，我買飲料喝總行了吧。」

「陶霸，我們跟妳去。」方霏生怕我又惹事，「妳想吃什麼、喝什麼？我買給妳。」

「不用，我想一個人，妳們別當跟屁蟲。」我將三人打發走，獨自走向福利社，打算買瓶飲料消消我的火氣。

經過午餐時間學生的大肆擄掠，冷藏櫃裡的飲料所剩不多，但我還是選擇困難症發作，好不容易選定了氣泡飲料，卻仍在可樂和汽水之間猶豫不決。

福利社大嬸看不過去，出聲喊道：「女同學，麻煩飲料選好了再開冷藏櫃，門一直開著很耗電。」

我轉過身朝她翻了一記白眼，看回冷藏櫃時，最後一瓶可樂竟從我眼前消失了。

如果今天拿走可樂的是別人，我可能就算了，但因爲這人是顧凱風，我滿肚子氣無處發，就想找他碴。

「喂，等等，這是我的可樂。」

「妳付錢了？是妳的？」

我將額前落下的髮絲勾到耳後，「我先看到的。」

顧凱風微不可見地皺了皺眉，我擅自認定這表情叫做「自認倒楣」。

經過一場無聲的眼神角力，他無奈地將可樂塞進我手裡，改拿走一瓶礦泉水。

我揚起一抹勝利的笑，打開可樂猛喝下一口，直到二氧化碳帶來的刺激感消退，準備去付帳的時候，我摸摸口袋才意識到一件事——我沒帶錢。

想打電話給方霏讓她來江湖救急，卻發現手機也沒帶。

瞥向前方顧凱風正在排隊結帳的背影，我心中盤算，不然更強盜一點，強逼他請我？他一定不會答應的。

怎麼辦？我表面淡定，內心著急得猶如熱鍋上的螞蟻。

才喝了一口，擰上蓋子再放回去，應該看不出來……嗯，應該吧？

我想把喝過的可樂就這麼塞回冷藏櫃，又覺得不妥，萬一買到這瓶可樂的是個肥胖宅男，光想到被人用油膩膩的豬嘴含住沾著我口水的瓶口，那不就是間接接吻？噁，老子身為一母胎單身美少女，冰清玉潔的口水豈能隨便被玷汙。

只是想像而已，我全身的雞皮疙瘩都要跳起來揍人了。既然喝都喝了，不如整瓶幹走，大不了事後再拿錢來補。

打定主意後，我四下張望，福利社大嬸忙著結帳沒空注意這邊的動靜，我將那瓶可樂往寬大的運動外套裡一塞，雙手插進口袋，隔著裡層布料夾住可樂，裝作若無其事地跟在顧凱風身後走出福利社。

踏出福利社的自動門，我忍不住想尖叫，成功了，原來這就是順手牽羊的感覺，實在太刺激了。

得意過了頭，很容易就忽略「螳螂捕蟬，黃雀在後」的道理。

身後忽然有人高喊：「抓小偷！」

我驚覺不妙，回頭看見福利社大嬸指著我大叫：「那個女生偷東西！」

四周所有視線全部集中在我身上，我呆立原地，一股氣血直直湧上腦袋，瞬間脹紅了臉。

「就是妳。」

「我沒偷東西。」

「有人看見了。」

「笑死了，就憑一句『有人看見了』就要誣賴我。」我惡狠狠地掃視全場一圈，「到底誰看見了？有種誣賴我，沒種站出來？」

空氣凝滯了半晌，一把怯弱的女生嗓音從人群中傳出，「我剛剛看見她偷了一瓶可樂。」

一有人站出來發話，接著其他人的聲音就像煮沸水冒出的泡泡，爭先恐後響起——

「就是她，就是她。」

「對，我也看見了，小偷。」

「G班不意外，眞不知道學校爲什麼收這些人渣？搞得四中水準都降低了。」

「聽說他們班男生都在吸毒、女生都在援交。」

「G班全是流氓、太妹和小偷，畢業以後都是社會敗類。」
「噓，小聲點，妳想挨揍嗎？」
「離他們遠一點，免得惹禍上身。」
我憤怒地循著聲音來源轉過身，幾名女生縮進竊竊私語的人群裡，其中一位大嘴女看著很眼熟，當我試圖將她的臉孔和名字連結起來時，她們又開始交頭接耳。
「可惡，G班又怎樣？惹到妳了嗎？成績不好就是吸毒和援交嗎？」我氣得直冷笑，大踏步走過去想揪出到底是誰在造謠，完全忘記懷中還揣著一瓶可樂，那瓶可樂好巧不巧就從校服外套裡面滑了出來。
福利社大嬸及周圍看熱鬧的學生齊齊「喔」了一聲，尾音拖得很長。
剎那間，我只覺得自己耳根發燙，兩邊臉頰猶如火燒。
我左右張望，瞥見不遠處那個雙手插口袋看戲的男孩，忽地靈光一閃，想到一個脫身的方法，「我沒有偷東西，有個男生說要請我喝飲料，我以為他付錢了，才把可樂帶出來。」
「哦？是誰？那個男生在哪？」福利社大嬸滿臉殺氣騰騰，「該不會是妳的推託之詞吧？」
「就是他，顧凱風。」
「我？」他果然一臉莫名。
「我們剛剛還一起吃午餐呢。」我朝他擠眉弄眼，「是吧？」
這是事實，他無法否認，「是又如何？」

騎虎難下的我乾脆豁出去了，「顧凱風，你不能這麼沒良心，說翻臉就翻臉啊。」

「我沒良心？」

「你不能因爲我拒絕你的告白，你就跟著別人汙衊我。」

「我告白？向妳？」別說顧凱風不相信，路人也不相信。

我說得繪聲繪影，「是啊，我拒絕你，你說那我們就當朋友，還說要請我喝可樂，不信你們調監視器。」

顧凱風露出有些微妙的笑容，「不用調監視器了，我十分肯定自己沒向妳告白，但妳幻想有那就是有吧，既然如此，請妳喝可樂也沒什麼。」

抓著一瓶可樂，我氣沖沖地回到教室，將可樂往桌上重重一放，大家往我這邊看來，又默默把頭轉回去。

「顧凱風，我絕對不會放過你，我一定要讓你得到教訓！」

「什麼教訓？」方霏扭過頭問。

我被噎住了，一時之間沒想到能怎麼做。

「妳上次也說不會放過他。」她又補槍。

我狠狠瞪她一眼：「幹麼拆我的台？」

「別氣別氣，男神怎麼又惹到我們家陶霸了？說來聽聽。」她八卦地湊過來。

「我一定要抓到顧凱風的把柄！」我氣得胃都疼了。

校園生活有多無聊多封閉，看看八卦傳播的速度就知道了，不到放學時間，我在福利社偷竊可樂還拖顧凱風下水的消息就傳遍整個校園。

儘管最後顧凱風替我付了錢，福利社大嬸也不再追究，只是顧凱風那番話非但沒爲我洗脫，反而更加坐實我的罪名，還惹出一堆風言風語。

✦

隔天一到學校，剛進教室屁股還沒坐熱，我又被請到教官室「喝茶」。

大概最近和教官喝茶的次數多了，方霏也一副司空見慣的模樣，只說了句「保重」就不理我了，繼續和怡君、淑芬討論誰跟誰在交往、誰在跟誰搞曖昧。

「不嘲笑，不謾罵，不打架，不歧視，我們要和平地解決問題。」我盯著反霸凌海報上的宣傳標語冷笑，才喊了聲「報告」走進教官室。

裡面除了教官之外，還多了一位不速之客，嚴珍校長頂著一頭我最反感的泡麵鬈髮，臉上布滿焦慮，整間房間充滿她咯噔咯噔的腳步聲。

取代剛退休的老好人校長，嚴珍校長這學期才調任至四中，新官上任三把火，高三資優班就是她搞出來的名堂。

我回想昨天我是將學校操場炸出一個窟窿？還是幹了什麼轟轟烈烈的大事？竟然連女魔頭都出動了？

「陶陶同學？」可能因爲我的名字太過怪異，她明顯皺一下眉。

「是。」

她拔尖的音調令人十分不舒服，「我記得妳，四中的校園風氣就是被你們這種後段班學生敗壞的。」

呃……這位新來的校長您可能有所不知，四中的校園風氣在我入學之前就沒好到那裡去喔。

我忍住翻騰的怒氣，「請問校長，我是如何敗壞學校風氣的？」

嚴珍校長眼神輕蔑，「妳幹了什麼好事自己不清楚？」

我的確幹了不少「好事」，就是因爲太多了，才不知道是哪一件惹得嚴珍校長看見我就像看見仇人一樣。

教官咳了一聲，「是這樣的，有人舉報陶同學昨天中午差點揍了學餐的工作人員。」

我辯解：「教官，學餐的菜裡有蟲，我只是去反映問題而已。」

「用怒氣沖沖的態度去反映問題？」

「不然呢？吃掉半條蟲子的是我耶，難不成我還得好聲好氣？」

教官頓時語塞，那個一直對我橫眉怒目的女人開口：「有人說妳還偷了福利社的可樂，人證物證俱全，這可沒有冤枉妳了吧？妳有什麼話說？」

「那完全是個誤會，我可以解釋……」我將昨天在福利社發生的事說了一遍，當然是按照我的版本。

女魔頭自然不相信，還叫顧凱風來對質。

「顧同學，你把昨天在福利社發生的事說一遍。」不知道是不是錯覺，嚴珍校長看著顧凱風的眼神似乎特別關切。

「我請朋友喝飲料，就這樣。」他冷淡地說。

「你怎麼會認識後段班的學生？我怎麼都不知道？」

他犀利反問：「交朋友需要向妳報備？」

「你知道你交的是哪種朋友嗎？」嚴珍校長食指戳向我鼻尖，「成天抽菸打架鬧事、恐嚇低年級學生，這種太妹說不定還做援交呢。」

顧凱風的視線隨著嚴珍校長的食指落在我臉上，眼神平靜無波，他問：「妳做援交？」

「絕對沒有！」我怒極反笑，竟然還有心情開他玩笑，「你要援我嗎？」

「她說沒有。」他自動忽略後面那句話，又問：「你們有證據嗎？」

嚴珍校長和教官兩人面面相覷半晌，教官才解釋這只是校園最近冒出來的傳聞，眞實性尚待查證云云。

「爲了這種沒經過查證的謠言把我叫到教官室，你們是不是太無聊了點？」

嚴珍校長勉強地笑笑：「顧同學，用不著這樣講話吧，你什麼時候學得這麼叛逆、這麼沒禮貌了？」

「我只是就事論事。」

我目瞪口呆，幾分鐘後才反應過來，顧凱風是在替我辯解嗎？

一陣暖意在心裡湧動，有點感動。

如果我做出委屈萬分的模樣，按照少女漫畫的套路，他是不是該帥氣地拉著我走開？顯然二次元和三次元是兩個世界，顧凱風神情不耐地說了一句「下節課還有考試」就揚長而去，留下眾人呆愣在原地。

嚴珍校長的臉色黑了一層，氣無處發，於是數落了我好一陣子，我並非無法反駁，只是還在糾結「顧凱風是眞心替我講話，還是純粹不想被牽連」這個問題，以致臉上表情顯得麻木不仁，嚴珍校長終於感到自說自話的獨角戲挺沒意思，交代教官要好好懲治這些頑劣的學生後，踩著高跟鞋咯噔咯噔也走了。

我想「頑劣的學生」應該不包括成績好的學生，但怎麼看顧凱風的態度都比我還差勁啊！

「家家有本難念的經。」教官感嘆，試圖延續之前的話題，「先不說昨天的事，最近這陣子學生之間傳聞妳抽菸喝酒搞援交，妳知道嗎？」

「教官，我是冤枉的，她們造謠。」我跳了起來。

「唔，這樣說吧，妳雖然愛鬧事了點，但教官相信妳不會做出那種事。」教官說，「不過萬事皆有起因，沒事人家幹麼編造謠言中傷妳？」

我思索了一下，到底誰在造謠呢？

「總之，這些事還是得讓家長知道，不過這次我不找妳爸了，妳爸就只知道包庇妳，我要找妳媽。」

教官翻開學生資料冊，找到媽的手機號碼正要撥號，我突然大叫：「教官等等，我媽媽換手機號碼了。」

「是嗎？」教官並不相信，撥了過去，電話轉語音，家裡電話也沒人接。

教官瞪我一眼，「把妳媽媽的手機號碼給我。」

依著我毫不猶豫背出的一串號碼撥出，電話順利接通，教官按下擴音：「喂，您好，請問是陶太太嗎？」

電話那頭停頓了幾秒，略帶不自然的尖細女嗓傳來，「……是呀。請問有什麼事？」

「事情是這樣的……」教官流暢無比地告完了御狀。

「我相信陶陶絕對不會做這種事……是是是，我們會多加注意女兒的言行，讓您費心了。」

一陣客套的對答之後，教官心滿意足地掛上電話，見我低垂著頭，肩膀一聳一聳似是十分愧疚的樣子，他擺擺手趕我離開，「站在這裡幹麼？還不快回去上課。」

回到教室，方霏第一個衝過來，「嚇死我了，教官突然打給我，幸好我反應快，馬上就猜到妳向教官報了我的手機號碼當作是妳媽的電話。」

知我者，方霏也。

「謝啦。」我滿意地點點頭，從抽屜拿出一包乖乖賞她，「對了，那些造謠的人查到了嗎？」

「查到了，是曹雅妮那群人幹的。」

「曹雅妮是誰？」

「就是朱祥義的小三啊，她大概是因爲上次被打想要報復，才會四處造謠，而且昨天妳在福利社偷可樂的事，也是她去告發的。」方霏臉上浮現愧疚，「陶霸，不好意思，連累到妳了。」

「別說連累，是那群女的皮癢欠教訓。」我扭扭脖子，掰掰手指，好久沒有活動筋骨了。

「那群女生嘴巴實在太臭了，竟然說我們在援交，陶霸，這次一定要撕爛她們的嘴！」怡君義憤塡膺地捲起衣袖。

淑芬也附和：「對，撕爛她們的嘴！」

✦

根據線報，學校後門小巷子新開了間網咖，這幾名大嘴女常在那裡廝混打電動釣凱子。放學後，我們潛伏在網咖外，方霏遞來一根菸，我裝腔作勢地夾在手指上，擺出大姊頭的派頭。

一群女生穿著短得不能再短的校裙、畫著與年齡不符的大濃妝風騷地出現，我把菸往地上一扔，用鞋底碾過，不屑地說：「嘖嘖，眞是一群狐狸精。」

「狐狸精」這三個字觸痛方霏的隱痛，她立刻衝過去抓住其中一個女生的衣領，瘋了一樣撲上去就是一陣廝打。

「曹雅妮，妳招惹我男人被我教訓得不夠，現在又到處嚼人舌根，妳活得不耐煩了嗎？」方霏恨不得將對方大卸八塊，那勢頭攔都攔不住。

其他女生哪管什麼義氣，早就嚇得鳥獸散。

方霏擺明公報私仇，我、怡君和淑芬完全無用武之地，待她發洩得差不多，我才略微驚恐地發話：「方霏，校霸的頭銜讓給妳好了！」

臨走之前，我很認眞地蹲下身跟趴倒在地上的曹雅妮說：「學妹，以後不要搶人男友、不要誣陷別人、不要亂嚼舌根，江湖險惡，不然妳會一次又一次被人修理的。」

「嗚嗚嗚……」鼻青臉腫的女生泣不成聲，「我會記住妳，我一定要報復回去……」

怎麼最近記住我的人越來越多了啊？

我皺皺眉，腦海滑過一個名字，一抬頭，在漫天的金黃色光線中望見不遠處站著一個牽著自行車的熟悉身影。

不知他站在角落看了多久，眼神深邃得教人看不透，他唇角微微上揚，含著淡淡的笑意，「果然是校霸，任何時間任何地點都能看見妳和人打架。」

還眞是有緣啊，我暗自撇了撇嘴，想到他在教官室替我講話，心頓時柔軟了半截，但礙於方霏、怡君、淑芬三人在旁，只能氣勢凶猛地哼了聲：「警告你，少多管閒事。」

教訓完曹雅妮之後，那些太過誇張的謠言果然平息很多，至少不敢再明目張膽地傳進我耳裡，以暴制暴雖然不可取，但有用。

只要他人不來招惹我，我不會主動去挑事。

走過中庭時，眼角的餘光無意向上方一掃，三樓走廊轉角的圓弧形欄杆邊，正靜靜倚著一個人，一抹來不及融化的霞光沾染在他的白色球衣上。

我惡狠狠瞪他一眼，他身形一動，手中抱著的籃球竟然掉落下來，我反應很快地將方霏推開，球差點砸中她的腦袋，最後掉在地上彈跳了幾下才停止。

我抬眸望向罪魁禍首，毫不客氣地質問：「姓顧的，你到底想幹麼？」

他高高俯視著我，輕輕一笑，半晌才丟出一句：「失手了。」

「這算什麼道歉？」

「誰跟妳道歉了？我只是單純在陳述事實。」

他微笑的樣子真是欠揍，我恨得牙癢癢，卻又說不出一個字來。

梁子衿趴在欄杆上，笑嘻嘻問道：「學妹，可不可以幫我們把球撿上來？」

「喔，好啊。」方霏撿起球就要往位於三樓的高三教室跑。

「等等。」我攔住她，一把搶過藍球，後退到三公尺外，兩手握住籃球高舉過頭頂，跳了跳腳，算準距離奮力一丟，按照籃球前進的軌跡計算，應該能砸中顧凱風，豈料梁子衿伸手推開顧凱風，球穿過兩人中間的空隙飛向後方教室，緊接著傳來玻璃哐啷碎裂的聲音，現場眾人異口同聲發出驚叫。

可惡，失手了。

「陶霸，今年校運動會鉛球比賽妳就參加了吧。」方霏慫恿我。

我徹底無言。

「發生什麼事？誰造反了？」不一會兒，教官怒氣沖沖跑過來，見到我又是一頓不分青紅皂白的指責，「高三A班哪裡惹到妳？前些日子劈壞人家教室門板，今天又砸破人家教室窗戶。」

「教官，是他們先惹我的。」我氣憤地喊道。

「他們先惹妳，妳就砸人家窗戶？」教官完全不聽我解釋，「總之妳破壞公物是事實，回去寫悔過書。」

唉，怎麼變成搬石頭砸自己的腳。

玻璃窗和門板總共要賠七千六，教官說算上物品折舊讓我賠一半，三千八就好了。

三千八說多不多，說少不算少，隨便編個理由跟爸開口，爸說不定會心軟，只是從前爸瞞著媽讓我偷偷去學跆拳，後來媽無意間得知，非常生氣，此後爸每個月的薪資都要上繳「國庫」，想從母后娘娘手上拿到這筆錢，簡直難如上青天，若是一個不小心被她知道我又惹事，少不得一頓竹筍炒肉絲伺候。

我殺了豬公撲滿，倒出所有的零錢，又向陶樂樂勒索五百塊，算算還差了將近兩千塊。該到哪裡去湊這兩千塊？

「陶霸，這是我們三人湊的，希望能幫上點忙。」接過沉甸甸的信封袋，我差點熱淚盈眶，只是拆開信封發現裡面都是一塊、五塊、十塊的零錢，又硬生生逼回眼淚。

思考了一晚，這件事的罪魁禍首是顧凱風，他得替我填上這個坑。

翻翻家裡神明廳案前的黃曆，我挑了個宜嫁娶安葬的好日子，寫了張「戰帖」，塗塗抹抹修改了好幾遍，寫得隨意怕對方不把我放在眼裡，寫得太隆重又怕他不敢來，一字一句斟酌，刪刪改改後，終於完成——

「顧同學，我有一件重要的事要跟你說，放學後老地方見。」

趁他們班上體育課時，我偷偷將戰帖放進他的抽屜，卻發現裡面早已塞滿粉紅色信封，抽出信紙一看，千篇一律寫著「顧同學，我有一件重要的事跟你說，某某時間請到某地見」，除了定下的時間地點不一樣，格式全都一樣。

我將那些告白信丟進垃圾桶，只留下我的戰帖放在他抽屜裡。

這天放學後，我在自行車停車棚攔下顧凱風。

顧凱風看也不看我一眼，往左邊邁了一步，我跟著往右邊邁了一步。

他抬眼看著我，淡淡地說：「我好像沒有擋著妳的路。」

「你沒看見是我在擋著你的路嗎？」這種流氓台詞陶霸說來完全毫無障礙。

顧凱風挑了挑眉，「妳想怎樣？」

「找你單挑啊。」我痞笑，「不然你以為我找你告白嗎？」

「我不跟女生打架。」

「沒關係，你說過我不是女的。」為達目的，要我說自己是烏龜都行，「如果我打贏了，你就給我兩千塊。」

「如果妳輸了呢？」

如果我輸了？老子今天可是抱著不擇手段必贏的決心，「你就借我兩千塊。」

他眼眸中閃爍著一絲顯而易見的鄙夷，「妳不是我的對手。」

看著他那種似是有意無意帶著戲謔與不屑的神情，我就生氣，「那好，我從來就沒有把你當對手。」

「喔？」他嘴角勾起輕笑，「那當什麼？」

「我把你當手下敗將。」話音剛落，我便掄起拳頭朝他揮去，幾招下來，不管我如何出言挑釁、出招攻擊，他只是閃躲而不回擊，我發現他光憑觀察我身體細微移動的姿勢就能預知我下一個動作，總能及時閃避。

套句武俠小說的描述，我們的武功路數是同脈相承，他練過跆拳，而且段數在我之上，硬碰硬的話，我不一定討得了好。

我想逼他反擊，只要他一出招，我或許就能找到他的弱點。於是我索性拋掉所有招式，採取最無賴、最犯規的打法，像潑婦一樣扯他的頭髮、拉他的衣服，還搧了他幾下耳光，兩人扭打成一團。

他身上淡淡的汗味並不令人討厭，他的呼吸像羽毛一樣輕盈地撲過來，瞬間我被包裹進一個奇妙的氛圍裡。

「放手。」他咬牙。

「你認輸，我就放手。」

纏鬥了將近半小時，顧凱風為了脫身，做了一件讓我恨不得跟他同歸於盡的事。

他，撞了我的唇，用他的唇。

隔天，我不但錯過了早自習、朝會，還遲到整整一節課，一進教室就趴在桌上急著和周公約會，講臺上的老師氣得半死我也不管了。

「陶霸，妳醒醒。」有人抬起我的頭，掀開我的眼皮。

「嗯？」我抹了把口水，半瞇起眼，迷茫地看著左右擺動的鍊墜，眼神漸漸失焦……

「現在，妳已經進入深沉的睡眠狀態，接下來問妳的所有問題，妳都不需要經過思考，只要憑直覺點頭或搖頭。」有人用雙手撐住我的腦袋，嗓音輕柔，「陶霸，我問妳，妳昨天放學後是立刻回家嗎？」

我搖頭。

「去找人？」

我點頭。

「喜歡的人？」

我點頭又搖頭。

「仇人？」

我點頭。

「顧凱風？」

我點頭。

那人倏地放開雙手，我的頭顱碰地一聲摔下去，鼻梁飛奔桌板的懷抱，鼻腔流出一股濕黏的液體。

痛死了！這下我清醒了。

「臭三八，妳找死。」我抹去鼻血，一把揪住她的頭髮怒道：「妳又趁我睡得迷迷糊糊時套我話。」

陶霸有個弱點，同張床睡過覺的人才知道，當我陷入半夢半醒之際，腦袋是無法思考的，如果趁機問我任何問題，我都會如實回答對方。

「妳去找顧凱風幹麼？」方霏搶回自己的頭髮，聲音恢復成尖銳的女高音，「快說！妳對人家做了什麼？」

當惡霸的好處就是當你不想回答問題時，可以凶回去，於是我惡聲惡氣道：「老子愛幹麼就幹麼，妳管得著？」

「妳該不會是去勒索顧凱風吧？為了區區兩千塊，妳還是人嗎？」方霏跳了起來，抓住我的肩膀死命地搖晃，「他家單親、爸爸又拋棄他們母子，說不定他媽還得了重病下不了床，兩人得靠這筆獎學金過活呢。」

我還眞的去勒索他錢了，怎知會因此失去最寶貴的初吻，到底誰才是惡霸啊？

我無力地翻了翻白眼，昨晚我根本算不清楚自己刷了幾次牙、嚼過幾粒口香糖。

聽我說完昨天的經歷，方霏沉思了一會，自以為是地下了結論：「所以，你們接吻了對嗎？」

我瞬間爆炸：「不是！是嘴唇相撞！」

我以為作為死黨、閨密、手帕交，方霏會跟我一起唾棄顧凱風，不料她竟然說：「反正顧凱風是個極品帥哥，妳也不算太虧。」

「妳說的是什麼話？」

「中國話嘍。」

「難道他長得帥我就得白白讓他占便宜嗎？」

「妳不也占他便宜了嗎？」方霏伶牙俐齒，我被她氣得話都說不出來，索性背過身不理她。

只要一閉上眼睛，就會不由自主想起昨天下午那一幕尷尬的場面。

雖然當時內心一直有個聲音在喊：「揍他啊，揍死他啊！」可是我揪住他的衣領，拳頭卻怎麼都舉不起來。

✦

現在是體育課。

正確來說是高三A班的體育課，照理說身為高二生的我們不應該出現在這裡，但因為國文老師實在是個老好人，輕易相信了我，讓我以肚子痛為藉口，行蹺課之實。

坐在籃球場邊樹蔭下的板凳，細碎的光線穿過樹葉縫隙，我眯起眼睛，嚴肅地盯著橘紅色的籃球滿場亂飆。

可憐的高三班級，所有大考不考的「閒課」都被主科老師借去考試，唯一沒被廢掉的只剩體育課，一遇上難得的體育課，男生宛如脫韁野馬衝向籃球場，女生則三三兩兩坐在樹蔭下休息聊天。

「陶霸，爲什麼我們不在教室上課？」方霏問。

「教室太悶。」

「可是下午要考英文單字，我都還沒背。」我們班原本的英文老師開學沒多久出了車禍，學校臨時請不到代課老師，便由這學期調任至四中的新校長暫代。

想起那個一臉刻薄樣的老女人，我更加氣悶。

「那妳爲什麼昨天晚上不背，偏偏要用國文課來背？妳不怕語言錯亂啊。」

「聽妳的口氣，好像妳昨天就背完了，那下午考試就麻煩妳罩啦。」

「我當然沒背啦，不過憑我的聰明才智，利用中午午休時間隨便背一下就記起來了。」

頓了頓，我問：「這次考試範圍是哪裡？」

「前兩課的英文單字。」

「那容易。」

「再加她上課補充的。」

算算加起來應該有將近一百個英文單字，怎麼可能利用短短午休時間背完？擺明她看我們班不順眼。

「算了，當我沒說。」我深深嘆息。

我們四人商議了一陣子，決定一人分配十五個單字，考試的時候再「互通有無」。只是當女魔頭瞪圓著一雙眼睛，像紅外線一樣掃視教室的時候，整堂考試下來竟沒有人敢造次。

收卷後，一向好脾氣的淑芬也忍不住抱怨：「放點水她會死嗎！」

我們一直竊竊私語，女校長終於忍無可忍走過來，「我在上課，妳們聊什麼這麼嗨？」怡君、淑芬立刻正襟危坐，我用食指戳戳前座的方霏，她兀自沉浸書中世界不可自拔，直到女校長抽起她豎立在桌上的參考書，並赫然發現那其實是一本包著英文參考書皮的漫畫。

此時此刻，我突然想唱：最怕空氣突然安靜……

有什麼比上課偷看漫畫被老師當場抓個正著更尷尬？

有，偷看BL漫，而且還是一本BL的H漫。

「校長，我錯了……」方霏搓著衣襬求饒。

女魔頭從鏡片上方縫隙看了看我們，擺出一副傲慢的姿態，「不入流的學生盡看這些不入流的東西，念書不如人不說，還滿腦袋汙穢思想，簡直沒救了，先天不足後天失調說的就是你們這種人，垃圾、渣仔！」

唾沫四濺地罵了一大堆。

「只有這一本嗎？我看不止吧，打開書包，自己拿出來。」見方霏遲遲沒有動作，她轉而命令我，「妳，搜她書包。」

「不要。」我坐在位子上不動如山，「就算是校長，妳也不能侵犯隱私。」

「垃圾還要什麼隱私？」嚴珍校長冷笑一聲，拿起方霏的書包甩了甩，將裡面的東西全倒出來，課本、零食、漫畫、小說、化妝品、指甲油掉了滿地，一包已經開封的香菸更從書包夾層滾了出來。

「看看這些都是什麼？全都是違禁品，全部沒收！」嚴珍校長將那些「違禁品」一樣一樣丟進垃圾袋，怒氣沖沖地拎回辦公室。

「其他東西也就算了，」方霏哭喪著臉，「那本漫畫是跟租書店租的，校長要是學期末才還我，我就賠死了。」

「閉嘴，別哀哀叫了，找個月黑風高的夜晚，我去幫妳把漫畫『拿』回來就是。」

拗不過方霏苦苦哀求，我趁著午休時間偷偷前往校長室勘查地形。

不料卻目睹一幕極具衝擊性的畫面——嚴珍校長竟親密地幫顧凱風整理衣領。

這個舉動不該是女教師會對男學生做的吧？這老巫婆還想去拉他的手、搭他的肩膀，顧凱風很快側身避開，向她鞠個躬後轉身離去。

天啊，我到底看到了什麼？

我躲在樓梯轉角暗處，那老女人望著顧凱風的背影，依依不捨的模樣清楚落在我的眼底，我渾身雞皮疙瘩都起立敬禮了。

回到教室，方霏急切地問：「陶霸，情況怎樣？」

「沒問題，禮拜五可以下手。」我用力甩甩頭，強逼自己忘掉這個畫面。

備妥作案計畫及逃跑路線，隔兩天就是禮拜五，下午三點十分班會結束，學生們開始社團活動，此時沒有擔任社團指導的老師們都得去參加例行會議，嚴珍校長當然不會缺席，整個行政大樓空空蕩蕩，再也沒有比這更好的時機。

校長室的窗戶鎖得死緊，我推了幾下，完全沒有撬開的希望，便決定從高處半敞開的氣窗爬進去。

踩著窗臺、手攀著氣窗的窗框，我因為緊張而全身大汗淋漓，如果有人恰好看見這番景象，我無論如何也洗脫不了小偷的嫌疑，不，我這樣的行為根本就是小偷！

我開始後悔答應替方霏拿回漫畫了，正打算打退堂鼓時，突然聽見另一邊走廊傳來腳步聲，嚇得我手一滑直接跌下來，緊接著腳踝一陣劇痛。

我忍著疼痛躲到一根大柱子後，直到腳步聲漸漸遠去，才慢慢探出一顆頭查看，肩膀卻猛然被人往後一扳，身體被反轉的瞬間，顧凱風的臉龐無限放大在我面前，他眼神清澈見底，長睫毛像把小扇子一樣，微微顫了一下。

有生以來我第一次感到不知所措，腦中空白一片。

他開口正要說話，我抬手覆住他的唇，顧不得腳踝隱隱作痛，將他拖到樓梯轉角後方的小空間。

他柔軟的唇瓣在我的掌心開開闔闔，像抓了一隻蝴蝶在手裡。

直到兩人站定後，我才放手。

「妳好大膽，竟然偷東西？」顧凱風的語氣一如往常平穩，但我知道他動怒了。「說！妳偷了什麼？不說的話，我告訴校長了。」

其實我沒那麼壞的，只是每次惹事的時候都恰巧被他抓包。

「我這不叫偷，叫拿回屬於我的東西。」我威脅他，「你要是敢說出去，我就……」

「妳就怎麼樣？」

我、我就把你打到連你媽都不認識你！

我舉起拳頭朝他揍去，但我忽略了顧凱風也是跆拳高手，他張開手掌硬是接住我的拳頭，男生修長而骨節分明的手指包覆住我的拳頭，掌心柔軟乾燥，漸漸傳遞過來一點熱意，燙得我幾乎要燒灼起來。

我氣急敗壞地低吼：「放開我。」

「跟我去教官室。」

「我還沒偷成功，你就不能裝作沒看見嗎？」

「不行。」他斬釘截鐵地拒絕。

狗急跳牆的我只好使出殺手鐗，「顧凱風，不要以爲我沒你的把柄，別逼我把你的祕密公諸於世。」

「哦？什麼祕密，說來聽聽。」

「幾天前，我撞見嚴珍校長那老女人摸你的頭，還搭你的肩，雖然你很快側過身避開，但我相信你和那老女人一定有特殊感情。」我低笑一聲，說有多猥瑣就有多猥瑣，「校園不倫戀，這種事情你應該不想傳得人盡皆知吧？」

顧凱風的表情有些微妙。

「顧同學，說實在的，我很同情你，被那老女人看上的滋味應該很不好受，你是爲了獎學金才不敢揭發吧？如果你想揭發那老女人的眞面目，別客氣，儘管跟我說，我可以當證人。」我拍拍他的肩，表示自己跟他同一陣線，「對了，你媽知道這件事嗎？投書媒體的話會有很多記者來採訪，想必會對你們造成困擾。」

「我……」他欲言又止。

我理解地拍拍他的肩，「看你的表情像是想說又不敢說，應該已經隱忍那女人很久了吧。」

他嘆了一口氣，悠然道：「是啊，我已經忍了她十七、八年了。」

「天啊，她竟然從嬰兒時期就對你下手？」我腦袋還沒轉過來。

「妳口中的老女人，就是我媽。」

「就算是你媽，也不能亂摸未成年男生……咦，等等，」我倒吸一口氣，「嚴珍校長是你媽？你是校長的兒子？」

「白痴，妳腦袋到底裝什麼？」顧凱風敲了一下我的頭，「正常人都不會聯想到不倫師生戀吧？」

父親外遇、單親家庭、母親獨自撫養兒子長大……正常人很難將這樣含莘茹苦的母親形象跟氣勢奪人的女魔頭嚴珍校長聯想在一起吧?

「我媽調任到四中接任校長，強迫我跟著她轉學，怕引起不必要的麻煩，因此在學校我依然稱呼她爲校長。」

「你爲什麼不早說?」我語帶埋怨。

「這種事我需要昭告天下嗎?」顧凱風神情淡漠，「誰說單親家庭一定就是弱勢?而且這些印象是你們自己強加到我身上的吧?」

「既然如此，我無話可說。」我放棄掙扎，生無可戀地說：「算了，你要去跟教官打小報告就去吧，只是你踏進教官室的那一刻，嚴珍校長的資優生兒子顧凱風和我交往的事，就會傳遍整個四中，你考慮清楚。」

顧凱風的萬年冰山臉終於有了一絲鬆動，「沒有證據誰會……」

他沒把話說完，因爲他的唇被我的堵住了，趁臉頰瞬間升高的溫度還沒出賣我眞實的心意之前，我就趕忙退開，短短三秒足夠用手機拍下證據了。

沒有證據，那就製造證據。

我想我註定以後要走八卦記者這條路。

「拍到了嗎?」我問。

「拍到了。」方霏舉著手機，笑嘻嘻地從樓梯轉角處另一邊探出頭來。

「孩子，你太天眞了，你以爲我會單槍匹馬來偷書?」我再也掩飾不住眼底惡劣的笑意，哈哈大笑。

為了不讓校霸和學霸的「祕密戀情」曝光，顧凱風接受了我們提出的和解條件，到校長室替方霏拿回漫畫書，這件事也算是圓滿落幕了。

第四章　想把你寫成一首歌

校慶運動會各項競賽都祭出了獎金，往年慣常舉辦的鉛球比賽反倒莫名其妙取消了。

班導支支吾吾給出的答案是會有很多貴賓到場觀禮，怕傷及無辜，我卻覺得很可能是因為我前陣子失手砸壞玻璃，校方才決議取消鉛球比賽。

「陶霸，老師說這次大隊接力賽妳跑最後一棒。」小惠走過來對我說。

「什麼？」

「這次前三名都有獎金，班導還說他會加碼給最後一棒。」小惠解釋。

「妳跑那麼快，一定沒問題。」

「陶霸靠妳啦，一定能替我們班奪冠。」

大家對我寄予厚望，我卻愁眉苦臉起來。

前兩天去幫方霏偷回漫畫的時候，腳扭到了，不以為意的下場就是腳踝腫成豬蹄，以這種狀態我是不可能幫班上拿到好成績的吧，但前三名會有獎金……

運動會當天，很快輪到了大隊接力賽，我到達預定位置，稍微做一下暖身，腳踝就痛得不得了。

加油聲、嘆息聲、喊話聲、廣播聲……無數聲音喧鬧在耳際，攪得人心煩，我從前一位同學手中接下棒子，不管不顧地猛力往前衝去。

眼看終點紅線近在眼前，我忍不住嘴角輕揚，誰知下一秒卻因腳踝上的劇痛，一個踉蹌摔倒在地，被人從身後趕過，裁判的哨音尖銳地響起。

還差幾步，不管用跑的、用爬的、用摔的，只要能越過終點紅線就可以了吧？

白色的跑道線條刺得人眼睛快要流下淚來，身體蒙著黏稠的汗液，分不清是因為奔跑還是疼痛而流下，我閉了閉眼，心一橫豁出去了，奮力撐起身體往前撲，以狗吃屎的光榮姿態勇奪第二名。

嗚，好痛，右臉頰火燒似的疼，嘴角嘗到一股鐵鏽味，我用手抹了抹，看著手背上一抹腥紅色發呆。

胳膊忽地被誰的手拉起來，我驚訝地抬頭，正對上顧凱風半垂的眼，距離近得讓他的氣息在我臉上投下一小塊溫熱。

眾目睽睽下，他身體前傾，一手拉住我的肩膀，一手從我的屁股下方穿過去，將我整個人背起來。

「啊！放開！」我嚇得叫出聲。

「妳要是掐我，我就立刻把妳丟進水池。」雲淡風輕的語調，卻帶著濃濃的威脅。

我收起要掐住他脖子的狼爪，渾身僵硬，手不知道要往哪擺。

「手沒殘廢吧？」

我恨恨地將手圈上他的頸項，目光越過他的肩頭，偷偷地瞄向周圍，大家對著我們指指點點，甚至還聽到幾個女生興奮地尖叫：「好羨慕喔！幸福死了。」

什麼粉紅泡泡？快點給我消失。

趴在顧凱風的肩上，他耳朵上細小的絨毛清晰可見，逆光爲其鍍上了一圈淡淡的金色光芒，毛茸茸的，很可愛，很想伸手去輕輕觸碰。

我忍不住伸手觸碰他的耳朵，他猛地全身一顫，差點將我摔下去，虧我前一秒還覺得他像英雄，現在他害羞得像臉紅的拉拉熊。

「妳能不能安分點？」他惱羞成怒。

臉頰擦傷，嘴唇腫得跟香腸一樣，儘管如此，我仍然不放棄嘲笑他，「才背了一點點路就不行了，還逞什麼英雄？」

保健室裡的傷兵不只我一個，醫護老師分身乏術，顧凱風左右張望，沒找到空床位，只好把我摔到椅子上坐下，一點也不憐香惜玉，根本蓄意報復。

我哀號不已，雖然老子是個鐵漢，也是個鐵錚錚的女漢子啊，女漢子還是會在意容貌的，「完蛋了，我會不會破相啊？」

「妳練的是跆拳道，不是鐵頭功，」顧凱風不忘數落我，像是生氣了，「跌倒的時候身體應該做出反應，閉上眼睛無濟於事吧？」

「當時我沒想那麼多。」我解釋。奇怪，受傷的是我，他生什麼氣呀？

「這需要思考嗎？這是身體本能好不好？明明練過跆拳道，卻連自保的本能都沒有。」

「顧凱風，你有力氣碎碎念，不如趕快幫我擦藥吧。」我可憐兮兮地望著他，想演示出漫畫女主角迷濛大眼的效果，「老子痛死了。」

顧凱風嫌棄的眼神讓我知道這種表情不適合我。

「妳這女生說話能不能文雅一點？動不動就老子老子的，這樣很……」他取了雙氧水和棉花棒，「頭抬高，先幫妳消毒。」

我沒有忽略他吞進嘴裡的話，追問：「很怎樣？」

他面無表情地吐出兩個字：「蠢萌。」

我抽動了下嘴角，「所以這是誇我可愛嘍？」

「嗯。」

我堂堂校園惡霸竟然也有被誇讚可愛的一天，害我都不好意思起來，正暗自竊喜時，顧凱風又補了一句：「可憐沒人愛。」

顧凱風雖然講話惡毒，下手卻很輕柔，兩三下就處理好我臉頰上的傷口，然後盯著我的腳研究了半天。

「妳啊，要我說什麼好？」

「你這口氣好像我媽喔。」

「太逞強了。」他不理睬我的玩笑，自顧自蹲下脫去我的鞋子，「腳踝腫成這樣還跑步，妳們班沒別人了嗎？妳究竟有多想逞英雄？」

「我這是重視團體榮譽。」

「少來。」

「唉，我也沒辦法。」被看穿了，我只能無奈地聳肩苦笑，「還不是爲了賠打破你們班玻璃的錢。」

顧凱風沒說什麼，只是低垂著頭將冰袋貼在我的腳踝上，頭頂的髮旋近在可以觸碰的咫尺，陽光從風吹開的窗簾直射過來，在我們之間形成一團光暈。

「說來這件事還是你引起的，喂，你倒是說句話啊？」

「我讓妳砸窗戶了嗎？」

「沒有。」我被陽光晃得有些眼花，瞇起眼睛，「但你也脫不了關係呀，所以你要負責。」

他皺眉打量我片刻，微抿的唇角訴說著他的不悅，然後突然起身。

「誒？你幹麼？」

「負責啊。」顧凱風將手臂擱在我身上。

我驚得往後一縮，雙手交叉胸前，「老子可沒有要以身相許。」

他在我的驚訝中停頓了兩秒，「我扶妳去病床上休息，剛剛有人離開了。」

「我可以自己走。」我勉強站起來，腳踝處傳來一陣劇烈疼痛，又讓我立刻跌坐回椅子上，最終我還是利用顧凱風的責任感，享受了他無微不至的體貼和照顧。

「顧凱風，我口渴……」

「顧凱風，我餓了……」

「顧凱風，我後背有點癢，幫我抓一下……」

其實我只是腳踝扭傷、臉頰擦傷，雙手還是能活動自如，當方霏、淑芬和怡君趕來保健室碰巧見到這猥瑣的一幕時，淑芬對我比出愛心，怡君做了個加油的手勢，方霏不屑地翻了幾枚白眼，顯然十分不齒我們當眾放閃的行爲。

三人在顧凱風身後擠眉弄眼了一會兒，也沒吱聲，就躡手躡腳離開了，而保健室也從原本的滿員狀態瞬間清空，只剩下我和顧凱風，連醫護老師都不知道去了哪裡。

顧凱風調整冰袋的位置：「妳同學剛剛來過？」

這人後腦勺有長眼睛吧？

「不很熟的同學，」我乾笑，「待會有頒獎儀式，她們先走了。」

「妳同學挺講『義氣』的嘛。」

聽出他話裡的諷刺，我支吾了半天，乾笑幾聲，「你不會丟下我吧？」

「不會。」

校霸和學霸的緋聞，早在顧凱風從大隊接力終點線背起我的那一刻就傳得滿天飛，再矜持下去就顯得做作了，不如趁現下無人——

「顧凱風，我想跟你坦白一件事。」

「說。」他口氣有些不耐煩。

「我想……」我的臉頰慢慢爬上一抹紅暈，「我想上廁所。」

他甩給我一記白眼，「給我憋著。」

儘管只替班上贏得第二名，但因為那終點線前奮不顧身的一摔，讓我得了本次運動會的最佳運動精神獎，得到一千塊圖書禮券。

「喊，竟然是圖書禮券，學校也太沒誠意了吧。」

不要臉地順便接收班上大隊接力第二名的圖書禮券，加上之前的零錢，東湊西湊勉強湊足三千五百塊，我拿去給教官當作打破玻璃的賠償費。

教官一反常態沒有端出凶惡的臉，只是搓搓手，又撓撓頭：「不用了。」

我生平最見不得人說話反反覆覆，於是加重語氣：「為什麼又不用了？我這麼辛苦才賺到賠償費耶。」

教官氣若游絲地說：「高三A班的顧同學已經幫妳賠了，他說這件事是因他而起，他也有錯。」

「哼，算他良心發現。」雖然暗自開心，但表面上我仍故作高冷地撇撇嘴，「教官，這下你知道冤枉我了吧，這件事錯的不是只有我，不能因為顧凱風是資優生就偏袒他。」

「不是我偏袒他，而是他媽媽是……唉。」教官把口中的話吞回去，瞪我一眼，「妳這麼愛刨根究柢，以後去當記者好啦。」

趁機打了資優生小報告，又替自己平反，我心情十分愉快。

我不是個不講理的人，所以想向顧凱風道謝，只是不知道為什麼，當我想發短訊給顧凱風時，卻覺得全身上下都在發麻，手指在手機鍵上摩娑來摩娑去，始終沒有辦法按下。

「不行，我不能被自己打敗！」

我努力地說服自己，然後閉上眼睛，深吸一口氣，面紅耳赤地按下發送鍵。

我抱著被子躺在床上滾來滾去，等顧凱風給我回覆，可是……

一分鐘、兩分鐘、三分鐘過去了，我快滾成一顆粽子了，顧凱風還是沒有回我。

好不容易，手機螢幕終於亮了，我先是如釋重負，隨即心跳又開始不聽話地加快。帶著一種奇怪的緊張心情，我小心翼翼地點開那封短訊。

他只回了一個字。

「嗯。」

他是有多惜字如金？一個字的短訊費用也同樣是五塊，好歹多打幾個字吧。

◆

時序漸漸邁入秋天，太陽仍舊盡力散發光和熱，一點也沒有秋天的氣息。

高三資優班上完下午第五節的加強輔導課才會放學，有時討論考卷多花了點時間，拖到晚上快七點才結束也是家常便飯。

顧凱風停下轉筆的動作，側頭望向窗外，隔著中庭躲在對面教室的我趕緊把身體縮回去，放下望眼鏡，在筆記本寫上「討論考卷，七點下課」，又括號補充「應該吧」。

明明我喜歡的是硬漢，爲什麼連顧凱風做出托腮裝深沉的姿態，我都覺得有點萌？

不，一定是被之前那個吻影響了，我要清醒、清醒啊，陶霸。

好餓，從制服裙口袋掏出檸檬口味的棒棒糖，剝去糖紙，丟進嘴裡含著，又舉起望眼鏡繼續我的「生態觀察」。

說實在的，這不是一件容易的事，我想後來的我能成爲稱職狗仔……咳，新聞記者，很大一部分要感謝當時的經驗。

儘管餓到頭昏眼花，但一見顧凱風走出教室我精神都來了，等等，爲什麼他弓著腰，偷偷摸摸鬼鬼祟祟的？我瞄了下手錶，還不到五點，這傢伙是想蹺掉接下來的輔導課？

眼看他走出教學大樓去自行車棚取車，我趕緊下樓，打算繞道至前門堵他，不料顧凱風竟然朝後門方向離去，我連忙跨上自行車追上去。

飛車追逐了幾百公尺後，自行車發出「噗」一聲不祥的聲音，輪胎破了，可惡。

我正惋惜著要被他溜走了，不遠處班上一對小情侶正共騎著一輛自行車而來，我攔下兩人，硬塞過去兩枚十元硬幣，「自行車借我，你們去搭公車。」

他們當然不肯，一陣乒乒乓乓之後，才抽抽噎噎捏著硬幣搭公車去了。

我猛力踩下踏板往前衝，幸好還來得及瞥見他騎車的背影，只是如此瘋騎著實累死我了，誰在上了一整天課、沒吃晚飯的情況下還能飆車？又不是參加三鐵比賽。

也不知道騎了多久，顧凱風突然停下，我差點就要從後方撞上他，於是趕緊剎車，車頭卻搖搖晃晃衝向路邊，我連人帶車摔在地上。

他好像此時才終於看到我一樣，扭頭對我說：「是妳呀，沒事吧？」語氣雲淡風輕，完全無視我一隻腳被壓在車輪底下。

「你早就發現我在跟蹤你了，還故意停下來。」我裝模作樣地大聲哀號，「痛死我了。」

「妳說是就是吧。」他幸災樂禍地聳聳肩，「活該。」

我推開自行車掙扎著站起來，幸好除了腳踝刮破一點皮，應該並無大礙。顧凱風還真是我的煞星，似乎每次碰見他都會發生血光之災。

聽完我的煞星論，顧凱風食指朝我一比：「妳不纏著我不就沒事了？」

他從書包取出一瓶礦泉水，替我沖掉傷口上的塵土，「有沒有帶手帕？」

「沒有。」爲什麼要問這種白痴問題啊？又不是小學生，誰會隨身帶手帕啊？

顧凱風顯然並不意外，再從書包另一側口袋拿出運動護腕套在我的腳踝上。

「乾不乾淨呀？」

他白我一眼，「掉進水溝裡，撈出來洗過了。」

「混蛋。」我腳一縮。

他用力把我的腳拉回去，「騙妳的，昨天剛買的，都還沒用過。動動看，確認腳踝有沒有扭傷。」

我轉轉腳踝，「沒事，還能走。」

他扶著我站起來，隨即逕自往前走，我摸摸鼻子跟過去。

沒走多久，便見到一片沙灘，數隻海鷗點綴在天空裡，空氣中夾帶著腥鹹氣息，不知不覺我竟跟著顧凱風來到一處空曠無人的海邊。

腳踩踏進沙裡的響聲，風吹過海面的呼呼聲、浪花捲起拍擊岸邊的碎裂聲，因爲音頻高低錯落有致，聽起來像一曲極其和諧的自然樂章。

「你引我來這裡幹麼？」

「看夕陽。」

「學霸的興趣眞奇特。」我撇撇嘴。

「偷窺、跟蹤，妳的興趣也很奇特。」顧凱風反唇相譏的能力從來沒讓我失望。

他爬上防波堤躺下，我也跟著爬上去。

「站著不累嗎？」他拍拍身邊的空位，他在誘惑我。

「不累。」我的脖子仰得更高，腰板挺得更直。

他半坐起身，長臂一勾，直接將我拉倒在地上。

「啊！」我驚呼一聲，便放棄了矯情的尖叫，反正我也沒有矜持可言。

姿勢一改變，視野整個都開闊了起來，我驚歎不已。

傍晚的陽光軟軟的，已經磨去了稜角，直視幾秒也不覺得眼睛刺痛，不需要任何遮蔽，躺在防波堤上像沐浴在溫水池裡般渾身充滿暖意。

澄紅色的太陽懸在接近海平線的位置，朱紅、赤橙、澄金、靛青色的光綻放在海天交界處，瑰麗而絢爛。

「妳想過這個問題嗎？」傾瀉而下的光線將顧凱風的臉打亮，「如果太陽此刻死亡，地球上的我們不會立刻知道。」

「咦？」我一時怔愣住了。

「高中物理題，太陽距離地球約一點五億公里，光在眞空中的速率每秒接近兩百九十九萬公里，從離開太陽表面算起，需要約五百秒才能到達地球，換成分鐘去衡量，是八分鐘又十七秒。」

不愧是理科宅，如果是我，面對此情此景大概只能吟出「夕陽無限好，只是近黃昏」這兩句小學生都知道的唐詩吧。

「所以，我們現在看見的夕陽，其實是太陽八分鐘前的光芒嘍？」

「可以這麼說。」顧凱風點點頭，「不只光，還有溫度，據說太陽熄滅後的八分鐘，地球會和先前一樣溫暖，直到黑暗降臨那一刻之前，所有人將不會察覺那只是虛幻的光亮和溫暖。」

「因爲這八分鐘的餘暉，我們無法察覺太陽其實早已經熄滅。」我低語，「好令人傷感。」

「不覺得這是太陽對地球最後的告別嗎？」

「太陽熄滅的話，地球也會毀滅吧？」

顧凱風偏過頭看我，瞳孔亮著光，「可是多了這八分鐘，我們才能向彼此好好道別。」

所有絢爛的光線都是白日隱沒前長達八分鐘的華麗謝幕，一場盛大溫柔的告別。

當時的我如何能夠想像，多年後的某一天，我多麼感激這最後的告別，以及最後說的那句再見。

我們沉默著，靜靜等待八分鐘過去。

直到夕照最後一縷光線湮沒在海平面，天空漸漸被黑色布幕覆蓋，一顆星子隱隱透出光芒，周身的涼意越來越明顯，我挪了挪身體，不自覺往顧凱風靠近，一不小心撞到他的頭，他痛得悶哼一聲。

當我轉過頭的瞬間，對上了近在咫尺的眼眸，兩張臉離得好近，唇與唇之間只剩下一個呼吸的距離，心臟裡的血液彷彿全數湧上頰邊。

隨著他的呼吸越來越重，我心裡忽然升起一份期待。

期待什麼？我竟然會出現這種可怕的念頭？

此時幾乎同時響起的手機訊息聲將我們兩人嚇了一跳，迅速彈開，不約而同坐起身查看手機，原來是我們各自的家人都剛好傳來訊息，催促我們回家。

就著螢幕微弱的光線，我看見顧凱風臉頰微紅，像被抓包做了害羞的事。

「很晚了，該回家了。」他的聲音有些沙啞。

明明我們什麼事都沒做！幹麼心虛啊？

「對，很晚了，你媽在等我回家了。」我亂七八糟說什麼啊？

死定了，已經晚上八點了，對高中生來說，太晚回家是一件十惡不赦的大事，非得被老媽扒一層皮不可。

我在內心編排各種理由。

去圖書館念書？要我用功念書，除非太陽打西邊出來。

跟同學去補習班試聽？老媽不會相信的，理由同上。

社團活動太晚？一對照課表馬上就會被揭穿，今天沒有社團活動時間。

去方霏家玩，對方父母熱情招待，於是留下用晚餐？嗯，就這麼說吧。主意既定，我急忙打電話給方霏套好招，只是這麼一來又得應付她八卦的詢問。

躡手躡腳進門，客廳漆黑一片，正要開燈時，竟意外聽到清晰的呼吸聲，我心中一毛，緩緩轉頭，看到走廊盡頭立著一個白色的身影。

白皙的小臉在黑暗中浮現，神情帶點無辜又帶點無賴，「姊，妳好晚回來，我等妳好久喔。」

我拚命拍著胸口，咬牙切齒地低吼：「陶樂樂，妳知不知道這樣會嚇死人！」

「姊，妳有點出息好不好？」

「等我幹麼？」我邊換下衣服邊問，「只有妳一人在家？爸媽還沒回來？」

「小叔酒醉出車禍，爸媽匆匆忙忙趕去醫院看他。姊，妳還眞走運，媽要是知道妳這麼晚回來，一定會扒了妳的皮。」

「是啊，老天有眼。」對上陶樂樂不懷好意的笑，我問：「對了，妳不回房間站在這裡等我幹麼？」

「媽臨走前交代吃完晚餐要做完這些家事才能去睡，可是我今天作業好多……」她將一張紙往我臉上貼，「姊，交給妳啦，我去寫作業了。」

洗碗、拖地、倒垃圾、洗衣服、晾衣服……陶樂樂把所有家事都推給我。

「陶樂樂，做人不能太過份，這些家事應該我們兩個平分吧。」

「就在妳進門前十五分鐘，媽打電話回來，我跟她說妳在洗澡。姊，妳看我多挺妳。」

她撇了撇嘴，委屈地道：「而且我倒垃圾了，所以剩下的家事妳來做。」

做完家事洗過澡，明明很疲憊，我躺在床上卻睡不著，望著天花板上的人工燈光，那顆紅澄澄的夕陽彷彿還停留在眼簾。

「如果他在大考前失戀，想必成績會一落千丈……」

「不整死他，我的名字就倒過來念。」

前前後後，惡整顧凱風計畫施行了好幾個月，沒有進展就算了，還發生了質變。

說不清有什麼東西被改變了，而有什麼東西正在悄然醞釀著。

被改變的是我和顧凱風之間劍拔弩張的關係，連旁人都能察覺那日漸柔和的稜角。

悄然醞釀著的是青春裡最珍貴的、就算發現了也要急於否認的，那種名爲「喜歡」的情緒。

身爲老師口中沒救了的後段班學生，我自己也頗有自知之明，成績單上的數字都是浮雲，於是我又趁機向爸媽提出想要當警察的意願。

陶老爸當然感動得痛哭流涕，媽卻氣得猛力一拍桌子，「我光操心妳爸一個人就夠了，妳嫌我命太好是嗎？給我去補習，乖乖去念個普通大學，以後找個坐辦公室吹冷氣的工作，省得老娘整天擔心受怕。」

如同天下望女成鳳的母親，我不能免俗地被媽送往補習班，雖然十分抗拒，但一聽清是哪間補習班，我只象徵性地哀號兩聲就滿心竊喜去報到了。

原因無他，根據線報，顧凱風也在同一個地方補習。

據我所知這是一家風評不錯的補習班，公布欄上還貼有明顯的榜單，上頭寫著「賀全校模擬考第一名顧凱風」。沒錯，就是這一間。

櫃臺小姐查看電腦資料，歉然道：「陶同學，是這樣的，我們一、三、五的高二英數加強班都滿班了，還是妳考慮上二、四、六的時段？」

「誰說我要上高二班？」我伸手指向顧凱風所在的班級，「我要報名總複習班。」

櫃臺小姐看著我的學生證，狐疑地問：「可是……妳今年不是才高二？」

「妳們高三總複習班不是剛好複習到高二上學期的進度？」我指著櫃臺後方白板上的教

學進度表。

「是這樣……沒錯。」

「這就對了，我就不能試聽看看嗎？」

櫃臺小姐起身去請示班主任，回來後找出一張表遞過來，「這是高三總複習班的座位表，請妳先畫位。上課座位都是固定的，不能隨意更換。」

我隨便在座位表上選了個空位，隨後走進總複習班教室，很快找到顧凱風。

我以為好學生顧凱風會挑靠近講臺的位子，沒想到他選了最後一排靠門邊的座位，還將習題本豎在桌上，躲在後面認真睡覺。

「你，去別的位子坐。」我輕易地用凶狠的語氣趕跑他鄰座的眼鏡兄。

顧凱風大我一屆，我從來沒有機會跟他同桌上課。不知道和學霸同桌是什麼滋味？作業可以抄他的，考試作弊也很方便吧。

雖然不是第一次近距離面對顧凱風，卻是我第一次能夠光明正大地看他，從那票瘋狂的花痴口中，我一直知道這傢伙很帥。

白色的頂燈在他髮旋上打出一圈淡淡的高光，勾勒出白皙而稜角分明的側臉，濃黑的眉毛藏在有些凌亂的瀏海之後，微微顫動的纖長睫毛下方是高挺的鼻梁，接著是很少呈現上彎弧度的薄唇，因為趴睡，他的脖子有條脈絡分明的青筋沒入鎖骨處，構築出一幅誘人犯罪的畫面。

嗯，我就是那個犯罪份子。

顧凱風一路睡到下課，連姿勢都沒變過，眼看教室裡的學生走了大半，我忍不住搖醒他，「喂，顧凱風，醒醒。」

或許是沒料到我就這樣坐在他身邊坦蕩地欣賞他的睡姿，他側過頭望著我呆了好一會。

「這是高三總複習班，妳怎麼混進來的？」

「當然是大搖大擺走進來的。」我得意地把剛才和櫃臺小姐的對話講給他聽。

「能幹出這種事的，除了妳沒別人了。」

「對啊，我也滿佩服自己的機智。」接收到對方的白眼後，我轉移話題，「嚴珍校長知道你來補習班都在睡覺嗎？」

「我跟補習班說如果向我媽打小報告，我就不補了。」他又趴回桌上，將頭埋進手肘裡，「反正哪家補習班對我而言都沒差。」

都沒差？反正他怎樣都會是第一名吧。果然是學霸才能作的威脅。

「能幹出這種事的，除了你沒別人了。」我模仿他說話的語氣。

「對啊，我也滿佩服自己的智商。」他也學我的話回應。

步出補習班，我吵著肚子餓，硬拖著顧凱風去附近夜市吃消夜。

夜市正是熱鬧的時候，周邊沒有停車的位子，我們繞了點遠路將自行車停在一條幽黑的小巷裡。

小巷兩旁的路燈破損得很厲害，昏昏暗暗，燈泡還嗞啦作響。

「我不餓。」他很明確地宣告，「妳吃就好。」

「睡了三個小時的人沒資格說不餓。我可是聚精會神上了三小時的課都沒打瞌睡呢。」

「那是因爲妳白天上課都在睡覺。」

「嗯?」我有些驚訝,「你怎麼知道?」

「經過你們班時剛好看到。」

「好啊,原來你也會偷窺我。」

顧凱風難以置信地一愣,往斜上方別過頭,「是『剛好看到』!」

他的反應讓我覺得新奇,故意把「偷窺」這兩個字說得一字一頓,「偷、窺、喔!暗戀我喔?男生愛女生,羞羞臉。」

幼稚的玩笑還在繼續,突然一束強光刺入眼中,尙來不及反應,我便被顧凱風給拉了一把,腳下一個不穩,跌進他的懷中

我整個人僵住,一顆心差點自胸腔跳出,同時清楚聽到顧凱風同樣激烈的心跳聲,這是在暗示他喜歡我嗎?

此時,一陣極爲刺耳的摩托車引擎聲,伴隨著粗暴的喝罵聲在四周響起,與轟隆震天的搖滾音樂聲混雜充斥著整條小巷。

十幾個打扮不正經的男男女女把我們團團圍住,有叼著煙的,有嚼著口香糖的,一看就是那種到處惹事生非的混混。

領頭的男生十分眼熟,那不是被我爸關進勒戒所的貂毛嗎?一頭招牌的金髮剃成短短的平頭,不像一隻貂,倒像一隻刺蝟。

我不禁暗叫不妙。

貂毛身後探出一顆濃妝豔抹的腦袋，是曹雅妮，才幾個月不見就隱約散發出風塵味。

貂毛目光上下掃視著我和顧凱風，慢悠悠地抽著菸，過了許久，他才懶洋洋地說：

「唷，陶同學，好久不見，今天跟男朋友出來玩啊？」

顧凱風冷冷地看著他們，一句話也不吭，只抓住我的手輕聲道：「我們走。」

貂毛口中罵著髒話，手中的油門一轉，身下的重機迅速橫擋住我們的去路。

我順勢反手與顧凱風緊緊十指相扣，低聲說：「走不了，他們是衝著我來的。」

曹雅妮和其他女生不知在小聲地說什麼，貂毛轉身便給了她一巴掌，怒罵道：「賤貨，就他媽的喜歡小白臉，給我滾下車，待會再收拾妳。」

貂毛下車站到我們面前，點著了另一根菸，深吸一口，走近幾步，將煙圈吐在我的臉上，我皺了皺眉，用手揮了揮。

貂毛一看，竟咧開了嘴，又吸了一口菸，把那根菸遞過來，「吸了這支菸，妳做我女人，我就放妳男朋友走，怎麼樣？」

「警察的女兒你也敢碰，你當我好欺負？」我微微揚了揚唇角。

貂毛神情一僵，瞪大了眼，悻悻然地扔掉手上的菸，凶道：「別他媽敬酒不吃吃罰酒，妳老子的帳我還沒算，今天妳就自己撞上門來，活該你們倆倒楣。」

「你想怎麼樣？」

「叫我聲大哥，給點零用錢花花，自然不會爲難你們。」

我掃了一眼那幾個混混，又看向貂毛，對方人數雖多，但真要打起來，扣掉那群老早就閃得遠遠的妖豔賤貨女，剩下的都是些不中用的傢伙，還敢勒索我們？

「要多少？」沉默很久的顧凱風終於開口。

貂毛涎著一張臉，斜眼打量顧凱風：「喲，這位男同學好大口氣。別急，拿了錢，我再和你的小女友去好好快活！」

說完他的手就朝我的臉伸來，我嫌惡地一把揮開。

顧凱風說：「我身上沒有現金，要去外面領。」

我偏過頭望向他，驚道：「你瘋了？真要給他們錢？」

「女的留下，男的去領錢。」

「不，我留下，她去領。」顧凱風從上衣口袋拿出一張提款卡交給我，附在我耳邊佯裝要交代密碼，他壓低聲音說：「叫警察來。」

我怎麼可能丟下顧凱風自己跑掉？

「不，我留下，你出去。」我堅持。

「兩個都別吵！女的留下。」貂毛不耐煩地吼，「紅魚監視男的去領錢。」

一名手臂有著紅魚刺青的混混應聲站出來。

我悄聲問顧凱風：「你會打架吧？」

一聽到我要以武力解決，顧凱風露出不贊同的表情，「不好吧。」

我沒理他，逕自從包包暗袋摸出一張郵局提款卡，用指尖捻著兩張提款卡站上前，「想要錢，可以！要是你們所有人贏了我們兩個，兩張卡裡面的錢統統歸你。」

顧凱風的那張卡餘額多少我不知道，但我的這張裡面不到一千塊，純粹拿出來壯壯聲勢而已。

「有膽量，不愧是我貂毛看上的女人。」貂毛仰天大笑，對顧凱風挑釁道：「小子是不是男人啊，竟然還要女人罩，你媽忘了生膽子還是屌給你？」

粗俗的話語惹得眾人哄堂大笑，這些人顯然低估顧凱風的能耐了。

「你不打女生吧？那幾個男的交給你了。」我說。

顧凱風嗯了一聲，他藏在瀏海後的眼睛漸漸透出一股凌厲，蓄勢待發。

好久沒有活動筋骨了，我將拳頭捏得劈啪作響，揚聲說：「別浪費時間了，全部一起上吧。」

幾個混混紛紛跳下車，站到貂毛的身後。

貂毛黑著臉大吼：「死三八，今天讓妳見識我們兄弟幾個的厲害，呀——」

喊聲未歇，同時貂毛拳頭也揮了上來，我轉身一個漂亮的後旋踢，準確地踢中貂毛的腦門。貂毛爆出慘叫，後退一大步，撞翻了一輛重機。

「媽的！」貂毛掄著拳又衝過來，幾個兄弟看到老大被打，也一併加入戰局。

拳打、腿踢、膝頂、腳踹，顧凱風一連串的攻擊如疾風狂雨，而我也打得很亢奮。

短短幾分鐘，一個混混裝腔作勢揮幾下拳就帶著不停尖叫的女友逃走了，兩個抱著肚子哀號，地上則蜷著三個，都被揍得再也站不起來。

貂毛一步步往後退，腳步沒踩穩，竟狼狽地跌在地上，曹雅妮過去攙扶他，卻被他厭惡地推開。

我一邊捏著手指，一邊壞壞地笑著：「錢還要嗎？要是不夠，能叫我爸領了過來嗎？」

「錢我不要了……拜託不要告訴陶警官……」貂毛的語氣早不復先前的威風。

「放心，我才不會去打小報告，只要你再讓老子揍一拳……」我一手捉住貂毛的肩膀，另一手一個勾拳重重地打向他下巴。

「夠了。」顧凱風迅速抓住我的手腕，「我們快走吧。」

「幹麼要走？我還沒打完呢。」被顧凱風給拽著走了幾步，我不忘回頭唾棄貂毛，「就這點能耐，還敢出來丟人。」

狠話撂完，嘴唇上不知何時被磕破的傷口裂得更大了，頓時鮮血直冒，一說話就更痛了，嘴裡還嘗得到血腥味。

我伸手往嘴唇一抹，指腹上滿是血漬。

顧凱風蹙起眉頭，抬手將我唇角的血輕輕抹去。他的手指彷彿帶著高壓電流，我不由得全身發麻。

突然，他輕觸在我唇上的手指不動了，停在原處。

下一波更強烈的電流襲來，我瞪大了雙眼，整個人僵立在那裡一動也不動。

打破這曖昧甜膩氣氛的是一長串尖銳的哨音——

「警察！統統不准跑。」

三個大字血淋淋地飄過我的腦海：糟糕了。

下場就是眾人一個也不落地被抓進警局。

小時候跟在老爸屁股後面進出過警局數次，我熟門熟路地拉著顧凱風坐下，還跟員警要了一杯水。顧凱風始終神色凝重地盯著上了手銬的雙手，被抓進警局這件事對他而言似乎太過震撼。

負責訊問的是兩個陌生員警，一位年輕沒啥經驗，一位年紀較大行動遲緩，應該很好搞定，應該吧。

我率先開口：「員警叔叔！我們是受害者啊，爲什麼也把我們抓進來？」

「巷口有監視器，拍得一清二楚呢，一群人打架，這是聚眾打架。」中年員警道。

「他們七八個人打我們兩個人，這哪叫聚眾打架？」我辯解。

「你們兩個人把一群混混打成那樣？」年輕員警表情十分微妙，「你們是武林高手？」

「小時候學過跆拳道啦，很久沒練，有點退步了。」我謙虛地說，假裝不經意地瞥向角落，那群鼻青臉腫的傢伙往牆角縮，身體瑟瑟發抖。

「你們是一夥的嗎？爲什麼打架？臨時起意？還是本來就計畫好的？」

「不是、不是，是意外。」我急忙否認，「是貂毛先挑釁，我們才會跟他們打起來。那群人都有案底，尤其是那個領頭的，他綽號叫貂毛，前陣子才從勒戒所放出來，你去查查就知道了。」

「妳怎麼知道他們有案底？還知道貂毛剛從勒戒所出來？這說明你們根本就認識，早就有過節！」年輕員警言詞犀利，我被反駁得啞口無言。

「好了好了。」中年員警揉揉額頭，「總之，你們兩個到底是誰先出手的？」

「當然是我……」我話還沒說完，就被顧凱風截斷。

「當然是我先出手的。」他終於開口說了他到警局的第一句話，瞬間成功轉移員警的注意力。

我驚訝地望向顧凱風，他兩三句話就交代清楚前因後果，順帶將責任往自己身上攬：「我和她補習完準備回家，那群混混向我們勒索金錢，雙方發生衝突，她受了傷，我才和他們打起來。」

「小子你是英雄救美呢。」年輕員警說得調侃，話裡的意思卻頗爲嚴肅，「你可要想清楚再回答，逞英雄不是現在，帶頭鬥毆的主嫌和從犯所判的罪不一樣。」

聽到這裡，我忍無可忍了，「難道我們要站著白白挨打？」

顧凱風從桌子底下握住我的手，我爲他冰涼的掌心嚇了一跳，他眼神直視前方，語氣堅定，「總之是我起的頭，沒她的事。」

「根據刑法，打群架、鬥毆時，就算只是在場圍觀助勢都犯法。」年輕員警雙手一攤，「不過如果二位都未成年，那就另當別論，少年法庭的法官或許會輕判。所以，現在可以老實告訴我你們的名字和家長的聯絡方式了吧？另外一提，警方訊問時捏造假資料就是僞造文書罪。」

我和顧凱風面面相覷。

這種事斷斷不能讓父母知道，打從一開始我們就抱定主意絕對不透露自己的姓名和家長的聯絡方式，天真地認為只要閉口不說，警察就拿我們莫可奈何，但形勢比人強，眼下情況恐怕只能請父母出面處理了。

我天人交戰了許久，側頭看向顧凱風，他緊抿著唇不發一言，我無從得知他的想法，突然一道中氣十足的聲音在門口響起。

「今天晚上怎麼這麼熱鬧？業績不錯喔。」一位警官伯伯走進來，見到我就熱情招呼，「唷，這不是陶警官的女兒陶陶嗎？」

此刻我真恨自己簡單粗暴到讓人印象深刻的名字。於是很快地，我和顧凱風的家庭背景都被迫水落石出。

「陶警官的女兒，四中校長的兒子，你們父母也算地方上有頭有臉的人物，打架前先替他們想想吧，很多事不是靠拳頭就能解決的。」中年員警搖搖頭，將兩張紙推過來，「來，這裡簽名，等家長來交保釋金就可以走了。這幾天好好待在家裡不要亂跑，有需要的話還會通知你們過來訊問。」

「我都聽說了，這次又是多虧了妳，我們才能再次抓到貂毛這一夥人。放心，沒事。」警官伯伯笑著說，並示意年輕員警打開我們兩人的手銬。

儘管警官伯伯說了沒事，顧凱風卻嘆了口氣，我詫異地看向他蒼白的側臉，心中掠過一絲不安。

嚴珍校長來領回顧凱風的時候，瞪向我的陰冷眼神比厲鬼還可怕，我不自覺低下頭，握緊了拳頭。我的手心裡捏著一張顧凱風方才塞給我的紙條，字體有些歪歪扭扭，看樣子是他偷偷找機會用左手寫的。

去醫院處理完傷口，爸開車載我回家，路途不過短短十幾分鐘，卻感覺歷時許久。

「陶陶啊，妳媽那邊我瞞不住，妳自己堅強點……嗚嗚。」爸話音哽咽，比起我和別人鬥毆，他更害怕媽的雞毛撢子。

「我做好心理準備了。」我做出視死如歸的姿態。

「不過看在妳受傷的份上，妳媽應該會手下留情吧？」

「嗯。」我下意識摸摸隱隱作痛的腰側。

打架那時，一陣混亂中只見微光一閃，手臂有著紅魚刺青的男人拿著刀子撲向顧凱風，幸虧中途被我一腳踢中，他手一鬆，甩脫出去的刀片劃過我腰側，顧凱風見狀又衝上去重重補他幾腳，將他打得跪地求饒。

傷口不深又藏在外套裡，當時不以爲意，到醫院包紮時，醫生神色凝重地說：「妳眞是命大，要是刀片飛出的方向偏差幾度，就不只是皮肉傷而已。」

要是刀片飛出的方向偏差幾度，死的就會是顧凱風了，現在想想還眞是心有餘悸。

「妳的傷眞的不要緊嗎？還是我們回醫院再讓醫生看一下？」

「爸，我們回家吧，不然媽更擔心了。」

打開門的時候，看到媽坐在客廳裡用一種像是要把我撕碎的眼神看著我，我的腦袋裡只有兩個字：完了。

慘白的日光燈照在媽的臉上，我還沒來得及解釋，她就先開口了，她不是罵我，而是說了一串比罵我更讓我難受的話：「怎麼現在才回來？去醫院包紮傷口了？吃過飯沒有？」

我一聽完就忍不住鼻酸：「媽……對不起……我錯了……」

她一直任由我哭，沒有打我，也沒有罵我。

哭著哭著我就哽住了，不斷打嗝，怎麼都停不下來。

媽媽起身倒了一杯水給我，「妳知道妳錯在哪裡了嗎？」

我點點頭。

「已經這樣了，妳也別哭了，說起來都是我們太放縱妳了。如果妳還願意讀書的話，我和妳爸想辦法不讓妳被退學就是了。」

夜漸漸深了，她慢慢站起來走進自己的臥室，關門之前跟我說：「先去睡覺吧，有什麼事明天再說。」

在家休養了幾天，手機被老媽沒收，電腦的網路線也被拔了，我無從得知顧凱風那邊的情況，他應該也受傷了吧？不知道嚴不嚴重？

方霏、淑芬和怡君放學後來找我，她們說那天之後顧凱風就沒再去過學校了，還說聚眾鬥毆一事在學校傳得沸沸揚揚，連記者都來了，學生被下了封口令，禁止談論這件事。

而曹雅妮那幫大嘴女哪能放過這個機會，變本加厲地大肆宣揚：「看吧，早說過陶霸是大哥的女人，誰惹上誰倒楣。」

過了幾日，傳言的版本更加荒謬——兩個黑道大哥爲了陶霸火拼被抓進警局，而陶霸因爲父親是警官，所以什麼事都沒有。

故事演變成這樣，連我自己都忍不住拿起床邊的小鏡子照照，自嘲道：「像我這樣人見人愛花見花開的大美女，怎麼不說一群大哥爲我火拼？當時可是將近十個人打群架呢。」

說完差點被自己的話噁心到了。

「聽見妳開玩笑就知道妳沒事了。」方霏扁扁嘴，「更誇張的還在後頭，她們說妳在家休養是因爲墮胎。」

怡君和淑芬忿忿地說：「陶霸，我們再去教訓她們一頓，讓她們閉嘴。」

「不用了。」我像一株脫水的蔬菜癱倒在床上，擺擺手，「我都站在風尖浪口了，別再添亂了。」

陶樂樂說，爸媽幾次提著大包小包的禮物去嚴珍校長家登門道歉，卻吃了閉門羹。

「姊，我討厭妳。」搜刮完我房間所有的零食後，她這樣對我說，「妳惹的麻煩可能會牽連到老爸，害他被降職。」

「沒那麼嚴重吧？」以前不都能順利解決嗎？況且貂毛那群人是有案在身的混混，誰會爲此去動縣警局小隊長？

顧凱風在警局裡偷塞給我的字條上寫著：「如果我媽找妳麻煩，趕快告訴我。」

心中的不安逐漸擴大，爲了無視這股不安，我只能微笑著安慰妹妹，「又不是古代犯罪株連九族，沒事啦。不過有人因爲這件事欺負妳嗎？妳告訴大姊，大姊替妳出頭。」

「不用，他們現在看到我都繞道走。」

「這樣啊，呵呵……」

兩個禮拜後，算算時間，今天是顧凱風學測的日子，不知道他考得好不好？鬥毆的事不會影響到他吧？他可是學霸、四中之光啊……胡思亂想之際，媽接到一通電話。

嚴珍校長的祕書通知家長去學校一趟，不知道她此舉是何用意。爸媽帶著我按照約定時間抵達，還特地買了水果籃。

看著媽媽略微傴僂的身軀，鬢間斑白的髮絲越發明顯，我又是不忍又是慚愧：「媽，我來提水果籃吧。」

「還是我來吧，妳傷還沒完全好，提什麼提？」爸搶過水果籃，明明他手上已經拎著兩個沉重的禮盒了，一盒珍珠燕窩要給嚴珍校長養顏美容，一盒人參雞精要給顧凱風補身子。

「嚴校長的兒子今年高三了吧？老陶，你看該不會是因爲這件事影響他學測發揮，找我們興師問罪吧？」老媽緊張地搓著手。

「放心啦，他用左手考試都能考上台大。」我沒好氣地說。

爸媽異口同聲：「妳閉嘴。」

一進會議室，就見斗大的布條懸在投影布幕上方，紅底白字怵目驚心寫著：國立四中學生懲戒委員會。

我愣住了。啊，差點忘了，當眾羞辱他人向來是嚴珍校長的拿手好戲。

「這是怎麼回事？」爸媽臉上頓時浮現難堪的神情，不斷向嚴珍校長鞠躬道歉。

嚴珍校長畫得細細的眉毛高傲地挑起，她不知道說了什麼，爸媽頭垂得更低。

此刻，我站在自己父母身後，承受著周遭老師與家長們探究的眼神和意味深長的表情，覺得多待一分鐘都是煎熬。

懲戒會開始，省略開場數千字毫無營養、大人卻很熱衷的客套話，接下來就是嚴珍校長，即顧凱風母親的主場了。

「我就只有顧凱風這麼一個兒子，從小他大病小病不斷，我在他身上操碎了心。他一有個風吹草動，我就得整夜睡不著覺。他一直乖巧聽話，我說什麼他就做什麼，成績也一直維持頂尖。當我調任至四中擔任校長，便讓他從第一志願轉學到這裡，想證明我的教育方針是正確的，就算在四中也能教出考上一流大學的學生。」

嚴珍校長視線落到我身上，「但是自從認識妳以後，他就變了，不但學會說謊、頂撞我，把我的用心良苦當耳邊風，還去和流氓打架。」她稍微停頓了幾秒，將矛頭指向我父母，「孩子行爲偏差，做父母的有責任管教，你們沒自尊心不要緊，別連累整個四中的老師、同學、家長一起丟臉。」

老師們互相傳遞著耳語，家長群裡紛紛傳出附和聲。

「品行不好，做什麼都沒用」、「這種小孩就帶回去自己教，別來學校帶壞大家的孩子」、「不用囉嗦了，直接退學啦」、「缺德唷，養出這種孩子眞是丟人現眼」、「以後誰敢娶回家做媳婦、你們有盡到父母的責任嗎？」……那些比刀子還尖銳的話語一句一句傳進耳朵，重重刺傷我父母的心。

「家教不嚴，讓您見笑了。」

「對不起，請大家原諒。」

「請給孩子機會，她會改過自新的。」

爸媽卑躬屈膝地輪番向眾人道歉，低垂的頭始終沒有抬起，如此卑微渺小。

再也不會了，我在心底暗暗發誓，以後再也不會做出任何讓父母感到羞辱的事了。

淚水在眼眶裡打轉，快要控制不住，我連眼睛都不敢眨，這時候大家一定都在看笑話，絕不能哭。

我和軟弱的自己比賽，表面上寧死不屈地昂著頭，其實只是爲了不讓眼淚落下。

「大家看那孩子的表情，一點愧疚都沒有！」

「她還冷笑呢，眞可怕。」

一個珠光寶氣的女人激動地搶過麥克風，「我是高一D班曹雅妮的家長，就是這個女生！她曾經言語恐嚇我家雅妮好幾次。」

「對，就是她，開學第一天我兒子就被她和她那群跟班打得鼻青臉腫，嚇得好幾天都不敢上學。」一聽就知道是朱祥義的父親。

「這麼說來，我兒子也被這個女學生恐嚇過，好像是要跟他探聽某個男同學的事，我兒子很有義氣地拒絕了，說他絕對不出賣朋友。」尖嘴猴腮的男人頗爲自豪地說：「我兒子多耿直！我常常害怕他出社會以後會吃虧啊。」

「我女兒好幾次跟我要錢又說不出用途，我看一定是被這個女惡霸勒索了不敢說！」

「我小孩國中時很乖的，自從升上高中就變叛逆了，不但學會抽菸，還常常頂撞我，八成是受了這些壞學生影響。」

「閉嘴，明明都是你們家孩子的問題，陶霸活該當代罪羔羊嗎？」突然冒出來的聲音說出我心裡的話，我循著聲音望過去，是方霏！

方霏、淑芬、怡君三人闖進會議室跑到我身邊。

「陶霸，妳還好吧？」

因爲方霏這句話，我隱忍多時的淚輕易潰堤。

怡君雙手叉腰，怒目瞪視那些怪獸家長，擺出隨時就要幹上一架的姿勢。

淑芬跳著腳尖叫：「你們弄錯了，陶霸才不會無故打架或恐嚇別人！那都是有原因的！」

方霏、淑芬、怡君，謝謝妳們。

但是沒用的，就算妳們拚命解釋隱藏在背後的眞相——朱祥義劈腿、曹雅妮到處散播謠言、貂毛聚眾無理挑釁在先……那些家長還是覺得自己的孩子很乖很天使，全都是別人帶壞他們的。

眞相太過不堪，所以人們時常選擇無視，寧願只看溫柔美好的假象。

「這三個都是她的跟班，個個看起來凶神惡煞，物以類聚啊！」

「誰家的孩子，叫她們家長來看看！」

「沒什麼好說的！到現在還死不認錯！根本沒有悔改之心！」

「這群壞學生還要繼續讓她們留在四中嗎？我看統統退學算了。」

退學！退學！群情激憤的聲浪一起就遏止不住。

方霏、怡君、淑芬再剽悍，也不過只是十幾歲的少女，眼看一群護子愛女心切的大叔大媽宛如化身喪屍般衝過來，我們頓時慌了手腳，連連後退，被逼至牆角。

「你怎麼出現在這裡？現在幾點了？是中場休息嗎？」能讓嚴珍校長如此驚慌失措的只有她兒子了。

所有喧嘩吵鬧的噪音彷彿瞬間消失，眾人視線的焦點聚集在顧凱風身上，我有些恍惚，抬手揉了揉自己的眼睛。

他大步走到我面前，毫不遲疑地握住了我的手。

我無法形容此刻的感覺，好像靈魂瞬間被丟進外太空，透過大氣層往下望著地球，海洋、陸地、街道、學校、會議室……視線一格一格縮放，直到定格在我和顧凱風交握的手上。

嚴校長臉上的表情又驚又急又怒，可是很快恢復鎮定，「我親自送你進考場，親眼看見你走進考試教室，你怎麼會在這裡？」

「我沒考學測喔。」

「什麼？」嚴校長勉強維持的鎮定瞬間崩塌。

「妳一離開，我就交卷了，然後隨便找了一間空教室睡覺。」

「你、你這逆子……」

「這不是威脅也不是談判，是請求。」他說，「她和她朋友，這四個女生要是被退學，不只學測，指考我也會放棄！」

劇情急轉直下，嚴校長完全驚呆了，錯愕地看著自己的兒子，過了半晌才說：「這、這不是我一個人能決定的。」

「媽，身爲四中校長，妳能做到吧？」

「咳咳，校長、各位老師、各位家長，大家先冷靜，請聽我說……」教官出來打圓場，「身爲長期輔導這些孩子的教官，我想我有資格說幾句話。」

後來的時間裡，我一直處於元神出竅的狀態，等回過神來，顧凱風已經隨著嚴珍校長離開，人群也散去了大半。

而我的掌心多出一張紙條，寫了一句歌詞：「我不願讓你一個人，承受這世界的殘忍。」

所有的委屈、不安與恍惚，都在這一刻倏地蕩然無存。

懲戒委員會上，顧凱風當眾握住我的手，讓我瞬間從待退學的女流氓轉變成緋聞女主角。但這樁緋聞又因男主角後續的缺席而失去傳播力道，八卦熱潮一過，變成偶然才被提及的小道消息，漸漸平息。

「陶霸，妳就直接把學霸給辦了吧，」方霏不斷慫恿我，「牽手耶！他暗示得那麼明顯了！」

想起嚴珍校長那副恨不得將我生吞活剝的模樣，我顫抖了一下。

「別鬧了，快念書吧。」我從書包裡拿出課本和練習冊攤在桌上，「妳們別光顧著聊天，考試快到了，書念完了嗎？作業都寫完了嗎？還有哪些題目不會，拿出來一起討論。」

怡君、淑芬、方霏像看怪物似的瞪著我，淑芬用手肘碰碰怡君，「陶霸是被鬼附身了嗎？」

「顧凱風犧牲學測，才換來我們四人不被集體退學，要是不努力念書，妳們不覺得對不起他嗎？」我面無表情。

「妳們不覺得奇怪嗎？」方霏瞟了我一眼，三人交頭接耳，「根據我的觀察，學霸變得叛逆，陶霸變得愛念書，這兩個人該不會是靈魂互換了吧？」

指考前這段時間，顧凱風沒有再來學校，梁子衿說他被關在家裡念書，嚴珍校長替他找了個家教，說好聽點是加強輔導，說難聽點是監視，畢竟他都已經校排第一了，還需要什麼輔導？

而我也好不到哪裡去，手機被媽媽沒收，回家也都是老爸開車來載，過著監獄般的生活，唯一的救贖就是方霏、淑芬、怡君這三位好友。

指考結束，升高三的我開始暑期輔導，名正言順地參加補習班的高三考前衝刺班。接著，指考放榜，顧凱風考上醫學院，意料中的事，所以不需要特別祝賀。

事實上，自從懲戒委員會上他的「驚天一握」後，我們已經半年沒聯絡了。

不知道是不是天氣太熱的緣故，時間彷彿融化成一灘濃稠的水，流動得特別緩慢。

這天下課，我懶洋洋地趴在桌上，方霏見我始終神色懨懨、要死不活，搖頭嘆氣罵道：「陶霸，想幹麼就去幹麼，想告白就去告白，不要一副如喪考妣的樣子，看了都替妳難過。」

我微微掀起眼角，露出眼白：「沒知識就多看看電視！如喪考妣是說死了爸媽，妳才如喪考妣。」

「妳這女人，我好心安慰妳，妳竟然詛咒我？」

我和方霏之間的唇槍舌劍是被小惠打斷的，「陶霸，外找。」

「誰啊？」我起身走到教室門口，站定在一個穿著便服的男生面前，「找我有事？」

梁子衿猛地靠近我，誇張地閉上眼深吸一口空氣，幸福地感歎著：「高中校園的味道、女高中生的味道，真懷念哪。」

揮出去的拳頭因為即時想起自己被留校察看的光榮身分，只得硬生生停下，我沒用多少力地推開他，「趁我還沒喊教官來之前，麻煩這位校外人士自己滾吧。」

「喂喂，好歹我也是四中畢業生，至於這麼無情嗎？」梁子衿斂起笑容，「我下個月要出國念書了，今天來學校申請一些證明。」

「喔，那你請便吧。」我並不討厭梁子衿這個人，只是他說的話常常讓人分不清哪句是玩笑、哪句是眞話。

「我下個月要出國了喔。」他強調，「妳不對我多說幾句話？」

「再見。祝你一路順風。」說完，轉身，結束。

「顧凱風說……」

我倏地回頭，他無奈地看著我：「他說妳的手機都沒人接，所以託我傳話給妳。」

「手機被我媽沒收了。」我也很無奈，「我看高中畢業之前很難要回來了。」

梁子衿塞給我一張紙條，我看完後，小心翼翼摺起來，「你等等。」

我寫了一張回條交給梁子衿，他將紙條收進口袋，挖苦道：「你們要私奔嗎？」

「對啊，到時你就是共犯。」

「靠，干我屁事，我只負責傳話。」

方霏詛咒我如喪考妣，梁子衿也挖苦我，我捏緊拳頭卻又不敢發作，索性別開臉來個眼不見為淨。

我已經被留校察看了，如果想在四中順利畢業的話，只能安分一點。

梁子衿臨走前嘴裡還在含混不清地叨念：「要不是顧凱風把『第一次』給了我，老子才不幹這種傳話遊戲……」

顧凱風把「第一次」給了梁子衿？

嗯？

那今天晚上我還能告白嗎？

這天晚上，我等了將近大半夜，再也忍不住瞌睡蟲的侵襲，趴倒在書桌上，半夢半醒間聽見窗戶玻璃輕輕響動，本不想理會，但腦袋像被什麼堅硬的東西砸了一下，不疼卻足夠讓我從睡夢中驚醒。

朝窗外一看，不是錯覺，顧凱風正站在樓下將一顆一顆小石頭丟向二樓的房間窗戶，窗戶下就是我的書桌。

他刻意壓低的聲音帶點怒意，「下來。」

「等一下。」我向他做出口型，他點點頭。

我隨便換了件T恤和短裙就躡手躡腳下樓，途中差點撞上呈現遊魂狀的陶樂樂。

「妳什麼都沒看見、沒看見……」我催眠她。

「我沒看見沒看見……」她囈語幾聲，卻在我轉開門把時飄來一句，「給我Super Junior演唱會的門票，我就當作什麼都沒看見喔。」

我咬牙，「成交。」

陶樂樂良心未泯地提醒：「記得穿外套，外面有點冷。」

「還好吧。」

「記得戴保險套，鬧出人命妳會被老媽殺掉。」

「妳去死。」哼！人小鬼大的丫頭。

我穿上球鞋飛奔出門，夜裡的空氣果然透著幾分涼意。

雖然又被陶樂樂勒索，頗為肉痛，但一見到顧凱風，我還是壓制不住嘴角向上彎起的弧度。我舉起手機，用螢幕的光照向他身後，心想嚴珍校長還是很疼愛他的，嘴裡不忘挖苦：「哇，從自行車升級成摩托車，大學生果然不一樣。」

「生日禮物。」他簡單解釋。

顧凱風請梁子衿捎來的紙條上寫著：「晚上去找妳。」

這傢伙該不會是特地來向我炫耀車子的吧？沒想到他是這麼俗氣的人。

他從坐墊下拿出一頂安全帽拋給我，「戴上。」

我瞇起眼睛，從安全帽的內裡挑出一根不屬於我的亞麻色短髮，「我不是第一個坐這車的人？」

「不是，第一次給梁子了。」顧凱風淡定又坦蕩，「今天下午車剛牽回來，梁子就來跟我借，說要騎去學校辦事。」

「情有可原，算了，原諒你了。」以後顧凱風的第一次，我都要盡情霸占！

所以祝我告白成功吧！

我一邊爬上摩托車後座一邊說：「顧凱風，拐帶未成年少女是犯法的，這次是你帶壞我的啊。」

瞞著爸媽，半夜三更不睡覺和朋友出去玩，簡直比蹺課還刺激！

「去哪裡？」我興奮地問。

他眼睛裡透出難得一見的狡黠：「去了就知道。」

坐在機車後座，雖是夏季，還是不能小看夜風的威力，我的短裙被迅猛的氣流扯成弧線，身體冷得瑟瑟發抖，緊緊勾住車架後方的手指逐漸僵硬。

「冷嗎？」他問。

我的聲音冷成冰渣，開口就是一個威脅：「姓顧的，你帶我去看的東西最好能讓我永生難忘，不然我就揍得你永生難忘。」

「那妳盡量躲在我身後，我騎快點。」他將外套反穿，我把臉埋在他的後背，外套向後敞開的兩片前襟擋住不少迎面而來的風。

「抓穩喔。」他叮嚀。

幾乎是條件反射，在他猛然加速的同時，我伸出雙臂環在他的腰際，之後便沒再鬆開。

臉頰微微發燙，不知道是沾染了少年背脊的溫度，還是自身羞澀所致。

被風吹散的街燈光芒，彷彿將整個世界暈染上暖色調。

聞到熟悉的海風氣息，我們又來到那片曾經並肩觀看夕陽的海灘，此時本應空曠無人的沙灘竟然聚集了一群人。

無限廣闊的海洋，接近黑色，尚未到達黑色，海面與天空接溶在一起分不清界線，沒有月亮，看不見任何雲朵，星辰以微弱的光芒證明自己的存在。

「這時候看不到夕陽了。」我雙手緊緊揪著短裙裙襬，發現不少人架起望眼鏡往夜空中仰望，「他們在看什麼？」

「英仙座流星雨。」顧凱風淡然的口氣掩飾不住興奮之情，從外套口袋掏出望眼鏡，補充道：「與象限儀座流星雨、雙子座流星雨並稱爲年度三大流星雨。」

「沒想到你是天文迷啊。」

「略懂而已。」他慣常謙虛，標準嘴裡說著都沒念書，考起試來成績卻好得一塌糊塗的那種類型。

「流星在哪？」我仰起脖子朝夜空東張西望，目光像雷達般掃來掃去，幾分鐘後才猛然醒悟，「半顆都沒瞧見啊，顧凱風你這渾蛋，是不是騙我？」

「嘖，妳太沒耐心了。」他的手指著某個方向，「看見那顆星星沒有？」

「看到了。」我搶走他的望眼鏡，再度屏氣凝神瞪著那顆星星好一會兒，「所以它會掉下來變成流星？」

我側轉過頭，等著他給我答案。

星星沒有掉下來，但我卻在顧凱風的眼睛裡看見星星。

他憐憫地看著我，「陶同學，我有時候眞的很想剖開妳的腦袋，看看裡面到底裝什麼？」

裝的都是你啊！你笑起來眼角微瞇的樣子、你生氣時抿起嘴唇的樣子、你上課時心不在焉轉著筆的樣子、你吃著我也很喜歡的檸檬雪花冰的樣子、你假正經卻忍不住臉紅的樣子、你披著學霸外表幹起架來卻絲毫不含糊的樣子……我腦袋裡滿滿的都是你啊。

這些近乎表白的話語我當然不可能說出口，只是下意識摸了摸腦袋，只要不說出來，這些話藏在裡面很安全。

校霸故作惡狠狠地放話：「廢話少說，老子耐心有限。」

學霸嘆了一口氣，解釋道：「這是北極星，不論從哪裡看，都是地軸北極指著的方向。而英仙座流星雨的輻射點在東北方，所以朝東北方觀察，有很大的機會能看見流星。」

他雙手搭在我的肩膀上，將我轉過身去，這樣一來，我的背脊貼著他的胸膛，兩人投向夜空的視線終於重疊在一起。

下一秒，周遭響起此起彼落的驚呼聲，星星以肉眼可見的速度劃過夜空，一顆、兩顆、三顆……無數顆，那是我從未見過的璀璨星空。

懷著對無數顆流星許下心願所積攢下來的勇氣，我做了個決定，就是這一刻，我要向顧凱風告白了！

「喂，顧凱風，你覺得我這個人怎樣？」糟糕，語氣聽起來不像告白，像來討債的。

突兀的問話果然令他感到莫名其妙，他低頭看我，「什麼怎麼樣？」

「少囉嗦，叫你說你說就是了。憑直覺說，不准說謊不准敷衍。」

「『你覺得我這個人怎樣？』、『你對我感覺如何？』、『其實我一直非常在意你』、

『我們不適合當朋友，還是適合當戀人』。」他語氣聽不出任何波瀾，「……這些全都是告白前的發言，所以，妳要向我告白？」

我呆了呆，能臉不紅氣不喘地說出這些話，這傢伙到底做過多少次告白？或者接受過多少次告白？

「當然不是。你少自以爲是了。」

「喔。」他重新將視線投向星空，望眼鏡遮住他臉上的表情。

失去他目光的支撐，我半垂下眼瞼，「不只嚴珍校長，在很多師長眼中，我是壞學生、女流氓，雖然有群好朋友，但大多數同學始終懼怕我，所以……我想知道在你眼中，我是什麼樣子。」

雖然是臨時編造出來的台詞，但也還算順利地說完了。

他放下望遠鏡，乘載星光的瞳孔現在盛滿我的倒影。

「妳這個人，要說漂亮，也就普普通通，沒什麼記憶點；要說智商，有一點點小聰明，很多時候卻無知得要死；要說脾氣，溫柔體貼、善解人意、善良正直、謙虛寬容……這些都不是妳具備的美德，動不動就爆粗口，脾氣一來就要揍人，十分暴力、欺凌弱小，還特別沒耐心，總之是非常糟糕的一個人。」

我啞口無言，讓他憑著直覺說，沒讓他直白地說啊。

「但是，在我眼裡，妳是一個很帥氣的女生。」他微微笑了笑，「我理解妳，所以妳不需要在意別人眼中的妳是什麼樣子。」

我傻傻地看著顧凱風，甚至沒有察覺自己眼泛淚光，「我一直都很帥氣。不過，顧凱風，現在這個帥氣的女生一點也不帥氣了，因爲我發現我喜歡你。」

視野裡的一切全都泛著光，我看不清他臉上的表情，只聽見他低聲說：「我也是喔。」

我也是喔。

表達和對方意見一致、日常生活中隨處可聽見的四個字，卻因爲承接了上文的「我喜歡你」，讓這句話瞬間成爲最動人的告白——

我也喜歡妳。

好不容易才確認彼此的心意，卻立即要面臨分離，沒有比這還糟糕的戀愛了。

顧凱風即將北上求學，我們一群人去高鐵站送他。

我想向他道別，他卻忽然將我攬進懷裡，臂膀收緊，我貼著他溫暖的胸膛，聽見他心臟跳動的聲響，眼眶驀地酸澀了起來。

我閉了閉眼，憋回眼裡的水氣，一手搭上他的肩，另一手送出一記有力的拳頭，狠狠揍上了他的小腹。

顧凱風被我打得措手不及，疼彎了腰。

四周皆是一片嘶嘶抽氣聲。

「在外面給我規矩點！你要是敢亂搞女人試試！」我舉著拳頭，努力讓自己強悍得像個女土匪，並警告地盯了梁子衿一眼。

他駭然搖頭，連連後退，試圖撇清和顧凱風的關係，「我後天就要出國了，沒我的事啊。」

「搞男人或被男人搞更不行！」我哼了一聲補充道，然後聲音軟了下來，「沒別的話了，就這樣。」

✦

時間一直在緩慢地流淌，其實那是一種錯覺，緩慢只是因為每日的生活單調，重複著讀書、考試、吃飯與睡覺。

送走顧凱風和梁子衿，暑假就結束了，正式來到高三。

高一、高二成績太差，我直接放棄學測，備戰七月的指考。

嚴珍校長還特別來我們班訓話，語氣十分輕蔑：「有些同學平時不努力，總想著臨時抱佛腳，小心被佛反踢一腳，不如趁早報名重考班還有打折；對念書不感興趣的同學，乾脆找份不需要高學歷的工作，靠自己的雙手謀生，免得一畢業就在家裡當米蟲；至於那些荒廢學業、整天只知道談戀愛的女同學，倘若父母同意，就早點嫁人，相夫教子，安分守己過一輩子，校長祝妳們遇到的都是如意郎君。」

她一邊說，眼神一邊瞟著我們這個方向，大概是想看到有人因為羞愧和自卑而落下淚來，可惜讓她失望了。

「嘿，姊妹們，我畢業後就要嫁人啦。」淑芬滿臉喜色地宣布。

「妳幹麼想不開？」

「靠，妳中獎了喔？」方霏反應很快，畢竟這年代沒人那麼早婚，除非是奉子成婚。

「那等到那時候才辦婚禮會不會太晚了？大著肚子穿婚紗不好看吧？」怡君說。

「駒，沒有啦，我們每次都有戴套套，才不會不小心中獎。」淑芬解釋，「反正我不愛念書，也不知道要做什麼工作，男友是家裡長孫，長輩希望他早點娶，我當然就早點嫁嘍。」

我以為這種觀念只存在於上個世紀，沒想到現在還有女生抱持這種想法。

對我們這樣的鄉下小地方來說，淑芬未婚夫家有幾棟透天厝、幾台進口車，有土地有工廠，也算得上是豪門了，於是大家恭喜她找到如意郎君，如願嫁入豪門。

怡君畢業後要去菜市場賣肉圓，她家的肉圓店三代傳承，我們笑說她這樣算是繼承家業的富三代了。

「念什麼系沒差，混個大學文憑就可以了，反正姊的目標是當小說作家。」方霏笑容十分猥瑣，「耽美小說作家。」

我和顧凱風訂下約定，如果我能和他考上同一所大學，我們就交往。

也許從外人眼中看來，這是太過不自量力的夢想，但是校霸都能和學霸相愛了，這世上還有什麼發生不了的奇蹟呢？

在我心裡，這不僅是一個約定，更是一個證明，向嚴珍校長證明我能堂堂正正站在顧凱風身邊。

說實話，大考前夕，我曾經崩潰過一次。

明明是大熱天，我卻把自己裹在被子裡，眼淚鼻涕糊了一臉。

老爸看到我那副鬼樣子嚇了一大跳，在得知我抱持的想法之後，他語重心長地勸我：「壓力不要太大，隨便考考就好，我看T大也沒什麼了不起，照樣出過殺人犯、強姦犯……」

見我不理他，媽建議道：「我見過妳爸幾個部下，都是二十幾歲剛從警校畢業的年輕小夥子，長相體格很不錯，員警這份工作也算是鐵飯碗，要不叫妳爸改天介紹妳認識認識，反正女孩子遲早都要嫁人。」

爸媽那番話活生生就是往我汩汩冒血的傷口撒上一把鹽，我兩眼一翻，徹底失去向他們傾訴的欲望。

「媽，我才幾歲，妳就急著把我掃地出門？」我抗議。

「眞能把妳掃地出門就好了，我也省得操心。」

「陶陶才高中畢業，嫁什麼人？」爸也不樂意了，「就算她不工作，我也願意養她一輩子。」

「養她一輩子？憑你那份從小隊長降到基層員警的薪水？得了吧，女兒就是這樣被你寵壞的。」

「哼，要不是妳學人家炒股賠了好大一筆錢，我用那筆錢還能買棟房子給她當嫁妝。」

「陶先生，你活在五〇年代嗎？那筆錢連買間市區公寓的廁所都不夠！」

又開始了。

「要吵你們去外面吵，別在我房間！」我氣得快翻桌。

忽然手機震動，鈴聲大作，一看清來電顯示，我傻了半晌，然後鈴聲就斷了。

心裡湧起數不清的小心思，我有點懊惱他怎麼不讓鈴聲多響一會兒，又有點懊惱自己的矯情，明明就迫不及待想接起，卻又不想讓他發現我在等他電話。

鈴聲再度響起，我迅速掃了一眼來電顯示，小心翼翼地按下接聽鍵：「喂？」

「剛才怎麼不接電話？」這話與他平時的冷淡語氣沒什麼區別，聽不出半點指責。

「剛才、剛才……」總不能和他說我爸媽正在吵架吧，情急之下，我扯了一個讓我想捏死自己的謊，「我拉肚子。」

那邊默了一瞬，彷彿有個氣音滑過去，像他在我耳邊輕笑，「所以妳洗手了沒？」

我憋著聲音答：「洗了。」

「還眞是只有妳能找出來的蠢理由。」

我撇了撇嘴：「是啊，我這麼蠢的人還要勞您來打電話慰問，眞是對不起了。」

顧凱風毫不客氣地接受我的道歉：「嗯，原諒妳了。」

週末的時候，顧凱風從台北回來，約我去圖書館碰面，幫我在課本上畫重點，還幫我整理筆記。

我瞇起眼睛看他，「你就那麼想和我交往？」

他給了我一個鄙夷的眼神，「我們類組不一樣，我頂多幫妳國、英、數這三科，其他社會科妳自己看著辦。」

說是讓我看著辦，一個月之後，他將社會科的重點筆記放到我面前。

「你自己做的？」

「跟別系學長借的。」他淡淡地解釋。

「這麼快就跟別系學長混熟啦。」我感受到深刻的威脅，「顧凱風，你說過要守身如玉等我……」

「有空胡思亂想，不如多做些習題吧。」

熬過寒窗苦讀的高三生活，當錄取通知單寄到家裡時，像是狠狠搧了那些斷言我會名落孫山的人一個耳光，我拍下錄取通知單上傳臉書，以示昭告天下。

謝師宴上，嚴珍校長依然是一副質疑的口吻：「妳是不是請了槍手代考啊？」

簡直狗嘴裡吐不出象牙，不過沒關係，我心情好，不跟妳計較。

考上大學、擺脫妳的魔爪，妳的寶貝兒子就逃不出我的掌心啦，哈哈哈。

直到後來我才知道，當我還在跟國英數與社會科搏鬥時，顧凱風已經在大學裡四處宣揚他有女友的事情了，並且以這個理由成功拒絕許多送上門來的學姊、學長和同學，把大學新生生活過得舒舒坦坦。

彷彿多等一刻都要我的命，新生報到單一寄到家裡，我便急匆匆地收拾好行李，打算立刻衝去台北。

老媽實在想不透顧凱風和我到底何時看對眼的，看在顧凱風算是支績優股的份上，告誡個幾句就算完事。老爸從頭到尾誓死反對我和顧凱風交往，但反對無效，從此在這件事上被剝奪話語權。

北上當天，老爸請了特休，說什麼都要親自開車送我到學校，卻因爲哭得太厲害，活像我即將要出嫁，而被老媽以顧及我的生命安全爲由制止，改成送我去搭高鐵就好。

一家人浩浩蕩蕩來到高鐵站，直到登上月台的前一刻，老媽仍不放心地叮嚀這叮嚀那，從生活瑣事、課業社團、到打工實習……簡直恨不得在我腦袋植入一長列注意事項。

「妳和小凱交往，嚴珍校長知道嗎？」想起懲戒委員會上嚴珍校長的咄咄逼人，媽還是心有餘悸。

「知道吧。」我也不太有把握，顧凱風應該能搞定他媽吧？

「那女人是個厲害角色，妳千萬不要再跟她起衝突，知道嗎？」

「知道啦。」

見我一副恨不得插翅飛奔的模樣，媽嘆了口氣，「女大不中留、留來留去留成仇。」

「姊的男友是T大醫學院高材生，順利的話將來就是醫師娘，妳留她做什麼？」

陶樂樂說話越來越中肯，男友、醫師娘等字眼聽得我心花怒放，想起多次靠她掩護，我的戀情才能開出花朵，便忍不住抱著她用力蹭了幾下，肉肉的妹妹抱起來手感眞好，以後哪個男生敢辜負我妹妹，我一定把他全身骨頭都打斷。

「好噁。」她嫌棄地推開我，「快走啦，不然顧凱風都要跟別人跑了。」

「樂樂，謝謝妳，要不是妳那天半夜幫我掩護，我就無法告白成功了。」

「別忘了Super Junior演唱會的門票，他們每年都會來喔。」

「有時候，我眞懷疑妳是不是我的親妹妹。」

「當然是親姊妹，不然我怎麼敢盡情敲妳竹槓？還有，我去台北聽演唱會期間，食宿交通妳要全包。」陶樂樂看了看我，突然笑得很詭異，「如果妳肯答應，我就叫顧凱風姊夫。」

「成交。」我毫不猶豫地答應。

站在T大校門口，看著雕金的校牌、傳說中的椰林大道，我心情激動得幾乎落淚，很觀光客地拿起手機左拍拍右拍拍，再發到各個LINE群組，親朋好友全都轟炸一輪。

此時，我的齊耳短髮已長至肩膀，畫點淡妝，穿著白洋裝，是顧凱風最喜歡的氣質女生模樣，不罵髒話，不再動不動就對人拳腳相向，哪還有半點高中時期校園惡霸的影子？怎麼看都是個清新的校園美女啊。

這些都不重要，重要的是，我們終於可以在一起了！

「顧凱風，還記得你的承諾嗎？」我拎著新生報到單來到他面前，「我們交往吧！」

顧凱風一點都不感動，依然一臉淡定：「這位女同學，妳走錯學校了吧，F大不在這裡。」

呃，其實我考上的是F大，不過選系不選校嘛，我可是填上了我心中的第一志願——新聞系。

「我很努力了，但是T大實在太高不可攀了。」我擅自改動了規則，「反正都在台北嘛。」

我討厭念書，卻願意陪顧凱風在圖書館消磨掉整個下午；他打球時，我抱著他的外套坐在球場邊，要是贏球，他就會開心地跑過來把我抱起來轉圈。

第一次一起去爬山是在秋天，漫山遍野都是金黃色的樹葉，顧凱風提議去山上的民宿住一晚，隔天去看日出。背著行李才爬到半山腰，我就不肯再繼續，他停下來哄我，說爬上去有獎勵。

獎勵是一個吻，那是我們成爲情侶後第一次實質意義上的吻。

兩人都沒有經驗，瞪著眼睛看著對方，最後顧凱風用手將我的眼睛擋住，唇貼著唇，他將舌探進我的口中，因爲青澀所以笨拙，一不小心輕磕都會引起驚呼……然後，我們終於徹底理解「乾柴烈火」不是形容詞，而是動詞，並且身體力行著。

本來說好隔天清晨要去看日出，卻因爲前一晚太過劇烈的運動，導致兩人都睡過頭，起身時已經接近中午，在民宿老闆一臉曖昧的神情中，初嘗禁果的我們匆匆忙忙收拾行李，逃難似的下了山。

回到市區，我半躺在顧凱風的床上，撫著隱隱作疼的腰和腿，氣得瞪了始作俑者一眼，「騙老子爬了一整天的山，說好的日出呢？」

他故作體貼地又是熱敷又是按摩我的腰和腿，臉上沒有半點愧色，「下次吧。」

「沒有下次了，要去你自己去。」我憤恨地踢他一腳，他順勢抓住我的腿，將我拖到他的身下。

「妳平時運動量不足，一旦運動強度超過肌肉能負荷的程度，就會引發肌肉痠痛，所以……」他附在我耳邊說話，呼出的氣息吹熱了我的臉頰，「來運動吧。」

「流氓。」

他欣然接受這個新頭銜，然後用他的身體狠狠提醒我「學霸」裡也有一個霸字。

「顧凱風，當初到底是你追我還是我追你的？」這是我最常問他的蠢問題。

「當然是妳追我的。」他總是理直氣壯地答。

可是，明明一直撩我的是你啊。

方霏她們約我出去玩，爲了要陪顧凱風，我統統推掉，方霏笑我被顧凱風收服了。

戀愛應該就是這樣吧？兩個人彼此遷就、彼此妥協。

一次寒流驀地降臨，我打了一個噴嚏，斜眼看向顧凱風，語帶暗示：「這時候有自覺的男朋友應該脫下外套讓女朋友穿才對。」

他當然聽懂了我的暗示，卻很欠揍地說：「妳冷難道我不冷？」

「我男朋友好沒良心啊，嗚嗚。」我裝哭。

他笑著解開大衣鈕扣，將我包裹進去。

喂，這樣要怎麼走路啦，而且……很丟臉啊。

「好肉麻啊，大家都在看……」

「沒關係，妳臉皮厚。」

談戀愛的人是不是容易變笨？難怪師長不讓我們在高中時期談戀愛，怕我們因此耽誤課業。

以前不曾想像過，有一天能夠走在顧凱風身邊，冰涼的手掌被另一個人的體溫溫暖著。

時序進入冬季，這城市摩天高樓聳立，許是空氣汙染嚴重的緣故，天空總是灰撲撲的，夕陽不再以璀璨的餘暉作最後的道別，天色時常宛如被按下開關一樣驟然拉滅，但是和顧凱風手牽手走在路上，心裡彷彿有顆永不沉落的夕陽。

「到家了。」顧凱風送我回租屋處。自從大二開始打工，我便搬出學校宿舍。

「那麼，明天見吧。」我說，等著他向我說再見。

他沒說話，皺眉凝望黑漆漆的樓道，我陪他站了好一會兒還等不到他的道別，心想這傢伙該不會要來個吻別吧？便踮起腳尖親了他的臉頰。

很純潔的一個吻，下一秒顧凱風說出的話卻讓我瞬間不純潔了。

他說：「喂，我們同居吧。」

女孩子的矜持我還是有的。

「好啊。」但是厚臉皮同時也是我的專長。

嚴珍校長早早就替寶貝兒子在離醫學院不遠的地段買了一套公寓，位於高級住宅區的兩房一廳，怎麼看都比我租的頂樓加蓋舒適許多，我早就覬覦已久，現在他主動提出來，我哪有拒絕的道理？

我和房東簽了一年約，無法退租，平常上課、打工的日子我還是住在這裡，每逢假日或寒暑假，我必定往他的高級公寓跑。

半同居的生活開始後，我們完成了很多兩個人在一起會做的事，一起牽著手逛街，一起吃路邊攤的油炸食品，在黑漆漆的電影院裡一起看電影，在大街上旁若無人地親吻，窩在沙發上看毫無營養的綜藝節目。

我寫了一張「情侶必做的一百件事」清單，每完成一項，就在上面打勾。

一、手牽手逛街。二、一起坐摩天輪。三、一起淋雨。四、一起聽演唱會。五、一起看日出。六、一起看日落。七、一起看煙火。八、一起看電影。九、一起做頓飯。十、一起養寵物。十一、送對方驚喜……

說到驚喜，兩個人一起過的聖誕節怎麼能少得了交換禮物呢？

我提議：「我們來玩交換禮物吧。」

他沒拒絕，直接牽住我伸過去的手就走。

「去哪裡？」我不解地問。

「妳不是要禮物嗎？我又不知道送什麼好，一起去挑，看妳喜歡什麼我買給妳。」

喂喂，這樣算什麼驚喜啦？

「這樣很沒誠意耶，而且一點驚喜感都沒有。」我想了想，與其讓顧凱風亂送一通，不如務實一點自己說出口，「顧凱風，你買個包包給我吧。」

故意帶他去到某間名牌店，試背了半天，頤指氣使了半天，最後什麼都沒買，趁女店員沒注意，拉了他就跑出來。

「妳爲什麼要這麼做？」顧凱風看在眼裡，並不贊同我的行爲，卻任由我胡鬧。

「方霏男友的曖昧對象就是這個女店員，小小修理她一頓，算是替方霏出一口惡氣。」

我笑著伸伸懶腰，「眞是身心舒暢啊。」

「妳還眞是……」他想了想，給出十分貼切的形容，「狗改不了吃屎。」

「顧先生，你就這樣形容你女朋友的？」我佯裝生氣，「我要是狗，你就是屎。」

「好吧，江山易改本性難移。」他點點我的鼻尖，語帶寵溺，「小狗狗。」

「汪！汪！」我學狗叫了兩聲，然後吻上他的唇，趁機狠狠咬了一口。

被我反諷成一坨屎的學霸顧凱風沒有生氣，從喉嚨裡發出愉悅的笑聲。

唉，蠢死了。

如果用漫畫來詮釋熱戀時期的我和顧凱風，我們的雙眼應該都是呈現桃心狀，四周充滿著粉紅泡泡吧。

和很多情侶一樣，我們說過要永遠在一起之類的傻話，但也和世界上的很多情侶一樣，後來的我們沒有說到做到。

偶像劇裡的情節都是爲了男女主角戀愛而展開的鋪陳，我們看不見男女主角之外的、那些煞風景的細枝末節，例如，顧凱風的母親從來就沒放棄阻止我們的戀情；例如，我和顧凱風南轅北轍的個性造成相愛容易相處難，他太認眞而我太散漫，他太按部就班而我太熱愛自由，一旦我的熱情不再而他的耐心用盡，很容易將感情走上絕路。

有時候，我甚至會幻想出現不存在的第三者，這樣或許比較符合一般言情小說的走向。

但很遺憾，儘管沒有第三者，我們還是弄丟了愛情。

送走顧凱風那時，原本想像青春日劇裡的女主角那樣，帶著一點歇斯底里的悲愴對他大喊「沒有你，我也會幸福的」，但最終我只是輕描淡寫地說了一句：「謝謝你。」

謝謝你燦爛了我的青春。

不說再見，因爲再也不見。

第五章　誰忘了愛我？

現在，倒數第四十天

一夜無眠。

我蜷縮在沙發上，一邊跟往事道別，一邊看著天空漸漸褪去黑色，換上一抹魚肚白。

時間匆匆往前走，從不留下些什麼，我們以為自己遺忘了過去，其實過去早已經捨棄我們。

既然早已經被捨棄，守著這間房又有什麼意義呢？

我從暖烘烘的被窩裡撈出陶寶狠狠親了一大口，做出重大決定——兒子，我們搬家！

陶寶懵懵懂懂地汪汪叫了一聲，我當牠是附議。

如同過去幾年每個尋常的日子，伺候完狗大爺吃喝拉撒，我才洗漱化妝上班去。

站在一棟時尚氣派的辦公大樓前，一樓大廳挑高設計媲美五星級飯店，鏡面天花板垂下一盞巨大的水晶吊燈，這裡是日曜集團旗下多媒體事業群的總部，包含電視頻道、電子購物、網路資訊部、新聞部、攝影棚、影音後製中心等等，一群穿著T恤牛仔褲的大學生站在閘門外，青澀的臉龐掩飾不住興奮，等待被領進各部門實習。

曾經我也站在門前仰望，不得其門而入，而現在我手持寫著「新聞製作中心生活娛樂組小組長」的員工證通過閘門，昂首闊步地走進去。

高跟鞋敲在光可鑑人的大理石地板，越接近新聞部，和我打招呼的同事越來越多。

「早啊，小陶。」

「早安，小陶姊。」

「唷，陶大美女，今天氣色不錯啊。」

我一一點頭微笑致意。

「陶大記者，妳前兩天鬧出的事件……」財經組某白目湊過來想八卦。

我一記眼刀殺過去，「金管會放出消息說要緊盯利變保單，這條你追了沒？」

「沒事沒事，隨便聊聊，」對方自討沒趣離開了。

如果問哪個平臺交換訊息最迅速，歡迎來到新聞製作中心的茶水間！這裡即時更新各種大大小小、不可告人、不能公開的祕密，話題絕對勁爆，絕對比八卦節目還精彩！

而新聞製作中心的茶水間也是各大廠商投放物資的集貨中心，新聞記者薪水微薄，額外的員工福利都在這裡了。

繞了幾圈下來，能裝進包包裡的民生物資我絕不手軟，比起某位梁姓前輩硬是纏著建商以對半折扣再去掉零頭，買下郊區小豪宅還附贈雙車位，我這點蠅頭小利不算什麼。

忍一時大嬸行徑，前進市區華美套房。

我是如此盤算的，忍住不喝星巴克能月省三千，每個禮拜一次的電影改成參加首映會，彩妝品、保養品去一趟時尚組就能蹭回不少試用品，部門聚餐能拗就拗長官請客，不能拗的就善用餐廳招待券，原本每月固定匯給家裡五千元的孝親費改成兩千元好了，就說陶寶需要吃些營養品，美容費也漲了，媽那麼寵這隻狗孫子，肯定不會有意見。

對了，乾脆每月帶陶寶回家省親一趟的車錢也省下來，老媽想念狗孫子的話，讓她自己花錢坐車上臺北。

就在我凝神細思、心裡算盤打得叮噹響之際，一道纖細的身影畏畏縮縮地從我眼皮縫底下溜過。

想假裝沒看見我？

我抿唇一笑，叫住她，「早，小惠。」

「早、早安，陶霸。」

「去哪啊？」

「買、買早餐。」

我分外溫柔道：「這樣啊，那順便去星巴克幫我買杯拿鐵，老樣子，妳知道我的口味。」

她爲難地看著我。

「快去啊。」

她不自然地支吾了下，「我、那個……上次、上上次、還有上上上次幫妳買咖啡的錢，妳都還沒給……」

有些事永遠不要太深究，我搖搖食指截住她的話，「小惠，妳只比我晚幾個月進公司吧？計較這麼多，難怪永遠只能當助理記者，想當初我可是一天一杯咖啡孝敬粱老大呢。」

這是實話，只是我買的不過是便利商店賣的咖啡。

「謝謝陶霸的提點，我這就去。」她低下頭，一臉愧疚地去買咖啡了。

唉，我這高中同學小惠，入社會好幾年了，還是一點長進也沒有，什麼時候才能學會反抗惡勢力呢？

「早，大樹，你的早餐好豐盛啊。」

「早、早安，小陶姊。」大樹慌亂地拿起公文夾遮掩，「還、還好啦，我食量大。」

「我看看……燒餅夾蛋、火腿蛋餅還有蘿蔔糕加蛋，蛋吃太多你不怕膽固醇過高嗎？」

他瞠目無語。

「我還沒吃早餐喔。」我再度暗示他。

「謝謝小陶姊為我的健康著想，這份火腿蛋餅就麻煩您幫我吃掉吧。」大樹含淚獻上食物。

好孩子，有前途。

省錢妙招一，能從別處免費拿的，絕不自己花錢買。

端著四處搜括而來的早餐和咖啡，我心滿意足地回到辦公桌。

要工作了嗎？當然不是。

省錢妙招二，能用上班時間處理的私事，絕對不拖延到回家後處理。

稍有資歷的記者月薪大約四萬，月休六天，換算每日薪資大約一千六，再換算成時薪，摸魚一小時，就等於多賺一百六十元。

比起那些高層坐領高薪，又常常利用公務之便出國旅遊，而我不過占用一滴點上班時間打個小混摸個小魚，算客氣了。

對了，別忘了進行辦公前的標準動作，將快沒電的手機、iPad、數位相機、行動電源等3C產品接上USB充電，別小看這個動作，一個月下來可以省下一杯星巴克的費用，要不是公司明文規定不行，我差點就要將家裡那台電動機車搬過來充電。

前置作業完成，打開筆電，開始搜尋各大租屋網站。

電視牆輪流播放晨間新聞，政壇大老買春召妓、中國又在沿海增加了幾顆飛彈、衛生紙漲價、娛樂圈女神婚內出軌、終身上網吃到飽只要一九九、專家說上班族這樣吃才健康……統統不關我的事。

一則租屋訊息跳入我的眼簾——兩房一廳，近捷運站、醫院，交通方便，採光良好，屋齡新、附陽台和汽車停車位，這麼高檔的房子我當然租不起，只是網站展示出來的相片卻熟悉得令我挪不開目光。

正當我暗自唾棄自己的多愁善感時，梁子衿叼著吐司晃到我面前，狐疑地上上下下打量我，「妳怎麼來了？」

「怎麼不來？我最愛上班了。」我推推鼻梁上的墨鏡，連頭都懶得抬。

「不是，妳昨天半夜打電話給我，鬼哭狼嚎像死了老公，我以爲妳今天會請假……」

半夜打電話？鬼哭狼嚎？我？

我連忙查看手機通話紀錄，昨晚午夜時分果然有通電話是打給梁子衿的，通話時間將近兩小時，可惡！怎麼不用LINE，網外話費多貴啊，分分鐘鐘都是錢啊。

重點是，這兩小時我講了什麼？

「你幹麼不直接掛掉？」我有些惱羞成怒。

「感覺妳需要找人傾訴啊。」他拍拍胸膛，「放心，妳這高中學長最可靠，絕對不會說出去的。」

我暗自捏了捏拳頭，最不可靠的就是你這張嘴好嗎？

「我在電話裡沒亂說什麼吧？」

「就說了一個精彩的故事，雖然大部分我都知道了。」

我簡直無言以對，既然如此，幹麼還花兩個小時聽我講？

「不過，妳並沒把故事說完，妳和顧凱風後來為什麼分手？那一段我沒參與到……」梁子衿和顧凱風高中時期頗要好，在顧凱風被禁足而我的手機被沒收的那段艱難時期，還充當了幾次送信小天使，但他畢業後直接出國念書，以至於錯過我和顧凱風分手的故事。

「你眞的想知道？」

「當然。我之前問過阿凱，你也知道這傢伙，嘴巴比臭蚌殼還緊，要不是他自己願意說，想從他嘴裡撬出點什麼根本難如登天。」梁子衿的形容十分貼切，我差點笑出聲。

「因為，」望著他熱切且八卦的眼神，我強迫自己斂下笑意，「他被我抓姦在床，當時他跟另一個男人正在翻雲覆雨……」

「什麼？」梁子衿震驚得說不出話。

我面不改色，「這件事實在難以啓齒，所以幾乎沒人知道我們分手的原因。」

梁子衿同情地望著我，「天啊，我一直以爲顧凱風愛的是我。」

「……」我眞是白痴才會跟梁子衿對話。

他沒啥誠意地安慰我，「看開點，我知道他遲早出櫃。」

「同情我，就給我錢。昨天那通電話費我要報公帳，再算上兩小時加班費。」

「理由？」

「打電話給上司，討論的當然是公事，既然是討論公事，當然要報加班。」

梁子衿露出無奈的表情，彷彿在說「算妳狠」。

我繼續說道：「還有上禮拜六公務車的油錢記得給我，那是我先代墊的。」

「陶小姐，容我提醒妳，妳上禮拜六還向我借了一萬塊。」

「過去三年我天天買咖啡給你，錢還來。」

「哇，我們家花錢不手軟的小陶，什麼時候開始變得如此斤斤計較？」

我冷冷回他一句：「從今天開始。」

還差五分鐘才九點，手機鈴聲就迫不及待響起，我瞥了眼來電顯示，懶洋洋地接起，

「早安，媽。」

「早妳媽，妳給老娘說清楚，妳上週六到底怎麼回事？」不等我解釋，陶太太劈頭蓋臉先罵我一頓，「我千交代萬交代，妳也滿口答應，最後竟然爽約，妳知道我多沒面子嗎？」

「媽妳說清楚，我上週六怎麼爽約了？」我不只沒爽約，還吃羊排吃到下巴脫臼、鬧了笑話登上晚間新聞耶。

「我剛剛打電話給徐先生，他說妳沒去赴約。」

「徐先生？哪位徐先生？」我滿頭霧水。

「老先生介紹的男孩子，剛好在北部工作，一表人才相貌堂堂，還是個醫生，至今未婚無女友，和妳簡直天作之合的那位徐自南先生啊。」

徐自南、徐自南……我喃喃念著這個名字，他不就是在醫院被我誤認為顧凱風的那位醫生嗎？怎麼會變成我的相親對象？

「妳還騙我說妳去了，當妳老娘好糊弄是吧？徐先生說在餐廳等了妳快兩個鐘頭，後來醫院有急診忙不過來，他就回去了。」

我越聽越皺眉，思索了一下前因後果，總算弄清楚一件事，原來是「徐」先生而不是「許」先生，我連相親對象都認錯了，徹頭徹尾變成一場世紀大烏龍。

「說！妳為什麼放人家鴿子？」

「就是……臨時來個大新聞要跑，推都推不掉……」我閃爍其詞，「妳也知道幹記者的必須隨時隨地捍衛大眾知的權利，二十四小時on call跟急診醫師一樣……」

「二十四小時on call？那妳薪水怎麼沒跟急診醫生一樣？」媽諷刺道。

「做人不要太現實嘛。」

「這不是現實，這叫實際。」

跟家庭主婦耍嘴皮子，根本自討苦吃，我只能找藉口脫身，「不聊了，我待會還要開會呢。」

媽不死心，「要不我幫妳編個理由，說妳趕過去的路上出了小車禍，過幾天再約出來。」

「不必了，我敢發誓那位徐醫生絕對不想看見我。」

「你們又沒見過面，妳怎麼知道他不想看見妳？」

想起醫院那次亂七八糟的會面，我很快地說：「總之妳別白費力氣了，趕快幫我物色下一位對象吧。」

掛斷電話前，老媽仍是一副恨鐵不成鋼的口氣，「這麼好的對象，白白給妳糟蹋了。」

才剛結束這通電話不久，就聽見有人喊了聲：「新聞部開會嘍。」

每個禮拜一早上，爲了掌握時勢發展，通常會召開新聞初報會議，由新聞製作中心總監，也就是我們記者口中的Captain親自坐鎮指揮，大家皮都得繃緊一點。

長官如果認爲記者在會議中提出的採訪主題有發展性，便會提早指點主稿方向，若是網路點閱率高，後續追蹤報導就能順利成行，甚至做成專題，在談話性節目裡更進一步討論。但若是提案被長官打槍，一切就得全部重新來過，足夠大家整個上午忙得不可開交。

眾人紛紛放下手邊工作，手持iPad往會議室移動，我趕緊收拾一些資料，走進會議室時已經遲了幾分鐘，剛好聽見專跑社會版的李記者正在談論某起墜海意外事件。

我貓著腰鑽進會議室，趁Captain低頭喝茶沒注意，悄悄坐到李記者旁邊的空位。

坐在副首位子的梁子衿瞪我一眼，我別開臉假裝與李記者討論，「你說的是一個禮拜前沿海公路發生的墜海事件？有新進展嗎？」

這則新聞我依稀有點印象，當時兩名男子駕車意外墜海，其中一名男子獲救，另一名男子則不知去向。

「沒有，那人的生還機率幾乎爲零，只是屍體怎麼都打撈不到。」

「人沒找到，一年之內只能算失蹤人口，怎麼能稱之爲屍體？」專跑政治板的王記者打岔。

「撈不到當然變屍體啊。」李記者搓搓頭頂所剩無幾的頭髮，露出苦惱糾結的表情，「離奇的是，生還者卻堅稱失蹤者還活著，你說他會通靈不成？」

「這話題到此爲止，都過一個禮拜了，這種冷飯新聞有什麼好炒的？」Captain威懾四方的視線掃射過來，「老李要是想繼續追下去，不如將這項目提到靈異節目去。」

科學無法解釋的新聞案件，到最後都會成爲靈異節目取材的談資，稍有自覺的記者多半會盡量避免自己辛苦採訪的新聞淪落至此。

李記者臉色微變，但他不愧是在業界摸滾帶爬十餘年的老記者，只見他嘻嘻笑道：「Captain別這樣啦，我估計還能提上《關鍵追蹤》，我老婆可喜歡寶傑哥了，每週都準時收看呢。」

《關鍵追蹤》是近期非常火紅的談話性新聞節目，邀請名嘴評論一些熱門時事，內容包羅萬象，從嚴肅的政經話題到民間怪力亂神都有，主持人寶傑哥也是從記者轉戰到螢光幕前，獨特的主持風格獲得不少好評，收視率向來是同期節目之冠。

Captain和李記者畢竟有些老交情，答應多給他一個禮拜的時間追查，其他組就沒那麼幸運了，兩岸國際、財經、體育、科技，都被砲轟得體無完膚，奄奄一息。

「最後一組是生活娛樂。」

終於輪到我了，我自信滿滿地呈上資料，眼角餘光朝梁子衿掃去，他偷偷向我豎起大拇指，我則回以微笑。

Captain翻了幾頁資料，隨著他時不時哼哼幾聲，我上揚的嘴角逐漸垂下。

「小陶啊，妳那個『輕熟女悲歌』系列報導雖然切合社會時勢，不過調性太軟，不夠腥羶色。不如將採訪對象改成各行各業具指標性的名女人，探討她們獨守空閨的內心世界，深入挖掘她們的隱私。」Captain一番話立刻否定我和梁子衿週末辛苦加班的勞動成果。

我忍不住反駁：「採訪對象若是貼近一般民眾些，我想會比較容易引起大眾共鳴，還能引發單身經濟的話題。」

「誰對平凡大媽的私生活有興趣？女明星、女政治家、女企業家、女教育家……哪個不是越知名越有賣點？」Captain說得頭頭是道，「能帶領觀眾一起瞭解她們遭遇過的挫折，如何從失敗中成長，這樣豈不更有意義？」

「哇，簡直能角逐普立茲獎了。」我忍住翻白眼的衝動，內心腹誹，說到底，就是讓我去當狗仔。

聽出我隱隱約約的諷刺，Captain皮笑肉不笑地問：「小陶啊，妳進NEWS新聞多久了？」

「算上實習時間，四年多了。」

「想當年我入行六年才得到獨立製作專題報導的機會，妳進新聞製作中心還不到五年，好好幹，很快會出頭的。」

「這話聽起來似乎有種拐賣無知少女的感覺。」我討價還價，「少說廢話，我需要實質的鼓勵。」

「挖到大獨家，獎金……這樣。」Captain豎起食指和中指，在我眼前晃了晃。

我眼睛一亮，幾乎在一瞬間可恥地聽懂他的意思——挖到獨家，獎金翻倍！

爲了獎金，拚了！

會議一結束，我就接到Captain擬好的採訪名單，原來這老傢伙根本早有預謀，就等著我傻傻入坑啊。

偏偏梁子衿還在一旁說風涼話，「每位線上新聞主播都是從狗仔記者幹起的。」還學小胖老師的口吻，單手握拳往下拉，「加油喔。」

爲了表達憤怒，我將喝完咖啡的紙杯丟到他身上，他輕巧地側身接過，順手丟進旁邊的垃圾桶。

採訪對象一更動，所有的訪綱都要重擬，也要重新敲定訪談對象，更別提還得花時間收集這些名女人的背景資料，從中挖掘出Captain口中那些「不爲人知的眞相」。

專題報導預計兩週後在電視上播映，並且同步發布在雜誌、網路平臺，扣掉訪談帶剪輯後製的工作天，等於我只有一週的時間搞定所有採訪，時程非常趕。

◆

將包包扔在鞋櫃上，倒了些乾飼料給陶寶，打開冰箱拿出一罐啤酒，早上出門時堪稱空無一物的冰箱此時塞滿保鮮盒，陶樂樂又來接濟我了。我關上冰箱門，看見上面貼著一張寫滿蠅頭小字的便利貼：

一、我帶陶寶去美容了，妳再不管牠，我就告妳虐待動物。

二、小菜是媽硬要我帶來給妳的，媽說妳再不回電話，她就去報失蹤人口。

妹留

配著保鮮盒裡的小菜喝完啤酒，就當作吃完晚餐兼宵夜了，我鑽進浴室洗漱，原以為忙碌又尷尬的一天已經結束，門外卻響起驚天動地的拍門聲。

「陶霸！開門！」不速之客氣勢洶洶地吼道，「再不開門，老娘就拆了這扇破銅爛鐵！」

方霏這暴力女人，有個很好用的東西叫「門鈴」好嗎？

不想理她，絕不開門，過一會兒她自討沒趣後，應該就會自動消失。誰知道她毫不死心，繼續用力拍門，引來鄰居開門大聲抱怨：「大嬸快開門，好吵。」

又叫我大嬸？

我趕緊拿水沖掉滿頭洗髮精泡沫，邊腹誹邊走去開門，看清門外的身影後有一瞬間的駭然，「妳是去搶銀行嗎？」

方霏穿著誇張的長版黑大衣，取下幾乎遮住整張臉的帽子、墨鏡和口罩，快速跨入門內，盯著我正色道：「陶霸我跟妳說，經過我這幾天的明查暗訪，發現了一件了不得的大事。」

我直接甩她一個白眼，綠豆大的小事到方霏口裡都能被渲染成天塌下來的大事。

「顧凱風失蹤了。」她順了一口氣才繼續說，「妳什麼待客之道啊？連杯水也沒有，口渴死了，有東西吃沒有？」

我忍住踹她出去的衝動，將一罐啤酒和一碗泡麵丟給她，「顧凱風失蹤了？妳把話說清楚。」

「陶陶，聽我說，我們年紀大了，禁不起這些垃圾食物的摧殘。」方霏苦口婆心地勸我，「今天晚上喝的啤酒，明天就變成皮下脂肪，甩都甩不掉，很可怕的。」

「不吃拉倒。」我雙手叉腰，一副看她愛吃不吃的語氣。

「吃、吃。」

酒足飯飽之後，方霏總算想起要告訴我那件「了不得的大事」。

她說那天她將我喝醉酒哭哭啼啼說要打電話求顧凱風回來的影片傳給他，顧凱風不僅手機沒接，各種通訊軟體丟訊息過去也全無回應，她覺得不對勁，便透過層層關係聯繫上顧凱風在美國申請住院醫師訓練的那間醫院，對方卻回覆查無此人。

簡單來說，就是顧凱風失蹤！人間蒸發了！

「小姐，妳會不會想太多啦？這樣也不一定就是失蹤啊。」我苦笑，「也許他只是刻意避開所有跟我有關的人事物，然後也有另一種可能，就是當年他根本就沒去美國，是嚴珍校長故意騙我，她怕我再去糾纏他。」

「這麼說也是有可能。話說那沒良心的男人，過去三年完全沒跟妳聯繫？」

「都分手了，聯繫幹麼？」

「陶霸，妳這麼說就不對了，我可是替妳記得清清楚楚。」方霏總是能一語道破重點，「當初顧凱風只說要給彼此一點空間，是妳自己單方面宣布分手……」

「是嗎？是我主動提的分手？」我捧著一罐啤酒坐在沙發上埋頭苦思，在名為「過去」的記憶抽屜裡翻箱倒櫃。

「別分手，好嗎？」

即使反覆回憶，我依舊不明白誰的過錯多一些、誰的遺憾多一些。

分手，這件事從來就不是在某個當下突然發生，而是經歷一連串感情漸淡的過程：誤解、吵架、和好、猜疑……幸運的人能撐過去，將伴侶關係昇華為婚姻關係，撐不下去的，一件芝麻綠豆大的小事都能成為壓垮愛情的最後一根稻草。

跳過頭幾年的甜蜜，時間快轉到三年多前，我和顧凱風分手，決定性的原因是一場太過狗血的誤會。

他開始實習，而我也成爲NEWS新聞部的實習記者，兩個人都很忙碌，時常連一起吃飯都不能如願。起初我還不時去醫院找他，漸漸地，我前去探望他的時間間隔也拉長了。

科學家研究指出，當人類處於熱戀狀態時，大腦將會分泌比平時更多的多巴胺、苯基乙胺、腦內啡等物質，使戀愛中的人臉紅心跳、感受到愉悅，且情緒高亢。但這樣的狀態無法長久，當上述腦內物質的分泌漸趨正常，人們就會感覺自己突然「清醒」過來。

熱戀期的愛情只是受多巴胺等物質分泌影響所產生的錯覺，如同絢爛的夕陽那般美麗而短暫。

再加上相處之間的種種磨合，時間一久，我們就會疲憊得看不見愛情的樣子。

可即便我清楚意識到，自己已經不適合與顧凱風在一起，我還是捨不得和他分手。

沒別的原因，只是因爲捨不得。

顧凱風……或許也是這樣想的吧。

有一次，我晚上睡不著覺，打電話過去找他閒聊，我讓他把手機放在一邊，我肉麻地說：「我只是想聽聽你的聲音，等到我睡著了，你再掛電話就好。」

我握著手機在被窩裡聽著那邊所有細微的聲響，他的手指敲打筆電鍵盤，繼而翻動紙頁，伴隨著他淺淺的呼吸聲，彷彿他就在我身邊。

那時我幾乎脫口而出：顧凱風，我想你啊。

第二天，我沒有打電話給顧凱風，他不知道在忙些什麼，也沒有打給我。

人是一種有惰性的生物，有些事情一旦開了頭便一發不可收拾。

我們從一天一個電話，逐漸變成三天一個電話、一個禮拜……我們總把最想說的話藏在心裡，爲了愚蠢的自尊心，總覺得誰先說出口，誰就輸了。當時太過年輕的我們將那種想法奉爲圭臬，並且身體力行。

說不出口的話凝聚成內心的不安全感，然後變成猜忌，成爲傷害彼此的利器。

那些日子，我拿狗仔記者看圖說故事那套來胡亂猜測他身邊出現的每個女生，偷看他社群軟體訊息，還覺得他不會知情，並爲此沾沾自喜。

時間、距離、不安、猜忌、來自他母親的敵意……

我曾經以爲要我和他分手，除非出現第三者，其實上面這些就夠了。

我們自以爲愛情是宇宙中最強大的存在，憑借著它就擁有了對抗世界的能力，然而當愛情甜美的糖衣被舔舐乾淨，漸漸露出不那麼美好的內核時，我們才痛苦地發現自己有多天眞。

嚴珍校長不喜歡我，從高中時期到現在一直都是。

爲了迎合他母親的喜好，好幾次放假我甚至沒有回自己家，而是先陪顧凱風回家，可是不管我如何努力，依然討不了嚴珍校長的歡心，她總是以「陶同學」來稱呼我，拒絕承認我是顧凱風的女友。

我曾自嘲，顧凱風這輩子最大的叛逆，就是跟嚴珍校長最痛恨的學生交往。

某次，嚴珍校長又當著我的面說要介紹誰的女兒給顧凱風，我憋了一肚子氣，離去之後怒氣沖沖地吃掉顧凱風買來賠罪的一桶肯德基和一瓶可樂，吃飽氣也消了大半，飽暖就容易思那啥慾，於是我提議：「喂，顧凱風，不如我們先上車後補票，你娶我吧？」

後來，只要知道嚴珍校長會來台北探望顧凱風，我必定提前避開，回到自己的頂樓加蓋小屋。但是這天她找上門來的時候，事先並沒有打招呼。

外頭下著傾盆大雨，奔波了一天回到公寓，滿身狼狽，洗完澡、換了身輕便衣物，我正在吹頭髮，門被推開的那一剎那，雙方都有些微怔，而嚴珍校長衣著整潔清爽，絲毫不見一絲被雨淋濕的跡象。

「還沒過門就急著和我兒子同居，妳媽媽怎麼教妳的？」她嘲諷的語氣數年如一日。

無話可說，無話可辯解。

玄關散落的女鞋旁邊整齊擱著男生的球鞋，沙發上攤著我的濕外套，小廚房流理台有尚未清洗的兩人份碗筷，陽台晒著來不及收下的內衣褲……這些都是證據。

和男友同居被對方母親抓包，任誰都會覺得難堪，羞恥和憤怒交織的情緒下，我有那麼一瞬間想奪門而出，立刻跟顧凱風撇清關係，可是一秒鐘過後，理智占了上風。

我努力扯出一抹微笑，強迫自己淡定，「您好。」

顧凱風的母親用指尖捻起我的濕外套丟到一旁，優雅地在沙發上坐下，「不替我泡杯茶？」

將熱茶擺在她面前的茶几，我自覺得體地說：「如果您要找顧凱風，他不在，現在多數時間他都待在醫院値班，您可以在這裡等他，我會離開。」

「等等，」她一雙眼睛緊緊盯著我，眼神銳利，「算了，我今天來，本來就是想找妳談一談。」

我垂著眼，看著杯中霧氣騰起而茶葉沉落至底。

「陶同學，我還能這樣稱呼妳吧，畢竟四中是妳的高中母校，而我依然是四中校長。」她頓了下，「妳不笨，妳應該知道顧凱風是個多優秀的孩子。」

是啊，我知道。

「他天資聰穎，更難能可貴的是一旦他專注於某件事，一定能完成得驚人的出色。從一開始，他就站在不同於常人的高度，這註定他所能看見的是大多數人連想都無法想像的風景，大家也會對他懷有許多期待。」她語氣平靜卻隱含自傲，「他和妳在一起，是無法回應那些期待的，將來他可能還會因爲妳，失去其他更多機會。即使這樣，妳還是只爲自己考慮嗎？其實就算我不說，妳也早就思考過這個問題吧？」

我低頭喝了一口茶，茶溫滾燙，卻無法溫暖我的心。

嚴珍校長那番冷酷的話，打破我最後那一點不切實際的幻想，將一直飄浮在虛空中的我一把拽了下來。

迎向對方犀利的目光，我問：「那麼，請問您希望我怎麼做？」

「我希望你們分手。」

「如果我不願意呢？」

「有件事一直沒告訴妳，還記得妳高中那次集體鬥毆事件吧？當時懲戒委員會決議要將妳退學，後來妳父親還被拔去縣警局小隊長的職務，降職到派出所當一名小小的員警，妳知道事情爲什麼會鬧得這麼嚴重嗎？」

還不都是妳的傑作？

我沉默不語聽她說下去，然而這沉默之中又帶有咬牙切齒的恨意。

「洪議長的孫子也涉及該起鬥毆事件，洪議長愛孫心切，知道是陶警官的女兒打了他孫子，說什麼也要把妳爸拉下來，還施加壓力給四中，逼我將妳退學。」

洪議長的孫子？我蹙了下眉。

「她和她朋友，這四個女生要是被退學，不只學測，指考我也會放棄！」

「這不是我一個人能決定的……」

「媽，身爲四中校長，妳能做到吧？」

在懲戒委員會所經歷的一幕幕又重新浮現在眼前，那麼多年過去了，我依然是那個備受指責的孩子，依然被動地等待顧凱風來救贖我。

「因爲我兒子，我扛住了洪議員那邊的壓力，保妳和妳朋友不被退學，但是妳爸的降職，我就眞的無能爲力了。這份人情我能討回來吧？」嚴校長的臉微微揚起，嘴角那淺淡的笑越來越冷冽，宛如利刃尖端閃爍的寒鋒，「聽說妳父親幾年前臨檢時被酒駕駕駛追撞受傷，在醫院躺了大半年，家裡積蓄花得差不多了，而他又快要年屆退休，基層員警退休金微薄，妳妹妹又剛考上醫學院，學費可不便宜……」

嚴珍校長從包裡掏出一張一百萬元的支票按在桌上，「請妳離開我兒子。」

我簡直想笑。

這也太老哏了吧，嚴珍校長是活在瓊瑤小說的年代嗎？

因爲實在太好笑了，我眞的笑了出來，遏抑不住地笑出了眼淚。

腦中閃過所有言情小說、偶像劇的標準劇情——拿起支票撕掉，將紙片撒了對方一臉，再撂下一句頗有骨氣的話閃人。

多老哏的套路！我偏要走出新穎的劇情。

「謝謝，就當作我跟您借的。」我慢條斯理地拿起支票收進包包，沒有錯過嚴珍校長眼底的不屑。

對於她這樣的目光，我並沒有什麼特別的感覺，習慣了也就理所當然了。

放在一旁的手機突然響起，我看了一眼來電顯示，微笑著接起，「喂，婦產科嗎？我是三天前去做產檢的陶小姐，我決定拿掉孩子了，請盡快幫我安排手術，越快越好。」

嚴珍校長顯然始料未及，她脫口而出：「什麼小孩？妳說要拿掉誰的小孩？」

我享受著顧凱風母親臉色慘白的瞬間，在她如此羞辱、傷害我父母之後，我怎麼可能讓她全身而退？

「當然是我同居男友顧凱風的小孩。」我輕撫著寬鬆居家服底下的小腹，語氣輕柔慈愛，「寶貝，對不起，不是媽咪不要你，是你奶奶不要你。」

嚴珍校長乾脆俐落地搧了我一個耳光，「妳滾！快滾，不要出現在我面前。」

疼嗎？真的很疼。

「校長再見，喔，不，是再也不見。」我拾起手機，拎著包包外套，帶著陰謀得逞的笑意離開。

剛剛被我掛掉的電話再度響起，鈴聲響了很久，我才慢慢接起。

「喂，陶霸，妳做什麼產檢？妳哪來的小孩？」手機那頭方霏莫名其妙地問。

「顧凱風的小孩，剛剛被我殺死了。」

安靜的夜晚，下過雨的街道上，大顆大顆的眼淚靜靜地砸了下來。

「妳說什麼傻話？」方霏聲音陡然高了八度，「什麼死不死？陶霸、陶霸，妳別想不開啊。」

「笨蛋，開玩笑的。這陣子我和他連面都見不到幾次，哪來的孩子？無性生殖嗎？」我為自己的幽默感笑出聲，笑到眼淚再也停不住。

「陶霸……」方霏嘆口氣，隔著手機，我仍能感覺到那聲嘆息有多沉重、多心疼。「以前我聽到妳開玩笑，我會以為妳沒事，現在聽到妳開玩笑，我就覺得妳特別有事。」

什麼事都瞞不過她，我哽咽地說：「方霏，我和顧凱風分手了。」

連假都沒請，直接蹺班蹺課，我和方霏訂了廉價航空飛往日本，痛痛快快進行了一次說走就走的旅行。原本這件事也在我列的「情侶必做的一百件事」清單上，如今我卻是和閨密一起完成。

顧凱風找到我時，已經是我從日本回來三天後的事了，他憔悴地出現在我面前，「妳別鬧了？我們什麼時候有的孩子？」

「反正那幾次吧？」我滿不在乎地聳聳肩，「放心，絕對不會給你戴綠帽的。」

「妳騙我。」

「不相信就算了。」

「拿掉爲什麼沒跟我商量？」

這不是他第一次對我生氣，我幹蠢事的時候他也會動怒，那些怒氣多半帶著些無可奈何的寵溺，但這次不一樣，他陰沉著一張臉，足夠使我心驚膽戰。

我應該向他解釋根本就沒有孩子，那是我說來氣他母親的，所謂婦產科來的電話其實是方霏打過來的，但我當時就是生氣，氣嚴珍校長，也氣他的自以爲是，於是我負氣地回：「身體是我的，我爲什麼要跟你商量？顧凱風你聽好了，我還要念書、實習、玩樂，不可能留下這個孩子。」

「我們結婚吧。」他嘆息。本來這該是一句世界上最甜蜜的話語，伴隨著鮮花鑽石和承諾，但因爲有了難堪的前提，讓這句話瞬間變成不得不作的妥協。

他想把我拉進懷裡，手才剛碰過來就被我無情地甩開。

「別碰我！你想娶，我還不願意嫁呢。」想起顧凱風母親眼中那毫不遮掩的不屑，我就感到渾身刺痛，「你有把握你媽會答應？」

他沒有回答，陷入了長久的沉默。

然後我問了一個很老哏的問題：「如果你母親和我，你只能選一個，你會選誰？」

「爲什麼我一定要做這種選擇？」

「因爲你母親拿了一百萬逼我跟你分手，這就是證據！」我將支票甩到他面前，「還有當年我爸被降職，我認爲是你母親在背後推波助瀾。」

如果可以，我不願意自己有那樣憤怒的眼神，我希望自己還是當初他所愛的那個帥氣少女。

「妳沒有證據，不能這樣懷疑她。」

我搖了兩下頭，繼而冷笑出聲：「你母親的手段你應該比我更清楚。」

不知道應該怎麼形容顧凱風的目光，不是純粹的悲傷，也不是純粹的憤怒，比較像是絕望，因爲愧疚而感到絕望。

他靜默了好久，最後說：「陶陶，妳覺得我們這樣在一起累不累？」

「嗯，我快窒息了。」我深吸一口氣，「所以，請你放過我吧。」

我一說出口馬上就後悔了，那只是衝動之下的氣話，尤其又看到顧凱風凝重的神情和難以置信的眼神，我心裡也很難過，但就是拉不下臉。

在顧凱風的公寓裡收拾東西時，我們誰也沒說話，不知道該說什麼才能避免繼續互相傷害。

不知何時，我們已經到了相對無言的地步。

把最後一件衣服放進行李袋，我緩緩直起身。他忽然走過來，從背後抱住我。

我聽見他很輕很輕地問：「別分手，好嗎？」

我相信顧凱風從小到大都不曾卑微地去請求過誰，就連他向我告白，也是篤定了我喜歡他，無論什麼情況他都顯得遊刃有餘，這是我第一次察覺到他的驚慌失措。

「這陣子，我正在做一個調查，初戀情侶能走向結婚的成功率只有百分之十，你知道那意味著什麼嗎？」我狠下心，「顧凱風，我們現在這樣很正常。」

說要交往的是顧凱風，分手就由我來說，一人一次，很公平吧？

也不知是哪來的神邏輯，當時我心裡確實是這麼想的，但更正確地來說，其實我是害怕哪天主動提分手的又是顧凱風，這樣我就輸個徹底了。

只是每逢夜深人靜之際，我時常會盯著手機失神，不知是期待它倏地鈴聲大作，還是希望它永保寂靜。

我也曾經想過，是不是要撥出那組久違的手機號碼，然後在接通之後，輕聲向對方說：對不起，我只是怕自己成為你的負擔……

但最終，我還是什麼都沒做。

實習結束，部門辦了一場聚餐活動，吃喝一頓後大家猶未盡興，續攤約了唱歌。

「小陶，妳那個專題報導做得很好，引起年輕世代一陣恐慌，網路討論量達到頂峰。」

Captain稱讚我，我卻嘴角僵硬得擠不出一絲微笑。

原先我做的其實是另一個主題——情侶必做的一百件事。一、手牽手逛街。二、一起坐摩天輪。三、一起淋雨。四、一起聽演唱會。五、一起看日出……九十五、在你父母面前保護我一次。九十六、爲我做一件你很不喜歡的事。九十七、去一次說走就走的旅行。九十八、拍婚紗照。九十九、永遠用晚安代替說再見。

最後一件事，是把上述九十九件事花一輩子去完成，然後就能夠白頭偕老。

白頭偕老？多諷刺，多少人能夠始終不渝，和初戀對象一起走到老呢？那實在太過浪漫、也太不實際了。

新聞記者的職責是要挖掘事實眞相，即便那眞相現實又殘酷，所以我換了另一個聳動的主題——爲何沒能和初戀走到最後。根據調查結果，能走到最後的初戀情侶是極少數的幸運兒。

「我不願讓你一個人，承受這世界的殘忍，我不願眼淚陪你到永恆……」在五月天溫柔又帶著嘶吼的歌聲中，我瞥見手機螢幕上那個忽然亮起來的頭像，於是默默走出KTV包廂，做了個深呼吸，忐忑地接起電話。

「喂？」

已有許久沒聽見他低沉的嗓音，我心中一動，輕輕地應了一聲。那邊似乎也不知道要說些什麼，就這樣陷入了沉默。

「在哪裡？」他隔了一陣才問。

我咬著下唇，騙他，「家裡。」

「我看見妳房間的燈是暗的。」

我看看手錶，快十二點了，嘴上回：「我睡了。」

同時心裡有另一個聲音在大叫：顧凱風，放下你那該死的驕傲，如果你說想見我，我一定立刻飛奔回去。

「那不吵妳了，妳休息吧。」

我弱弱地回：「我會自己照顧自己，不勞你費心。」

「我想過了，」他接過我的話，聲音卻是要堅定許多，「妳說得對，我們都還太年輕，我連保護妳都做不到，怎麼扛著妳去對抗全世界？」

周遭的喧囂匯集成一條聲勢浩大的河流，我卻只能聽見顧凱風的聲音在耳邊殘酷地清晰。

「是我太自私了。」他頓了頓，「我有我自己的計畫，一直以來，我只是按照自己的腳步走，從來沒有考慮妳的感受……」

他沒把話說完，而我也不想再聽下去了。如果顧凱風現在在這裡，我或許會狠狠給他一巴掌，大罵他既然自私，為什麼不自私個徹底？

然而這些話我卻無法吼給他聽，就怕說到一半，自己先流下淚來。

我切斷電話，靠著牆邊蹲下，雙手環抱住膝蓋，像鴕鳥般把頭埋進去。

薄薄的門板傳來歌曲的尾聲。

只求命運　帶你去一段全新的旅程　往幸福的天涯飛奔
別回頭就往前飛奔　請忘了我還一個人
〈我不願讓你一個人〉詞／阿信─曲／阿信、冠佑

我想起他寫給我的字條──「我不願讓你一個人，承受這世界的殘忍」，那是這首歌的前面兩句歌詞。笨蛋顧凱風，這其實是一首悲傷的歌啊。

再後來，我從嚴珍校長口中得知，顧凱風即將前往美國接受住院醫師訓練，但那已經不關我的事了。

沒有道別，沒有說再見，我們就這樣分開了。

現在，倒數第三十九天

才覺得剛闔上眼，沒想到眼睛再度睜開已是大白天了，窗外透進的陽光亮得刺眼。我嚇了一跳，連忙從床上跳起來，抓過床頭的手機一看，已經快七點半了！

手機明明設置了六點半的鬧鈴，我竟然睡得不省人事，完全沒聽見。

扔了些乾飼料到陶寶碗裡，牠不滿地汪汪叫了幾聲，還撒了一泡尿抗議，我一邊蹲在地板上擦狗尿一邊安撫牠，「乖，小祖宗別生氣了，將就吃一點，晚上回來帶肉罐罐給你。」

草草打理好自己，正努力把水腫的腳塞進高跟鞋裡時，手機不識趣地響起。

是媽打來的，她說這週末又替我約了相親對象，我說沒空不去，她說已經約好了，我脾氣突然就上來了，頂了她一句：「不要自作主張好不好？」

媽也火了，「人家都不計前嫌答應了，妳給我識相點，就當是去賠罪。」

我有點懵，隔了好久才反應過來，「妳是說……那個徐醫師？」

「不然還會有誰？」

挖破腦袋都想不出徐自南爲何會答應再跟我見面，難不成，他眞的對我……有那麼點意思？

我甩了甩頭，現在不是想這個的時候，上班要緊。

幸好小惠機靈，特地傳LINE跟我說，她早在七點五十五分就替我打好卡了。

也幸好我有危機意識，特地在辦公桌抽屜多準備了一張員工證，就是爲了應付這種不得已的狀況，誰叫我們是上班打卡制、下班責任制的血汗勞工啊。

進了辦公室，我、大樹和小惠三人開了一個簡短的小組會議。

「這次專題報導只需注意三件事，時間、時間，」我雙手一攤，「然後還是時間。」

「陶霸，妳覺得把訪問地點選在受訪者家裡好嗎？」小惠靈機一動，提出「到家採訪」的概念。

大樹手上擦拭著攝影機鏡頭，抬起頭問：「可是，她們會願意將居家環境暴露在鏡頭前嗎？」

小惠回答：「受訪者可以選擇在自家書房、客廳或庭院受訪，只是曝光他們願意公開的一小部分私領域，應該沒問題。」

我贊同：「小惠說得對，適當地曝光私領域也是公關宣傳的一種方式，既能滿足一般大眾窺視名人的好奇心，名人也能藉此塑造居家形象。」

手機傳來簡訊提醒聲，我很快瞄了一眼，喊住正欲轉身離去的小惠和大樹，「小惠，妳把這些受訪者的背景資料整理出來，越詳細越好。大樹，你去調出所有相關的採訪帶，中午前給我。」

「蛤？不是吧？」兩人臉色微變，「可是，現在距離中午剩不到三小時……」

我接過話，「還有兩小時又四十八分，沒準時看到東西就扣你們績效。」

大樹和小惠哭喪著臉回到座位。

趁沒人注意，我拎起包包溜出辦公室，攔下一輛計程車前往市區某處大廈，西裝筆挺的房屋仲介早已等候在管理室門口。

「陶小姐，這棟大廈門禁森嚴，居住在此的幾乎都是單身醫師或科技新貴，住戶水準高，最適合像您這樣的女性。而且採光好，附近有醫院、公園、超市，離捷運站不到十分鐘……」房仲滔滔不絕地介紹，「這次出租的物件是八樓B座，請移駕到電梯裡。」

我跟著房仲搭乘電梯來到八樓。

「這裡的電梯感應扣只能讓妳按下自己居住的樓層，房門採用高科技密碼鎖，就是韓劇裡常常出現的那種，按下密碼就能開門。」房仲自以爲幽默地說：「要是不小心走錯戶，還誤打誤撞按對了隔壁鄰居的密碼，說不定會見到都敏俊喔。」

……《來自星星的你》都是多久之前的韓劇了。我挑挑眉，不表示意見。

這樣的高級公寓我自然租不起，會來只有一個目的，我想再看一眼顧凱風念書時住過的地方，我和他一起住過的地方。一在租屋網站上看到這裡招租的訊息，我心中便湧現出這樣一股強烈的念頭。

「這是防爆門，看看多厚實，就算炸彈也炸不開。」房仲邊說邊在其中一戶的門鎖面板上輸入密碼，然而無論他怎麼操作，房門依舊紋風不動。

我雙手環胸，不發一語。

見我一臉嚴肅，他緊張得滿頭大汗，喃喃自語道：「奇怪，同事給我的明明就是這組密碼，難道我記錯了？」

「試試這組。」我念了六個數字給他。

他驚訝又疑惑，但還是照著我念的數字按下，當他右手食指離開面板時，解鎖成功的機械音也同時響起。

「這是？」

「我生日。」我不動聲色地說。

「欸？」房仲用見鬼的眼神看著我。

原本只是抱持著姑且一試的心態，沒料到密碼鎖號碼竟然沒換掉，我揉揉眉心，不知道該如何向房仲解釋。

「能進去看看嗎？」雖然是詢問的語氣，但我已逕自推開門，兩房一廳的格局，依然是熟悉的灰白色調裝潢。

陽光透過敞開的窗簾晒進來，窗臺邊幾株綠意盎然的植物明顯有人打理過，怎麼看都不像房仲口中「屋主出國好幾年沒人住」的空房。

身後電梯發出叮一聲，清晰的聲響迴盪在樓道裡，引得我們雙雙回頭。

我傻傻地望著那個出現在電梯口的男人。

就算見到顧凱風我都不會那麼驚訝，但他不是顧凱風，而是徐醫師，徐自南。

對方尚未開口，我忍不住率先喊出：「你來這裡做什麼？」

「這句話應該是我問妳吧？你們在我家裡做什麼？」

「你家？」

「我把這房子買下來了。」

不知怎麼的，我就是無法在徐自南彷彿洞悉一切的眼睛前，理直氣壯地說出我是來租房子的。

我遲疑了兩秒，還是問了：「徐醫師，你認識顧凱風嗎？」

「我不認識。」徐自南冷淡地回。

眞的不認識？還是不願意告訴我？這幾個疑問差點脫口而出。

這時，另一個房仲匆忙趕來，向我們鞠躬哈腰，說是網站上的租屋資訊寫錯了，要出租的其實是同層樓的D座，於是這樁烏龍就在兩個房仲的連聲道歉中落幕。

然而，我心裡的疑惑並沒有落幕。

顧凱風現在人在哪裡?他的房子怎麼就賣了?買家又怎麼會那麼剛好是徐自南?徐自南和顧凱風是什麼關係?三年來顧凱風音訊全無,徐自南卻帶著一股莫名的熟悉出現在我的生活,這些都是巧合嗎?

現在,倒數第三十六天

這幾天我過得異常忙碌,工作上的待辦事項堆積如山,根本沒有心思再去多想顧凱風和徐自南的事。離開辦公大樓時,我瞥了眼手機,最後一班捷運快收班了,只得勉力提振起最後的精神,一路狂奔進捷運站。

丟下一句「今晚有應酬」就準時下班的梁子衿打電話來,劈頭就說他剛剛參加完媒體聚會,如果我還在公司,他可以順路載我回家,此時我喘得連說話的力氣都沒有。

「妳下班了?在運動啊?我是不是打擾妳了啊?嘿嘿……」我從梁子衿的話裡聽出猥瑣的意味。

「我現在不想跟你說話。」我吼完立刻按掉電話,正準備將手機收回包包,捷運剛好到站,車門一開,上車的人潮湧入,我被人撞了一下,重心不穩,整個身體往後仰。

大腦告訴我,我應該做點什麼,避免後腦勺直接親吻地板,但此刻我一手拎著包包,一手抓著手機,實在騰不出多餘的手保護後腦勺,我乾脆鴕鳥地閉起眼睛,祈禱地板不要太硬……咦?

身體往後傾斜不到三十度角就停下了,腦袋枕上一個柔軟富彈性的胸膛,還聞到隱隱的消毒水味，我還來不及睜開眼就被推正站好。

「妳又想進醫院嗎？」清冷的語調從我的頭頂傳來，「跌倒的時候身體應該作出反應，閉著眼睛無濟於事吧？」

這句話，他當年是怎麼說的？

「妳練的是跆拳道又不是鐵頭功。跌倒的時候身體應該作出反應，閉著眼睛無濟於事吧？」

我回過頭，差點呼吸一滯，怔愣了半晌，總算喊出正確的稱謂，「徐醫師？」

大概是我的表情太過驚恐，眼前那男人眉心微微攏起，「有必要一見到我就像看見鬼一樣嗎？」

「徐醫師沒開車？我以為醫師都是開車上下班……」說這句話時，我並沒有期望他回應，畢竟這是一句廢話，如果他開車就不會來搭捷運了。

「不久前出車禍，車壞了。」他說。

「原來如此，沒有大礙吧？」

「沒事。」

從他雲淡風輕的表情推斷，那應該只是一場小車禍，但我的心臟卻莫名一揪，像有根極細的銀絲往心頭輕輕一抽。

捷運車廂在城市挖空的腹部穿行，黑漆漆的玻璃窗映出他的臉，彷彿重疊出兩個幻影，有時是徐自南，有時是顧凱風。

接下來三天，晚上搭捷運回家總會遇見徐自南，巧合到有點不可思議，我簡直懷疑我們要不是在某個平行時空裡約好了，就是他在偷偷跟蹤我。

如果再有一次，我眞的就要相信徐自南是在偷偷跟蹤我。

「徐醫師對妳有意思，他想追妳。」

方霏打電話來閒聊，我隨口向她提起接連四天都在捷運站「巧遇」徐自南的事，她卻自行得出這種荒謬的結論。

「妳的意思是，他想追我，所以故意製造巧遇？」

「妳有欠他錢嗎？」

「沒有。」欠醫院的錢早就讓梁子衿先墊上了。

「妳有欠他人情嗎？」

「也沒有。」我擰眉，「難道之前在醫院害他受傷，他越想越不甘心，想找機會報復我？」

「陶霸，妳有被害妄想症嗎？」方霏在電話那頭說，「難道妳就不能想成他對妳有興趣？」

我想了想，「不能。」

「妳不覺得這跟妳當年倒追顧凱風的模式有點像？」

「不覺得。」我咬牙控制住心中那股想揍人的欲望，「我倒追顧凱風？」

「妳幾乎每天放學都跟蹤他回家，一有機會就偷窺他，費盡心思、千方百計引起人家注意，這不叫倒追叫什麼？」

有個對妳過去情史瞭如指掌的閨密眞可怕。

「妳就不能說我們是兩情相悅嗎？」

「如果徐醫師是不經意和妳巧遇，表示你們冥冥之中有緣分；如果他是刻意和妳巧遇，那表示他對妳有好感。」方霏的口吻帶著循循善誘的意味，「所以說啦，妳就趕快打鐵趁熱將他拿下吧。」

「那不叫緣分。」我說。

「那叫什麼？」

「孽緣。」

方霏無語了幾秒，隨即轉換話題，「好吧，不說徐醫師，那梁子衿呢？他在妳身邊也晃悠得夠久了……」

梁子衿和我會認識，是因爲顧凱風而起的緣分，並且始終沒有因爲我與顧凱風斷了聯繫而消失。

「學長、上司、朋友，就這樣，沒了。」我打了一個哈欠，躲進被窩裡閉上眼睛。

我已經累得連一根指頭都不想動了，更什麼也不想去多想了。

現在，倒數第三十五天

這天午餐只喝了杯麥片粥果腹，我又馬不停蹄趕去見下一個採訪的對象。

對方是一位名叫楊茜的廣播主持人，今年八月剛得廣播金鐘獎，典禮結束後的記者會中碰過面，當時我說一定要找機會訪問她，她也應允了。以這次的專題切入角度來看，楊茜是很合適的人選，於是我撥電話給她，詢問她是否願意接受採訪，並且傳了訪綱給她。

「訪綱我看過了，沒問題。不如這樣，今天下午我沒有行程，你們就直接來我家吧。」楊茜報了住址，開玩笑說：「我得趕快整理一下了，別讓人看見我邋遢的樣子。」

下午，我帶著攝影記者大樹，依約前往楊茜位於市郊的住處。

楊茜施了薄薄脂粉，留著不染不燙的黑色長直髮，穿著白襯衫、牛仔褲，資料上顯示她今年已經三十九歲，看起來卻像個剛畢業的大學女生。

她替我們準備茶和點心，招呼我們在沙發上坐下，自己坐在一張單人椅上，或許是身處在熟悉的環境，她顯得輕鬆自在。

如果說每個女孩都曾希望自己未來能成爲某個人，那麼楊茜就是我最想成爲的那種女人。十幾年前，楊茜曾經是個記者，更是有線電台收視率最高的女主播，卻在一次採訪中受傷，主播夢碎、男友離她而去、母親去世……接踵而來的打擊幾乎摧毀她的人生，她從螢光幕前消失，轉戰廣播圈，她沒有自怨自艾，反將深夜廣播節目做得有聲有色。

對於楊茜，我一直懷有說不出的孺慕之情，她親切溫柔的嗓音陪伴我度過無數青春時期的夜晚。和顧凱風分手後，許多偷偷哭泣的夜裡，我也是靠聽著她播放的電台音樂才能擦乾眼淚；直到現在，我仍保有收聽她廣播節目的習慣，雖然現實生活中沒見過幾次面，卻感覺她像是認識多年的鄰家姊姊。

「楊茜姊，妳知道我爲什麼會當記者嗎？」懷著小小的激動，我忍不住告訴她，「高中考大學那年，我煩惱著要念什麼科系，家裡爸媽也爲了這件事吵翻天，而我正好在廣播裡聽見妳說起當記者的趣事，當時有個小聽眾叩應進妳的節目問要如何成爲記者，妳還記得嗎？那個小聽眾就是我，我還去妳的粉絲團問了很多問題，妳都不厭其煩地回答，後來我考上傳播學系，還寄了張卡片到電台給妳。」

我搔搔頭，說起自己中二時期的綽號還是有些羞赧，「我的暱稱叫『陶霸』。」

「咦？原來是妳？天哪，妳真的成爲記者了。」她掩嘴驚呼，隨即笑道：「這麼說來好像我真的老了。」

這次採訪異常順利，不到一小時就結束了。

大樹關掉攝影機上的錄影功能，重播影片檢查是否有遺漏之處，我湊過頭去看了幾眼，就忍不住盯著茶几上的精緻點心流口水。

「蛋糕是用來吃的，不是用來欣賞的。」楊茜將蛋糕推到我面前，取了好些手工餅乾放在點心盤上，又替我們重新沏上玫瑰花茶，空氣頓時充滿玫瑰花香。「這些點心都是我替你們準備的，你們不吃，光我自己一個人吃，是想害我這老女人發胖嗎？」

我感激她的體貼，知道她這樣說只是怕我們客氣，於是和大樹兩人很給面子地大肆開吃。

「楊茜姊一點也不胖不老，鏡頭下的楊茜姊年輕漂亮，能把很多女明星都比下去。」憨厚的大樹說起恭維話特別有說服力，「不像小陶姊，每次都威脅我們要幫她修片。」

喂，後面這句話就不要說了吧。

我將一塊蛋糕塞進他的大嘴巴，狠狠瞪過去，「吃好，敢掉下一丁點兒蛋糕屑我就扒了你的皮。」

楊茜樂不可支，「我終於瞭解爲什麼妳同學都叫妳『陶霸』了。」

聽她這麼說，我的臉刷地就紅了，默默吃餅乾配花茶，力圖挽回自己的形象，大樹則是艱難地嚥下那塊蛋糕，一句話都說不出。

楊茜看著我們狼吞虎嚥，臉上始終帶著優雅恬靜的表情，當她將落在右頰邊的黑髮撥到耳後，拿起花茶輕啜一口時，我注意到她臉頰上淺淺的、幾乎看不見的疤痕。察覺到我的目光，她並沒有迴避，而是回以坦然的微笑。

我猶豫了幾秒，還是問出口：「楊茜姊，妳臉上的傷疤……需不需要修片處理掉？」

「這個嗎？沒關係的，畢竟大家早就知道了，修掉反而不自然。再說了，我現在已經不是靠臉吃飯的女主播了。」她坦蕩答道。

「醫美技術很發達，沒想過雷射處理掉嗎？」

她撫著右臉頰，「這是紀念品，留著能提醒我過去做下的錯事。」

「做下的錯事？」我一愣，「楊茜姊這麼完美的電台女神會做錯什麼事？」

「沒有人是完美的。」她輕哂。

「十四年前，我是有線電視台的記者，還是最年輕的女主播，正是前途一片光明之際，卻在某次採訪餐廳氣爆事故時發生意外，爲了協助疏散民眾，我的臉不小心灼傷了……這是社會大眾知道的版本。」楊茜垂下眼睫遮住有些泛紅的眼眶，「但是，如果我說，事實不是這樣呢？」

我和大樹安靜傾聽楊茜說話，同時間，我將左手伸進外套口袋，悄悄按下微型攝影機的錄音鍵。

「當時，我愛上了一個足足大我十六歲的男人。」她的聲音輕得就像是從遙遠的地方飄過來，「我父親很早就去世了，從來沒有一個男人像他這樣關愛著我，他的成熟幽默、風趣體貼讓我動心，於是我淪陷了，所有人都反對，認爲我只是戀父情結作祟，但我還是義無反顧愛上了他，我們偷偷交往，深陷不被認可的愛情……」

身爲記者的敏感神經被挑起，我打斷她的話：「那個人，有老婆孩子？」

楊茜怔怔地看著我，點了點頭。

「他騙了妳，對妳隱瞞婚姻狀況嗎？」

她彷佛猛然從回憶中驚醒，連連擺手否認，「不，他沒騙我，我一開始就知道他已婚。」

「那妳就是小三了？」

面對我的質問，楊茜渾身一顫，儘管不想承認，最終她還是無力地輕點一下頭。

「妳和那男人是怎麼認識的？因爲採訪的緣故嗎？」

她嗯了一聲，「他是國家級跆拳道教練，專門訓練國際賽事選手，那些年台灣選手在國外發光發熱，我長期隨隊採訪，就這樣認識了。」

跆拳道教練？隱隱約約，我心中閃過一個模糊的猜測。

「後來，我被挖角到一家有線電視台當主播，電視台剛起步，人力吃緊，偶爾會被派去支援外景報導。」說到這裡，楊茜似是也不打算隱瞞了，表情恢復一貫的淡然，好像說的是另一個女人的故事，「氣爆當下，我的確受了傷，但並不嚴重，休養幾天就沒有大礙。或許是我太貪心了吧，一直纏著他陪我，才會被元配發現。」

「那女人找到醫院，辱罵我是到處勾引男人的狐狸精、不知道被多少男人睡過才當上女主播，罵了還不夠，她要我發誓這輩子再也不跟他聯繫，我不肯，她竟然暗地唆使小混混向我潑硫酸。幸好巡警恰巧經過，搶救得快，我才不至於毀容，不過半邊臉帶著疤痕，無論如何也無法出現在螢光幕前了，電視台長官要我主動辭去主播職位，並且永遠離開新聞圈。我母親知道這些事後，氣得一病不起，沒多久就去世了……」

「這麼大的事件當時沒人報導？」我快速回想那些看過的檔案資料，卻對這些事毫無印象。

「怎麼報導？新聞女主播勾引已婚跆拳道教練？前一刻我還是扶死救傷的女英雄，下一刻就變成小三？」她看著我，目光蘊含無限哀傷，「我早知道這是在玩火自焚，我是咎由自取。我拆散了一個原本幸福美滿的家庭，這樣的我，妳還覺得是完美的嗎？」

我啞口無言，停頓良久才找回自己的聲音，「那個男人呢？他現在在哪裡？」

楊茜臉上的笑有些落寞淒涼，「不知道，我後來就沒再見過他了。」

原來如此，那些關於楊茜的疑惑總算得到解答。我終於明白，為什麼傷好之後她不願意回到新聞圈，為什麼她單身多年不談感情。

事實的真相，竟然如此殘酷……

但是沒人有資格指著楊茜唾罵，她只是在錯誤的時間愛錯了人，就這樣而已。那發現真相憤而朝楊茜潑酸的元配老婆，行徑看似囂張可惡，但誰敢說事情落到自己頭上時，妳不會採取更嚴重千百倍的報復？除非妳不愛那男人。

知道楊茜有晚間廣播節目要錄製，我們趕緊告辭。

站在楊茜住處大樓樓下，我將左手伸進外套口袋，緊緊握著微型攝影機，內心像塞了一塊吸飽水的海綿，沉甸甸地壓在胸口，幾乎喘不過氣來。

挖到獨家新聞了，卻一點也不開心。

大樹一臉崇拜，「小陶姊，妳真厲害，兩三下就突破楊茜姊的心防，挖到大獨家。」

我狠狠拍了下他的大腦袋，罵道：「白痴，你摸摸良心，這種東西能寫出來嗎？」

「那怎麼辦？」大樹縮著脖子，傻乎乎地望著我，「開天窗會被Captain殺頭的。」

「你先回去吧，我想想該怎麼辦。」腦袋一團亂，我急需理清思緒。

「小陶姊，妳不回新聞中心嗎？還是我直接載妳回家？」

「不用麻煩了，這裡離我家不遠，我騎ubike就行了。」打發掉神色擔憂的大樹，我刷了悠遊卡取下ubike，騎上河堤邊的自行車道。

路燈逐漸亮起，擴散開來的人工光源無法帶來任何溫暖，穿著單薄外套的我幾乎就在下一秒便後悔拒絕大樹載我回家的提議，於是我加快了騎車速度，自行車道上的路燈不是很明亮，所有掠過我身邊的人車都變成一團又一團模糊的影子。楊茜的故事又開始在我腦海中重播，卻是另一個似曾相識的版本。

另一個版本的故事是從顧凱風口中敘說出來的。

他說他父親愛上另一名女子，他母親一氣之下用很糟的手段傷害了對方，導致他父親痛心疾首，拋下他們母子不知去向。嚴珍校長從此患得患失，把對丈夫的恨意與控制欲全數加諸在顧凱風身上，不斷對他情緒勒索。

從高中時期到後來與顧凱風交往，我每次受到他母親種種刁難，他都只是要我多多包容她。

「她是一個可憐的女人，我不愛她，全天下就再也沒有人愛她了。」顧凱風總是這樣說。

因爲愛顧凱風，我願意去努力包容他那歇斯底里的母親，包括她指著我鼻子罵我私生活不檢點、是勾引她兒子的狐狸精，明裡暗裡說顧凱風不過是貪圖一時新鮮歡快，她很快就會找到一個配得上她兒子的好媳婦。

我怎麼從未想過與那樣幾近病態的母親長期相處，顧凱風內心承受的壓力必然比我更加沉重呢？

腦袋不停反芻著從楊茜家裡出來之前，我和她最後的那段對話。

我看著她，一字一句問道：「那位跆拳道教練，是不是姓顧？他和妻子有個兒子，現在年紀應該跟我差不多大了？」

其實我問出那些話的時候也很心虛，完全沒有任何實質證據，只憑腦中的微光一閃，也就是所謂的直覺。

她霎時睜大眼睛：「妳怎麼知道？」

「那位教練的兒子……他曾經找過妳嗎？」

「找過幾次，他第一次是來求我不要控告他母親，後來是向我打聽他父親的下落，」楊茜輕輕嘆了一口氣，「他是個好孩子，卻被上一代之間的感情帳給拖累了，我總覺得對這孩子十分愧疚。」

原來顧凱風曾經背負過這樣的壓力，而我卻從來沒有試著去理解他心中的為難。

顧凱風，你現在到底在哪裡？我好想見你，我有好多話想跟你說……

其實我大可以向梁子衿探問關於顧凱風的消息，但出於某種微妙的心理，我不想讓他知道我仍未放下顧凱風。

我可笑的自尊不容許自己讓任何人知道這件事。

現在，倒數第三十四天

食不知味地啃著梁子衿外出用餐順便帶回來的御飯糰，我忙到下午快三點才想起今天的稿子還沒寫。

除了正規嚴謹的專題報導之外，記者們還得生出各種小道新聞。這些小道新聞的來源很多，有些是民眾主動爆料，有些是從網路上道聽塗說而來，基本上只要獲得消息提供者授權，人事時地物拼湊一下就能弄出一篇騙取點閱率的網路新聞。

寫什麼呢？想了想，我不爭氣地點開PTT，又點開Dcaed……啊啊，我終於要墮落成大門不出二門不邁的鍵盤記者了嗎？

「小陶子，給妳個獨家。」梁子衿神神祕祕地湊過來。

「什麼獨家？」聽到獨家，我眼睛都亮了。

「根據線報，H女星預約了今天下午三點半的婦產科……」他壓低音量，生怕被別人聽見，「大名鼎鼎的H女星，妳還跟拍過她幾次，她男友是那個默默無聞的小男模。」

「這有什麼好報的？那對情侶分分合合早已不是新聞，女大男小的戀情不知道被唱衰多少次，觀眾早看膩了。」

「女方前陣子才宣布即將結婚，幾天後男方就傳出偷吃D奶網紅的消息，然而今天女方獨自去看婦產科，這個時間點，妳不覺得十分有想像空間嗎？」梁子衿拍拍我的肩，「標題我都幫妳想好了，『情變女星憔悴現身婦產科，奉子成婚還是人流？』」

「不幹，這標題實在太陰毒了，根本就落井下石。」我嘴巴堅決拒絕，內心卻是動搖的。

「不去？我找小惠去嘍，她為了早點擺脫助理記者的身分，可是很拚命呢。」

「去，我去！」我急問，「哪家醫院的婦產科？」

梁子衿很快報出醫院名，離這兒不遠，但怎麼偏偏就是徐自南任職的醫院！我略微皺了皺眉，應該……不會那麼倒楣遇上他吧？

我很快收拾好東西，跑出大樓攔了輛計程車。

「司機大哥，市立醫院，十五分鐘到得了加錢！」我十萬火急地說。

「小姐，妳這不是為難我嘛，紅燈擺在那兒能快到哪裡去？就算妳在大企業上班，也不能這樣。」

我在心裡先把自己唾棄一遍，然後暗暗擰了一把大腿肉，硬生生逼出幾顆淚珠，「司機大哥，我男友出車禍了，等著我去見他最後一面，嗚嗚嗚。」

為了搶新聞，記者自帶演員技能是必須的。

司機大哥慌了手腳，「別哭啊小姐，妳在我車上哭，人家還以為我把妳怎麼了。唉，我盡量快就是了。」

說完，他腳下油門一踩，熟練地往車陣裡鑽，到達醫院門口十分鐘有找，見我眼角猶帶淚花，他還自動抹去了車資的零頭。

謝謝司機大哥，好心會有好報的。

說來要感謝上次的下巴脫臼事件，整間醫院大樓的各科配置讓我摸個透透，我避開麻醉科，輕而易舉來到婦產科。

作為一名稱職的記者，對目標進行跟蹤是家常便飯。

跟蹤的首要原則就是要盡量僞裝得自然一些，看看時間還剩五分鐘，我乾脆去櫃臺掛號，假裝自己也是來看診的病人，光明正大地坐在候診區的長椅上。

三點半，H女星在一名中年婦女的陪伴下出現在婦產科，她頭戴圓盤帽，人工雕琢過的精緻鼻梁上架著大墨鏡遮住眉眼，身穿寬版連身褲，看起來不若梁子衿想像的憔悴模樣，可能是畫了口紅的緣故。

我掏出微型攝影機別在胸前，躲到一根大柱子背後，抓拍了幾個她側身的角度，小腹處略微有不甚明顯的隆起，如果眞的懷孕，目測大約兩個月，不過很容易會被她以那是衣服皺褶造成的錯覺而忽悠過去。我思忖著若能同時拍到她和婦產科門診的字樣，那才叫有圖有眞相。

鬼鬼祟祟、行跡可疑的我很快就被人發現，當我從柱子後探出半顆頭，專心致志企圖找出完美的取景角度時，肩膀猛然被人往後一扳，背脊撞上牆邊產生的疼痛，遠不及看見眼前這人所帶來的驚訝……或是驚嚇。

似曾相識的情節，讓我有一瞬間的恍然。

那年我偷偷潛入校長室也是這樣被顧凱風抓個正著，場景變換，溫暖的陽光不再，清冷的日光燈取而代之，昔日白衣制服少年漸漸模糊了眉眼，現在站在我面前的是穿著白袍的青年醫師，胸口繡著的名字是徐自南。

他是徐自南，不是顧凱風，氣質再如何神似，他都不是我初戀那個少年。

電影《星際效應》裡，男主角庫柏說過一句話，可能會發生的事情終究會發生，這叫

「莫非定律」。

此時此刻，我耳畔彷彿響起惡魔的嘲笑聲。

爲了掩飾這尷尬的場面，我乾笑一聲，「唉喲，徐醫師，眞巧，又見面了。」

「妳在這裡做什麼？」

「來醫院能做什麼？當然是看病呀。」

「婦產科？」

我裝傻，「請問徐醫師，經期不規律要看婦產科，對吧？」

徐自南很自然地回答：「妳工作壓力大，愛喝冰飲又不運動，才導致經期不規律。不調整作息的話，掛再多次婦科門診都沒用。」

我呼吸一滯，「你怎麼知道我愛喝冰飲又不運動？」

「除此之外，我還知道妳愛吃檸檬冰，越酸越好。」

我頓時倒抽一口冷氣，爲什麼才見過幾次面的陌生男人會知道這些？

徐自南沉靜如水的眼中藏了許多我弄不懂的情緒，與我直直對望。

我忽然害怕起來，忙不迭地別過眼，「猜對了，沒想到徐醫師還會看相啊。」

如果我沒移開視線，或許就能清晰捕捉到徐自南眼底一閃而逝的憂傷，來自顧凱風靈魂的憂傷。

但當時我滿腦子只想趕快擺脫這個怪異到極點的男人，好攔下即將走進診間的H女星，拍不到關鍵性照片沒關係，如果能從她口中挖出點什麼，今天這篇報導就算交差了。

「徐醫師，謝謝你的忠告，我突然想起還有別的事，先走了。」我歪了歪頭，目光掃過他停在我左肩上的右手，暗示他該放開我了。

徐自南的手指修長乾淨、骨節分明，手臂青筋隱隱可現，虎口處的凹陷十分迷人，如此漂亮的一隻男性的手卻始終緊緊抓住我的肩膀，有點親暱，有點不合社交禮儀。

他眼睫低垂，唔了一聲鬆開右手，沒說抱歉，也沒拉開距離，我瞪了他一眼，正想側身將他撞開時，他卻低喝：「等等，妳胸前戴了什麼？」

我下意識摀住胸口，「沒什麼。」

他一手撐在我身後的水泥柱擋住我的去路，一手朝我伸來。這位大哥，雖然我的胸只是A，但不表示它存在感低到你能大剌剌地襲胸啊？

「這什麼？」他臉色微沉，用力一扯，微型攝影機連帶我胸前一小塊雪紡布被他拽了下來，「針孔攝影機？」

「這是微型攝影機，比針孔攝影機還大一點。」我幹麼解說啊，「還我。」

「妳好大膽，竟然偷拍病人？」

「這叫收集新聞素材。還我。」

「隱私妳懂不懂？醫院不是妳能胡來的地方。」

「我是記者，有新聞自由。」

「就算是記者，也不能無限上綱。」他在我耳邊低吼，「說！妳偷拍誰？不說的話，我將妳送法辦了。」

他低沉的嗓音振得我鼓膜一跳一跳，心臟也一跳一跳。

不要法辦，你可以在這裡把我辦了……該死，我得冷靜。

「我是記者，我有新聞自由。」我盡量做到面無表情地辯解，「就算我侵犯隱私，也要微型攝影機在我手上才算。」

「既然如此，我就將裡面的東西全刪了。」他冷笑。

我心中一急，拽住徐自南的衣袖動手要搶。他手往上高舉，我跳著腳也搆不著，微型攝影機在他掌心一會兒左一會兒右，像逗小狗般耍著我玩。

護理站的護理師發現柱子後的動靜，主動出聲：「咳咳，徐醫師，你們在幹什麼？」

此時H女星恰好結束診療，在一位中年婦女的攙扶下走出診間，循聲往這邊望過來。身爲天后級明星的經紀人，中年婦女似乎有著某種敏銳的直覺，她盯著我的臉看了半晌，驚呼：「啊，她是記者！」

什麼時候記者竟然成爲人人喊打的職業？

在眾人的討伐聲中，顧不得從徐自南手上搶回微型攝影機，我落荒而逃。

回到辦公室，大家居然都已經下班了。

「搞什麼，還不到七點全部都閃人了？稿都寫完了嗎？影片都剪好了嗎？」我忿忿地嘟囔。

一片黑暗中，只有新聞製作中心副總監的獨立辦公室燈還亮著，我挨近一看，梁子衿竟是在看那樁車禍墜海事件的相關新聞。

「哇！」他嚇一跳，迅速關掉電腦螢幕，「妳被人姦了嗎？」

「你才被人姦、你全家都被人姦！」

我癱倒在辦公椅上，抽了幾張濕紙巾擦去頭髮上黏答答的可疑液體，剛剛在醫院有人把沒喝完的什麼東西往我身上扔……我這副德行根本就像是個瘋婆子，站在醫院門口攔不到計程車，只好千辛萬苦擠了公車回來，錢包還讓人扒了，微型攝影機也被徐自南搶走，今天我一定是水逆！

最令我氣憤的是，始作俑者梁子衿先生還在一旁幸災樂禍地說：「這年頭跑生活娛樂線的網路記者，不都是Dcard、PTT抄一抄就能當新聞嗎？誰還像妳親自跑？」

「滾。」我抄起公文夾拍過去，他早有準備似的雙手一夾接住，我鬆開公文夾，反手扣住他的脖子，迫使他身體向下壓，抬腿就要往他腹部招呼去。

「手下留情啊。」他立刻求饒，「大姊頭、大記者、美女主播……」

我鬆開手，扭頭便要走，他又拉住我，我回頭瞪了他一眼，肚子十分不爭氣地發出咕嚕聲。

他臉上的笑容頓時燦爛無比，「我正好肚子餓了，吃什麼？」

「嗯，我想想……」我的目光無意識地掠向辦公室上方懸掛著的電子螢幕，此時正播放著一則醫療新聞。

「T大醫院移植外科醫師指出，依臨床案例統計，肝癌中期平均存活期只有十多個月，應該確立可移植肝癌患者的腫瘤期別標準，以令移植肝臟成爲治療肝癌的有效策略之一，讓肝癌患者重獲生機。NEWS新聞梁子衿報導。」

想了半天要吃什麼，卻被突如其來的大雨限制了行動，結果梁子衿和我硬是悲慘地拖到八點左右才從新聞部離開，只在公司附近一間黑白切用餐。

「我要……肉燥乾麵、排骨湯、皮蛋豆腐、燙青菜，然後海帶、滷蛋、大腸頭、豆干每樣來一份，謝謝。」

「我要一碗湯麵加滷蛋。」梁子衿接過菜單，笑著打趣我，「妳食量眞驚人。」

服務生走後，不知怎麼的，氣氛突然變得有點尷尬，竟是沒有人出聲。

過了許久，我清了清嗓子：「你什麼時候開始跑起電視新聞了？」

「唔，我還以爲妳除了自己的新聞，對其他人都漠不關心呢。」

「我是這麼冷血的人嗎？」呑下一大口乾麵，我含糊不清地說，「你還沒回答我剛才的問題，說吧，你是不是想拋棄我們網路新聞部，跳槽到電視台去？」

「我是這麼冷血的人嗎？」梁子衿用我的話回，「電視台跑醫療線的記者休長假去了，我替他代打。」

「原來如此。」

「再說了，我想查些事，如果有醫療記者這層身分，進出醫院會方便些。」

「那今天H女星去婦產科看診這條消息你爲什麼不自己去？」

「這種八卦新聞當然不需我出馬，陶大記者一下子就能搞定！」

說到這，無名火都竄上來了，我揮舞著筷子大罵：「都是你害的！我的微型攝影機被徐自南搶走了！」

「徐醫師搶走妳的微型攝影機？」梁子衿頗感意外。

我將今天下午發生的事告訴梁子衿，順帶轉述楊茜那不為人知的大祕密，「要是採訪楊茜的影音檔流出去那就慘了。」

梁子衿若有所思，「放心，徐醫師不會將影片流出去的，他不是那種人。」

我狐疑地挑眉，「你認識他多久？憑什麼認為他不會？」

梁子衿欲言又止，「陶子，如果某天我因為幫人保守祕密而欺騙妳，妳會生氣嗎？」

正在埋頭苦吃的我錯過他古怪的神情，沒有太過在意，「會生氣吧。但那只表示你重視那人更勝於重視我，或者你有苦衷，就算生氣最後也會原諒你。」

「陶子，多吃點。」他感動地將碗裡的滷蛋夾給我。

「話雖如此……」我用力將筷子插進滷蛋，「如果想要我原諒你，你勢必得付出慘痛的代價！」

「當然當然，誰敢欺騙妳呢？妳可是陶霸啊，呵呵……」

隔天，還沒去醫院討回微型攝影機，徐自南卻自己主動找上門來了，並且一路暢通無阻來到新聞部，還坐在VIP貴賓室裡喝茶吃點心。

「陶記者，妳男友找妳喔！」櫃臺妹妹的眼神花痴又八卦。

見了我，徐自南也不囉嗦。

「如果想拿回這玩意兒，必須答應我方三個條件。」他開門見山道，微型攝影機在他手中一拋一拋，「否則我方會通知病人，協助對你們提告。」

徐自南一定有兼差當律師，一定是這樣！

儘管內心急得跳腳，一想到微型攝影機裡有重要的訪談資料，我斂下怒氣，「如果我們辦得到，當然沒問題。」

「第一，這週末我要去山區的偏鄉部落一趟，需要記者隨行採訪。」

這年頭醫院也需要形象行銷，我理解地點點頭，「這是公益活動，立刻幫您安排最頂尖的記者團。」

「第二，記者人選由我指定。」

「那第三呢？」

「第三，不得反駁前兩個條件。」

「好。」我拿出小筆記本潦草記錄，「那請問您指定哪位記者隨行？」

他微笑地看著我，擺明公報私仇嘛。

「能不能改成去浪浪之家？」我無力地翻翻白眼，討價還價，「流浪貓狗也是一條生命……」

「不行，我不是獸醫。」徐自南斷然拒絕。

我仔細思考了一下，別說偏鄉，身為一個專業記者，刀山油鍋都得去，更何況這則新聞也不是不能做。

「好，我去就是了，不過我也有一個小小的條件作爲交換。」接收到對方願聞其詳的眼神示意，我接著說下去，「反正我們見過好幾次面了，那個相親之約你就取消了吧，我快被我媽煩死了。」

「那個相親之約本來就不是我的本意。」他如釋重負，「成交。明早六點我去妳家載妳。」

「可以跟徐醫師加LINE嗎？這樣比較好聯繫。」我拿出手機。

「我有妳的名片。」

第一次在醫院見面時，我將徐自南誤認成顧凱風，還塞了一張名片在他胸前口袋，讓他給我獨家新聞。沒想到他不計前嫌，還眞的給我獨家訪問的機會。

想到這裡，我對徐自南的好感往上加了一點點。

徐自南離去後，我回座位忙碌了一陣才猛然想起：我何時告訴過徐自南我住哪裡？

現在，倒數第三十一天

週五晚上，我先將陶寶安置在寵物旅館，不然放牠獨自在家過夜，我有點不放心。

隔天一大早，徐自南依約開車前來，我還在糾結他爲何會知道我家在哪，他卻已逕自下車，並將車鑰匙拋給我，「去偏鄉的路程太遠，我們輪流開。」

「喔。」我坐上駕駛座，直視前方，雙手緊緊地握著方向盤。

徐自南替我調整座椅、繫上安全帶，接著坐上副駕駛座，極其自然地問：「妳還是不敢開山路吧？」

「嗯。」

「別擔心，出了市區就換我開。」他長腿一伸，舒服地往椅背一靠，「我想睡一下。」

一切舉動如此自然而然，挑不出一處不合理的地方，但這樣的「自然而然」本身就是一種不合理！

懷著比昨天更加糾結的心情，清晨空曠筆直的市區道路被我開得坑坑疤疤，最後索性將車停在交流道下的加油站暫作休息。

望著徐自南的側臉，我卻不自覺想起顧凱風。

顧凱風，你在哪裡？爲什麼這個人時時刻刻會讓我想起你？我是不是已經太想你了？已經三年了，你消失得無聲無息，沒有留下隻字片語，你曾說過太陽消失前還會有八分鐘的餘暉，讓地球不至於瞬間落入黑暗，但爲什麼自你離開後，我感覺自己的生命就立刻陷入一片漆黑？太陽眞的消失了嗎？我獨自在漆黑中前行的日子是否太過漫長了？

實習記者都要跟著資深記者跑過每條線一輪，最後再依表現分派主跑路線。我剛成爲實習記者的第一個任務，就是做偏遠山區的醫療採訪。

我和資深記者、攝影三人提前一天出發，晚上住在附近村落的民宿。顧凱風知道後竟然半夜摸黑開車來找我，到的時候已屆凌晨，我以爲他有什麼急事，可是他見了我卻不說話，只是漾著淺淺的微笑。

我說：「沒事的話，我去工作了。」

他卻像個孩子一樣，抓住我的手說：「陪我，我想睡一下。」

他似乎很累，很快就睡著了，頭枕著我的肩膀，輕輕的呼吸撲在我的臉頰，我捨不得叫醒他，只靜靜地看著他，看初昇的朝陽將他的臉一寸一寸打亮。

顧凱風醒來時，天已經大亮，他十分懊惱，「又錯過日出了。」

他孩子氣的表現令我有點好氣又好笑，「你該不會是爲了看日出才跑過來的吧？」

與人約好的採訪當然因此往後推遲，爲了賠罪，顧凱風還當了一日醫療志工，盡心盡力地替村民們看病。

「徐醫師，」我輕喚，「到交流道了，接下來換你開車了。」

徐自南車開得十分平穩，我坐在副駕駛座闔上眼睛，一口氣補足了連日來不足的睡眠，直到抵達目的地，他才把我喚醒。下車之後，滿視野山巒起伏，綠意蔥蔥，我深深呼吸清新的氣息，有種說不出的舒暢，彷彿所有煩惱就此煙消雲散。

我以手圈著嘴巴，對著群山大喊一聲又一聲「唷吼」，剎那間，同樣的聲音從山的另一邊迴盪過來。

徐自南站在一旁微笑看著，我拉著他說：「徐醫師，你也叫幾聲，發洩一下情緒嘛。」

「我沒有什麼情緒需要發洩。」

「那徐醫師的人生一定很無趣。」我故作沉重地搖頭。

一個年約五、六十歲、皮膚黝黑的男子被我們的談話聲引來，「徐醫師，你來啦？這次帶女朋友來呢。」

「我不是他女朋友，我是NEWS新聞記者。」我主動遞上名片，「您是村長吧？我們前天通過電話，會採訪您幾個問題。」

「對對對，我想起來了。」村長摸摸自己光溜溜的大腦袋，呵呵笑了幾聲，

在村長的指引下，我們來到村上唯一一家診所，日式木造的老建築，牆壁油漆斑駁脫落，室內擺設宛如仍停留在日據時代，雖然老舊，卻頗有舊時光的韻味。

「這家診所的老醫師已經退休了，有醫療志工來的時候，才開放供他們使用。」村長邊領著我四處逛逛邊解說。

而徐自南熟門熟路地逕自開門看診，不一會兒，診所門口就聚集了一群大媽大嬸大叔大伯。

「徐醫師一個人忙得過來嗎？需不需要去幫忙？」我問。

村長笑著說：「我們這兒地好，老人家很少生病，門口那群堆多半只是一點小病小痛，幾乎都是來聊天的，真正走不動的那些，徐醫師會親自去巡診。」

隨著村長的介紹，我拍了好幾張相片，還和幾位前來看病的老人家聊了幾句。

吃完午餐後，徐醫師去巡診，而我坐在老診所的廊簷下寫稿。當最後一抹殘陽消失在山稜線那端，我在鍵盤上敲下最後一個字，將相片和文字稿傳送出去，此行任務就算大功告成。

山上起了濃霧，不適合下山，村長夫婦熱情地招待我們留宿，「山上晚上起霧，隔天早

上的日出就會格外漂亮。」

村長經營一家民宿，這天恰巧有一群大學生過來登山，只剩一間兩人房。

「不好意思，忘記這次徐醫師會帶個女記者來。」村長搔搔大腦袋，語氣歉然，「陶記者不嫌棄的話，跟我女兒擠一間房好嗎？」

「好。」

「不好。」

一男一女同時回答，說好的是徐醫師。

我十分坦蕩：「不用麻煩了，我和他一起住就行。」

村長夫婦離開後，徐自南才斜睨過來，「妳的意思是我睡妳旁邊也無所謂？」

「當記者的，跑新聞時有地方睡就不錯了，累了就躺，管旁邊睡的是誰。」我不以爲然地說。

洗完澡後，我穿著睡衣走出浴室，徐自南回頭看了我一眼，嘴裡罵了一聲，然後迅速地轉過身。

見他如此反應，我心中暗笑，然而等到他洗完澡，垂著濕濕的頭髮走到床邊，我就笑不出來了，尷尬得手足無措。徐自南不是新聞部那群累了倒頭就睡的大老粗，他是一個秀色可餐的男人，孤男寡女共處一室很容易乾柴烈火。

「我還是去跟村長女兒睡好了。」我趕緊說。

他冷冷地看著我：「放心，我不會碰妳，這點志氣我還是有的。」

這句話說得我有點生氣，好像我一點魅力都沒有。我抱起棉被滾到牆邊背對著徐自南。

「哼，你也不是我的菜，我可是有男朋友的，雖然我們吵了一架暫時分開了，但我還是很愛他……」我閉上眼睛，漸漸分不清是呢喃還是夢囈，「很愛很愛、很想很想他……」

不知道睡了多久，忽然一陣天搖地晃，只聽見徐自南聲音急促，伸手搖著我的肩膀說：「地震了，快跑。」

迷迷糊糊之中沒注意到他雙眸一閃而逝的狡黠，我信以爲眞，連忙爬起來穿衣服，瑟瑟發抖地跟著他走。

跑了三分鐘後我才恍然大悟：「徐自南！你個渾蛋！你騙我。」

他笑了笑，「叫妳起床看日出。」

我往遠處望過去，漆黑的山陵線描出一縷金光，漫山遍野朦朧的霧氣散去，太陽慢慢升起，千條橙色光芒從山後射出，轉瞬間，天空就被照亮了大片。

也說不清自己在想什麼，我鬼使神差地伸手從背後抱住他，將臉埋進他的外套，讓自己更貼近他的溫暖。對著他，我時常會陷入一種莫名的恍惚……

「別動，靜靜待著，」我輕聲說，「陪我看日出。」

然後他就眞的一動也不動，我靜靜聽著他的心跳，漸漸與我的心跳同步。

「徐醫師……」

「什麼？」他轉過身，低頭俯看著我，微熱的氣息灼熱了我敏感的耳根，猶如在平靜的湖水投下一粒石子，濺起圈圈漣漪，連這個擁抱也變得有點奇怪。

「沒事，只是想謝謝你，這是我第一次看到日出。」

他微微一怔，沉默了很久，才勉強勾了勾唇角：「我也是。」

「對不起，我剛才利用了你，把你當成他了。」

他沒有回話，眼睛直直地盯著我，好像要看到我的心裡去，目光似乎有著難以言喻的哀傷。我忍不住用手撫上他的眼睛，從第一次看見他這雙眼睛，我的目光就再也無法移開。

人家說眼睛是靈魂之窗，透過這雙眼睛，我彷彿看見那個我深愛的人。

明明不同的兩個人，為什麼總讓我陷入他就是顧凱風的錯覺？

我放下手，為自己突兀的舉動解釋，「你就把我這些行為當成是一時精神錯亂吧。」

看完日出，回到民宿吃過早餐，徐自南去診間整理工具，我則在民宿隨意打轉，掛滿照片的牆壁上有一張合照吸引住我的視線，照片上的男孩擺出跆拳道標準出拳架式，一旁的男人則雙手環胸，驕傲地看著不到他肩高的小男孩。

察覺我停駐的目光，村長說：「這是顧教練和他兒子，都十幾年前的老照片了啊。」

又是一件與顧凱風有關的事，這是巧合嗎？

「顧教練原本是訓練國手的教練，不知怎麼會跑到我們這窮鄉僻壤來教孩子跆拳道，他人很好，很受大家歡迎。」

即使有些害怕得知真相，我還是無法抑制好奇心，問話的語氣帶著一絲顫音，「那位顧教練現在在哪？」

「死嘍，算是英年早逝。」

「什麼時候的事？爲什麼會……死？」

「三年多前得了肝癌，他兒子帶他去美國治療，聽說捐了快一半的肝才把人給救回來，回來後就住在山裡休養，誰知道後來舊病復發，最後還是死了。」

三年前，顧凱風最難熬的時刻，我都做了些什麼？

我在玩消失、在跟他母親對抗、在跟他吵架提分手！他爲什麼不告訴我？

徐自南喊我上車的時候，我匆匆忙忙擦掉臉上的淚水。

從山上開車回平地，我卻嚴重適應不良，耳朵充滿尖銳的哨音，頭暈想吐。

頭昏腦脹的我在車上吐了好幾次，把胃裡的東西都吐個精光，徐自南在路邊停車，用濕紙巾仔細擦乾淨我的臉，然後攬過我的頭靠在他的肩膀上，小心翼翼地餵我吃藥喝水。

藥好苦，我皺起眉頭。

「沒事了，有我在。」

他撫摸了下我的前額，俯下頭，湊近我的臉，輕輕地吻上我的唇。

他的嘴唇有點乾躁，卻很柔軟，淺嘗輒止的一個吻，苦中帶澀，神奇地撫平了我心中的糾結與愧疚。

我努力撐開有些浮腫的眼睛，白色的天花板、白色的牆壁，一股消毒藥水的味道鑽進鼻腔，這裡是醫院，我扭頭環視病房，想尋找他來過的跡象。

白色的背景中，所有的細枝末節好似都被隱去，我下意識地摩娑自己的嘴唇，如果是夢，那個吻的感覺顯得太眞實，如果不是夢？那麼那人是誰？

「醒了？」

「啊——」這聲音嚇了我一跳，「原來是你。」

看清是徐自南，回想起剛才那個幾乎能以假亂眞的夢，我捂住因突如其來的刺激而狂跳的小心臟，不由自主去瞄他的唇，喉嚨有點乾澀。

徐自南走過來想幫我拔掉點滴針，我連忙用手制止，「別過來！」

他腳步一頓。

脫口而出這麼一句話後，我意識到自己似乎神經太敏感，反應太失常，慌忙別開眼睛，「我怎麼了？」

「是急速下山所引起的輕微高山症。抱歉，我沒注意到妳的身體狀況，車開得太快了。」徐自南解釋完我的病症又道了歉，接著問道：「妳還有哪裡不舒服？」

我勉強扯出一抹微笑：「我剛剛好像出現幻覺了，這也是高山症引起的嗎？」

「不是，只是人病了容易感覺疲憊。平時多注意營養多休息，不要受涼，一定得注意保暖。」他低頭拿出病歷板寫下幾個字。

「那我可以出院了？」

「可以。」他垂著頭，我看不見他的表情，卻聽出他聲音有種不同尋常的情緒，柔軟得讓人想流淚，「妳一個人要學會如何照顧自己，不然……」

手機鈴聲忽然響起，我從口袋掏出手機，才剛看清來電者的名字，就被徐自南搶過去接起。

「陶小姐得了高山症，需要在家休養幾天。」他淡淡地說完，也不管梁子衿有何反應便掛斷電話，並卸下手機電池。

看他做完一連串動作，我應該要生氣、應該要破口大罵他憑什麼擅自掛掉我的電話？但此時我只想知道剛才他沒說完的話是什麼，「不然你會擔心我嗎？」

他靜靜地收拾好器具，餵我吃完藥，才說：「待會我送妳回家休息。」

「不用麻煩了。」我擺擺手，「叫計程車就行了。」

「不行，我會擔心妳。」

這是怎麼了?他微微一笑，隨隨便便一句話，就將我費了好大的勁兒才冷靜下來的腦袋又給弄亂了。

藥效很快發作，我再度昏昏沉沉起來，連徐自南何時替我辦好出院手續，抱起我走向停車場也印象模糊。

「對了，要去寵物旅館接陶寶回來，那家旅館在……」我惦記著狗寶貝。

「還是原本那家嗎？」

「嗯，沒換。」

「我知道那家，陶寶喜歡那裡的店員姊姊。」

「對。」我緩緩闔上眼睛，「回去的時候買些碎絞肉煮給陶寶吃吧，牠等你很久了。」

「好。」他輕聲答應，抱著我的手緊了緊。

我將手環上他的脖子，頭枕在他溫暖的臂膀上，腦袋實在太昏沉了，完全沒意識到自己又把徐自南當成顧凱風了，也沒意識到我們之間的問答有多不合理、多不符合邏輯，好像……我們是久別重逢的戀人，可是，我和徐自南明明認識還不到一個月啊。

我被安全送回家躺上床，胸口悶悶的像壓著重物，睜開眼，一顆毛茸茸的白色棉花糖動了一下，然後出現兩顆骨碌碌的小眼睛，陶寶興奮地舔舔我的臉。

男人背對著大片窗戶，逆光中我看不清楚他的五官，卻能知道他微笑著，「陶寶，不要吵媽咪，來吃飯了。」

陶寶乖巧地跳下床朝他奔去。

是我久別重逢的戀人啊。

是夢境吧？所以才會幸福得想掉淚，害怕得不敢醒來……

✦

大概過去幾年累積的疲勞藉著這次高山症一次爆發，我迷迷糊糊醒了又睡，睡了又醒，這樣重復了不知道多少次，生了一場不小不大的病，多虧徐自南按時送餐並到府看診才逐漸康復。

多虧了徐自南……理智上知道他是徐自南，內心的感覺卻騙不了人，當他靠近我，呼吸深深淺淺地撲在我的臉頰上，我幾乎感覺到血管裡慌亂流竄的血液倒灌進心臟，這樣不行吧？

這是愛情嗎？還是我將顧凱風的影子投射到他身上所產生的錯覺？

但這樣的錯覺並非我單方面自作多情，某些時候我甚至覺得是他刻意誘導我生出這樣的感覺。

徐自南為什麼要指定我作為他前赴偏遠山區進行醫療服務的隨行記者？真的只是因為我去醫院偷拍而單純想整我？還是想藉由種種蛛絲馬跡引導我拼湊出某個眞相？

某個我也許早已經隱隱察覺，卻又不肯正視的眞相？

不，那不可能是眞的，是我太思念顧凱風了，是的，一定是這樣……

這一休養就歇了五天，我乾脆將所有特休一口氣請光。

「陶霸，我們需要妳。」

「小陶姊，妳再不回來，我們組就要開天窗了。」

耽擱了不少工作，再度回到新聞部後，小惠和大樹見到我時簡直要熱淚盈眶了。我連忙好生安撫兩人，並盤查了一下目前手邊的採訪進度。

Captain將我叫進辦公室，慰問我一番後說得到線報：H女星的小模男友今天生日，約了一票富三代、官三代去夜店慶生開吸毒性愛趴，如果能跟拍到，那就是大獨家。

傳說中的吸毒性愛趴？太刺激了，我立刻渾身狼血沸騰！

「小陶，這是妳從娛樂新聞一躍到政治、社會版的好機會！好好把握。」Captain對我信心喊話。

我下午事先勘查過地形，夜店門口有保安，帶著攝影機一定馬上被轟出來，便決定採用單兵作戰的方式，由我隻身深入敵窟，並且交代小惠和大樹，如果一個小時內我還沒出來就立刻報警。

換上一身緊身紅短裙裝，畫上濃妝，塗著大紅口紅，我喬裝成參加的女客潛入。

包廂裡各種光怪陸離的鏡頭都有，與會者更不只官富三代，各路牛鬼蛇神齊聚，突然角落傳出一聲淒厲的呼救。

一個年輕男人正試圖強暴某個裝扮豔麗的女孩，她的面容十分眼熟，理智告訴我不要蹚這渾水，她卻先喊出了聲，「陶霸，救我。」

竟然是曹雅妮。

被熟人認出再裝死就太不講義氣了，我想也沒想便氣勢洶洶地衝上前去。

見我一副拚命的樣子，那男人連忙想要退開，我眼疾手快地抓住他的手，給他一個過肩摔，可是我沒有時間得意，因爲那個過肩摔，我看清了他手臂上顯眼的紅魚刺青圖案。

這傢伙是當年拿刀刺傷顧凱風的小混混！

曹雅妮出現了、紅魚刺青男出現了，怎麼能少得了貂毛呢？

三個彪形大漢迅速橫擋在我身前，其中一個就是貂毛，我心中暗叫不妙，經年累月的砍殺經歷讓這些人從街頭小混混變成大流氓，臉上狠戾之氣更勝以往，早不是我能輕易招惹的角色。

敵過一個彪型大漢或許可以，但是三個……還是算了。

我轉身就跑，貂毛動作很迅速，飛快揪住了我的頭髮，毫不憐惜地將我往後一扯，我摔倒在地，裸露在洋裝外的肌膚瞬間擦出一大片血痕。

「唷，這是誰呢？是我們的老同學陶陶啊，跑那麼快做什麼？留下來跟我們敘敘舊啊。」認出是我，貂毛不改調笑的語氣，說完，他左右張望，「咦？你的小白臉男友呢？怎麼不一起來玩啊？我打個電話他。」

「我們分手了。」我緊緊咬著牙，「不用打，他不會來。」

「不試試看怎麼知道？」

貂毛一手箝制住我，一手搶過我的手機，滑了幾下就找到那組三年來我曾無數次猶豫過要不要撥通的號碼。

「小子，我是貂毛，還記得老子吧？哈哈哈，你女朋友在夜店跟我玩呢，說來真巧，幾個當年打架的老朋友都湊齊了，就欠你一個，你來不來啊？」貂毛語氣挑釁，「別讓老子等太久，還有，你要是膽敢報警，陶小妞的性命就不保了，話說經過這幾年，這妞兒越長越美了……」

掛斷電話之前，貂毛猥瑣地笑了幾聲，才報出夜店地址。

我整個人瞬間繃緊，顧凱風真的會出現？他會擔心我、會來救我嗎？

貂毛將我往包廂裡面拖，我反手抓住他的衣領，奮力抬腿一腳踹上他胯下，他反應很快，立即夾住雙腿，沒讓我得逞。

他怒瞪著我爆了一聲粗口，隨即重重給了我一巴掌。

腦袋瞬間發暈，我開始胡亂掙扎，用咬的、用抓的，大病初癒的身體很快沒了力氣。

這是我此生第一次意識到眞正的危險。

二十分鐘後，顧凱風沒有出現，推門而入的那個人卻是徐自南！

他爲什麼會來？

徐自南右手一記拐子狠狠砸向貂毛的下顎，接著毫不留情地揪住他的領口用力往下壓，同時抬起膝蓋猛然向他的腹部撞上去。

貂毛劇烈地嗆咳，口中噴出血沫，如死狗般軟倒在地上。

另一個穿著黑衣的男人拾起鐵棍從旁邊撲來。

「砰——」

我驚叫：「徐自南小心！」

徐自南頭也不回，整個人冷不防往後撞向黑衣男人胸口，轉身一拳打斷他脆弱的鼻子，再揪住他的頭髮將他的頭砸向一邊的牆。見他勢若猛虎，其他圍觀的人群不敢再靠近。

徐自南走過來要帶我離開，我緊張地問：「你受傷了？要不要去醫院？」

「我沒事。」徐自南在晦暗不明的光線中對我微笑。

我心下略鬆，忍不住主動握著他的手，他回握住我，指尖有些冰涼。

我害怕得不得了，目光毫不放鬆地盯著他的臉，「你眞的沒有受傷嗎？我剛才看到鐵棍打中你了，我們去醫院好不好？」

他輕笑，沒有回答，拉著我走出KTV，揮手攔下一輛計程車。

坐進車內，我依然握著他的手，不敢放開。

「……麻煩到市醫院。」他朝司機大哥吩咐，語調竟還很平穩，然而我掌中的那隻手卻越發冰涼。

我用另一隻空著的手，緩緩探向他一直不讓我碰觸的後腰，他眼神柔和，甚至還對我露出一個安撫的笑，「不要怕，我沒事……」

當我的掌心摸上他身後濕透的衣服時，他雙眼微微闔上，我顫抖著收回手，就著路燈望去，掌心赫然是一片觸目驚心的血紅。

我霎時無法呼吸，那片血色在眼前不斷放大、扭曲。

他抬手輕撫我的臉，再次低聲重複：「不要怕……」

我的眼淚在剎那間潰堤。

「不要怕。」他笨拙地抬手去擦我的眼淚，說話漸漸有些艱難，「……別怕。」

他慢慢閉上眼睛，鮮血浸透了他的衣服，從他身下的座位蔓延開來

「你爲什麼會來！你爲什麼要爲我做到這個地步啊！你到底是誰！」

徐自南勉力睜開眼睛衝著我笑，神情既疲憊又有一絲輕鬆：「我欠妳的，還了。」

他的眼神夾雜眷戀和哀傷，除了愛，不會有其他原因讓一個人出現這樣的眼神。

別用那種像極顧凱風的眼神看我，別說出顧凱風才會說出的話，你不知道那對我是怎樣一種酷刑！

我怔愣地望著眼前的男人，半張開口，卻發現自己已經沒有辦法發出任何聲音，有什麼梗在了喉嚨裡。

空氣被攪起劇烈的漩渦，將我拉扯至永遠不肯褪色的記憶之中，徐自南的面容和記憶中那個少年的臉孔重合。

也曾有那麼一個人，願意用他的生命保護我。

第六章 終於結束的起點

現在，倒數二十七天

等待的時間總是特別漫長。

這一夜，我握著從徐自南口袋裡掏出的手機，坐在手術室外冰涼的長椅上，盯著那兩扇緊閉的大門發愣。

從未感覺時間是這般難熬。

我有片刻不知道自己在做什麼、該做什麼？

所有的語言都失效了，我無法用精確的詞彙來表達此刻的感覺。什麼精明、理智全拋到一邊，我蜷縮著身子失態痛哭，心臟被緊緊揪著，喘不過氣來，只能不斷祈禱那人沒事……

我很害怕。

我覺得我撐不住。

我甚至不敢再去回想那片怵目驚心的血色，就這麼提著心木然地呆坐著，等著醫生帶著好消息出來。

交握在掌心的手機外殼很滑膩，按鍵凹槽內滲著還未乾透的暗紅血漬，螢幕和邊角被摔得裂開了，我無知無覺地出神了好半晌，才猛然反應過來……必須打電話通知徐自南的親人。

我查看徐自南手機的通話紀錄，想找出他最近是否曾與家人聯繫，卻發現最新一通來電是我的手機號碼，時間是幾個小時前……

我恍遭雷擊，這是徐自南的手機，也是顧凱風的手機。

耳畔響起他清晰的聲音：

「十七歲那年，我欠妳一條命。」

這是他在陷入昏迷之前最後說的話。

現在，倒數第二十一天

幸而徐自南儘管血流得多，傷勢倒不是很嚴重，手術順利結束後，醫師說只要在醫院住個五、六天就能出院。

我每天都去護理站詢問徐自南恢復的情況，卻不敢去病房見他，或者應該說，不知道怎麼去見他，最後是梁子衿拎著我一起去見他。

「該面對的還是要面對。」他這麼說。

我們在病床邊安靜坐了許久，徐自南才主動打破沉默。

「我欠妳的，還了。」

徐自南不欠我，顧凱風才欠我，但是爲什麼要由徐自南來還？爲什麼？

「因爲，我是顧凱風，不是徐自南。」他聲音很低很清晰，是顧凱風慣用的語氣，「我知道這件事很匪夷所思、難以用任何科學理論來解釋，但……這是事實，我的靈魂在徐自南的身體裡。」

這些人都瘋了，沒有人糾正這個荒唐的說法，包括梁子衿。

「你早就知情對吧？」我扭頭問他。

「所以我先前才問妳，如果我爲了幫某人保守祕密而欺騙妳，妳會不會生氣啊。」梁子衿縮縮腦袋，「要是當時我就老實告訴妳，妳會相信嗎？」

「當然不相信，這麼荒謬的事……」我應該也瘋了吧，誰來告訴我這一切只是因爲我過度思念顧凱風而產生的幻想。

「你問問他只有你和顧凱風知道的事，妳就會相信了。」梁子衿說。

我別過臉，「我不知道要問什麼，想問的事情太多了，請他從頭到尾好好將事情解釋清楚吧。」

徐自南，或者該叫他顧凱風，他的瞳孔裡有哀傷的光，如果說眼睛是靈魂之窗，透過這雙眼睛，我能看到顧凱風的靈魂嗎？

他的表情像是被我的反應刺傷，「從頭到尾？」

「對。所有你隱瞞的事情，不管眞相如何殘酷，都要一件一件向我解釋清楚。」我深吸一口氣，啞著嗓子說：「從很久以前，我們第一次相遇開始。」

從我和顧凱風第一次相遇的那一刻起，我們的命運就不由自主地纏繞在一起，衝向無法預期的未來。

他沉默了很久，才用很平靜的語氣緩緩述說：「我和妳的第一次相遇，是在父親的跆拳道館裡，當時母親因爲懷疑父親外遇，兩人吵得不可開交，父母分開後，我跟著母親生活，她很少提及父親，就算提及，也總是說他是負心漢、跟著小三跑了。」

顧凱風知道母親對父親的外遇對象做了十分過分的事，她買通貂毛那夥人向那位小姐報復潑硫酸，顧凱風的父親知情後勃然大怒，憤而拋下他們母子離去。

當時小小年紀的他去求過楊茜，請她不要透露她受傷的眞相，而恰巧經過事發現場、救下楊茜的巡警就是我的父親，於是這件事就這樣被壓下來。從此嚴珍校長彷彿將所有怨懟都轉移到兒子身上，她嚴格控管顧凱風的言行舉止，要求他事事符合她立下的規範。

每天下午五點放學，六點半補習班準時點名，晚上十點從補習班離開，顧凱風覺得自己像隻沒有靈魂的啃書蟲，每天起床睜開眼睛就是啃書頁，啃著啃著，日子也就麻木地過了。

在外人面前，嚴珍校長是個模範母親，回到家卻只會讓顧凱風把考卷、成績單拿出來，要他解釋理化、數學爲什麼沒有拿滿分、錯了哪些題目，其餘話題一概沒有。隨著時間過去，情況不但沒有好轉，嚴珍校長竟還變本加厲，隨身攜帶兒子的成績單向旁人炫耀。

顧凱風實在聽不下去那些虛假的恭維，一度在眾人面前對她失控大吼：「不要拿我的成績單當作妳的社交武器！」

聞言，嚴珍校長滿臉脹紅，瞳孔瞠大，啪地一個巴掌甩到兒子臉上，接著又是一個接一個巴掌……

從那天起，嚴珍校長不再跟顧凱風索討成績單，但她告訴他，她即將接任四中的校長，並安排他轉學到四中。一如既往，她總是擅自做下決定，從來不問過顧凱風的意見。

「我很慶幸能再度遇見妳。」顧凱風看向我，「剛開始注意妳，是被妳那些荒誕的行爲所吸引，如果我和全校最惡名昭彰的女學生扯上關係，應該會令我那校長媽媽頭痛不已，於是我不介意妳的刻意接近，甚至還主動製造機會。但事情的發展出乎我的意料，漸漸地，看妳受傷我會覺得難受，擔心妳比擔心自己更多……我弄不清楚這種感情是什麼？」

「你的意思是，你喜歡我只是爲了反抗你母親？」我自己都沒意識到自己嘴裡發出了一聲嗤笑。

「妳明知道不是這樣。」他淡淡地看了我一眼，「我是什麼時候知道自己喜歡妳的？大概是鬥毆那次，妳奮不顧身替我擋下那把刺向我的刀，當時我就發誓這輩子再也不會讓妳受傷難過。我想保護妳，想讓妳比世界上任何一個人都還要幸福，沒想到最後讓妳受傷的卻是我。」

顧凱風說，那次鬥毆事件因爲嚴珍校長的小題大作，讓我和我的家人朋友陷入了尷尬爲難的境地，雖然他阻止了我和方霏她們被退學，但嚴珍校長仍然心有不甘，暗地將這件事透露給洪議長知道，害我爸被降職，而顧凱風不僅無法將實情告訴我，還要替他母親隱瞞。

「徐自南和我是在三年多前相識，當時徐自南是醫院的實習醫師，我接到他的通知，說我父親罹患肝癌，急需換肝，母親當然不同意，但是全世界唯一能救父親的只有跟他有血緣關係的我，於是我不顧母親反對，以申請美國住院醫師訓練爲名義，偷偷帶父親到美國進行治療。母親知道後非常生氣，凍結我所有現金帳戶，幸好父親工作多年還有些積蓄。返台後，爲了讓父親好好休養，我陪在他身邊照顧他，想彌補過去那段缺失的時光，可是最後父親還是死了。」他的聲音不疾不徐，甚至聽不出悲喜。「父親告訴過我，他這幾年來一直在偏遠山區教那邊的孩子跆拳道，所以我後來才會和徐自南定期造訪山區，爲當地居民看診。」

我不發一語，只定定地看著眼前這個男人，他也直直地迎向我的目光。

「三個禮拜前，我和徐自南一同開車前往偏遠山區，途經沿海公路時，爲了閃避落石而墜海。我被困在駕駛座上，掙脫不開安全帶的束縛，以爲自己必死無疑，沒想到上天讓我的靈魂重生在徐自南身上。」

「爲什麼不早點告訴我？爲什麼要瞞著我？」我眼眶酸澀。

顧凱風輕聲說：「早在墜海之前，我就從徐醫師口中得知他父親爲他安排的相親對象是妳，便請他無論如何都要答應，我想要在那天代替他出席，給妳一個驚喜。不料卻碰上了墜海意外，在那個瞬間我想起了很多事、想起了妳，我感覺自己彷彿從身體某處剝離出來，看著徐醫師抓住我的手拚命想將我的軀體拖出車外……然後我昏了過去，醒來後卻發現我成了徐自南。」

他苦笑：「妳能想像這種情況嗎？死而復生？靈魂出竅？靈魂附身？妳從前愛看的奇幻韓劇情節竟然發生在我身上，我從難以置信、生氣、沮喪、釋懷到接受，我想上天既然這樣安排，一定有其意義，或許是因爲……」他頓了頓，然後說：「我還沒向妳做最後的道別，而妳會傻傻地一直等下去。」

這麼多年來，我第一次在顧凱風面前流下眼淚，我終於知道痛到極點不是撕心裂肺的哭號，而是無聲垂淚。

他伸手輕觸一下我的臉頰，想到什麼似的又縮回手，「後來，相親那天我不得已用『徐自南』的身分去找妳……」

「我不但遲到一個小時，還認錯相親對象。」我接下他的話，語帶哽咽地說：「後來的事陰錯陽差，徐醫師被醫院召回，而我因爲下巴脫臼被送到醫院，看見我那副瘋狂的樣子，你什麼都說不出口，在病房裡默默陪了我一整夜。隔天，見到大陣仗的新聞記者與攝影機，你沒有機會說，錯過了最好的時機，之後你更不知道如何開口了。」

「嗯，這些日子以來，我私底下尋求過各種方法想要搞清楚這是怎麼一回事，心理治療師說這可能是創傷症候群或是精神分裂，靈媒則說這是靈魂附身。不管如何，確實是『顧凱風』占用了屬於徐自南的身體，而徐自南的靈魂正在他身體某處沉睡。我知道，我不可能永遠依附在徐自南身上，時間一到，我就會消失。」他看著我的眼裡帶著深沉的悲傷，「可能今天、可能明天，可能是不久的未來。」

一切就此眞相大白，所以徐自南才會住在顧凱風的房子裡，才會知道我生理期不規律、知道我住在哪裡、知道我開車的習性，而討厭陌生人的陶寶見了他也不會汪汪亂叫，甚至還願意主動親近他。

而我也總覺得徐自南說話的語氣、看我的眼神很像顧凱風……原來這一切都不是我的錯覺。

任何字詞都不足以形容此刻我內心的震驚，但我眞的那麼震驚嗎？我不是很多次從徐自南身上察覺到不對勁？甚至很多次把徐自南認成是顧凱風？

我不是毫無知覺，我其實隱約猜到顧凱風的行蹤不明與徐自南身上散發出的莫名熟悉之間，也許會有什麼關聯，是我刻意不去想顧凱風已然死亡的可能性……

眞相太過殘酷，我怕自己承受不住，於是放任自己像隻將頭埋進沙堆的鴕鳥，以爲不看不問，就不用去面對。

顧凱風將生命最後的餘暉都拿來溫暖我，向我訴說著道別。

現在，倒數第二十一天

「我們來約會吧！」顧凱風出院那天，他用平淡的語氣對我說。

「約會？」我睜大眼睛，難以置信地望著他。

「我剩下的時間可能不多了，總要拿來完成一些以前想做卻還沒做的事情，不是嗎？」

顧凱風微笑。

「時間不多？你不是在徐自南的身體裡待得好好的？爲什麼突然說出這樣的話？」我一直都不肯去細思顧凱風墜海之後遍尋不著意味著什麼。

「我快消失了，我有種感覺，當我的身體被找到的那一刻，我的靈魂就會離開……」他雖然在微笑，可那笑容中夾雜著一絲莫可奈何。

據說人死後，靈魂只要停留在人世間四十九天。

原來自我和顧凱風再度相遇的那一刻起，時間就已開始倒數。

儘管心中萬分難受，然而再怎麼爲浪費掉的日子憂傷都沒有意義了，不如珍惜剩下所有，倘若能在這段短暫的時光裡，和他一同做過一些想做的事，那樣也很好吧。

至少……他的離去不是那麼措手不及

至少，我還能再擁有他一段時間。

彷佛要彌補過去三年未能朝夕相伴的遺憾，接下來兩個禮拜，我每天都跟徐自南見面，或者應該稱他爲顧凱風，兩人一起烹煮晚餐，一起放風箏，一起去坐摩天輪，一起看整夜的影集，都是最簡單平凡的約會。

作爲隱瞞我的賠罪，梁子衿還弄到兩張五月天演唱會的門票，「情侶必做的一百件事」清單上那些尚未完成的項目正逐項被實現。

「妳還有什麼想做的事嗎？」他問。

清單裡有一項是來一次說走就走的旅行，當初和我一同完成這個項目的是方霏，所以不能算數。

「我們去旅行吧。」我堅定地說。

多年前我就心心念念想去日本，打工存了好幾年的旅費，沒想到錢存夠了，我和顧凱風也分手了。

「既然那是妳的願望，我們就一起去完成吧！」顧凱風很認真地說，「完成妳的心願之後，能請妳為我做一件妳很不喜歡的事嗎？」

「好。」我輕聲答應。

現在，倒數第七天

我將請假單放在Captain面前，他皺眉，「又請假？而且還這麼臨時？」

「嗯，想和男友去旅行。」

「妳瘋了嗎？哪個有工作的人能說走就走？妳以為妳還是學生啊！」

我早有準備，接著遞出一封辭職信，聳聳肩，「簽假單？還是簽離職單？悉聽尊便嘍。」

不明究理的同事紛紛喝采，大家都被沉重的工作壓力壓得喘不過氣來，以為我這個舉動單純只是職場上一次任性的反叛，他們哪曉得我執意要請假的眞正緣由？

坐上飛往日本的飛機，顧凱風閉起眼睛，耳朵裡塞著耳機聽音樂，而我始終盯著他看。他像是察覺了我的目光，驀地睜眼，對我微微一笑。

窗外的雲層很厚，可是他的笑容很明亮，他拔下一隻耳機塞到我的耳朵裡。

即使事前沒有特別的旅遊規劃，只是隨興所至四處走走逛逛，旅程也很豐富有趣。我們去淺草寺參拜、去原宿吃可麗餅、去箱根泡溫泉、去明治神宮買結緣御守……雖然同住一房，但這幾天我們很有默契地不去觸碰對方的身體，儘管那是顧凱風的靈魂，但他卻是裝在了徐自南的身體裡。

回台灣的前一晚，意外在街道上見到一株早開的櫻花。

那是我第一次親眼看到綻放在枝頭的櫻花，我真希望我有一把神奇的剪刀，能將這片風景剪下來，裝進一個小盒子裡珍藏。

我低聲呢喃：「顧凱風，謝謝你回來向我做最後的道別。」

下一秒，我毫無預兆地被他抱進懷裡，他的心跳聲就在我耳邊縈繞，彷彿在提醒著我此刻的真實，我緊緊地回應他的擁抱。

只是這樣，我就已經覺得很幸福了。

顧凱風像是感應到了什麼，忽然說：「時間到了，我該走了。」

我驚慌地抬頭，抓住他的手臂，「你要去哪裡？不能一直待在我身邊嗎？」

「我的身體已經找到了，這副身體本來就不屬於我，該還給徐自南了。」

我再也無法勉強自己強作鎮定地接受一切，眼淚撲簌簌落下。

從日本回來之後，我沒有去上班，整天躺在沒有開燈的房間裡，不用任何人提醒我，我也很清楚知道——顧凱風再也不會回來了。

無論我去到何處尋找，全世界再也沒有第二個他了。

我鉅細靡遺地收藏著關於他的點點滴滴，將他安放於心中一個小小的角落，滿懷虔誠和真摯，只要還能一直將他記在心裡，那他就不算真正離開我。

天亮了，星星都去哪裡了？

「我還在這裡，只是妳看不見我。」

✦

這天終於到來了，接獲電話通知後，我終於踏出房間趕到殯儀館。

徐自南朝我走來的時候，我心中突然有一種急速下沉的感覺，我朝他擺擺手，示意他不要說了。

我不能容許任何人對他用上那個陰森殘忍的字眼。

我很想大聲地叫喊，或者是痛哭，可是真到了這個時刻我什麼都做不了。

在所有人擔憂的目光中，我推開攔下我的方霏，輕聲但堅定地說：「再晚也要見一面吧。」

眾人都上前拉住我，阻止我去見他，我不知道從哪裡來那麼大的力氣掙脫他們，那些人卻又團團把我圍住……

我發了瘋似的想要往前衝，直到聽見一個聲音說：「別去，顧凱風不會願意妳見到他最後的樣子。」

熟悉的嗓音，卻已經不是那個人，是徐自南。

我跪在地上，整個世界彷彿轟然倒塌。

如果眼淚流光能填補心中塌陷的空洞，我願意將身體百分之七十都化作眼淚。

顧凱風的遺照掛在大廳中央，我一看到那張臉差點又崩潰了，膝蓋一軟，幾乎不能站立，徐自南穩穩地托住了我，用眼神告訴我「沒關係，有我在」。

然後他攙扶著我，把我帶到嚴珍校長面前，鞠躬。

嚴珍校長哭得幾度昏厥，身爲一個母親，她卻是最後一個知道兒子死亡的消息。

看著向來優雅的婦人披頭散髮地跪坐在地上，我對她曾經有的滿腔怨懟、心有不甘和憤慨，頓時煙消雲散。

從葬禮開始到結束，我眼神茫然空洞，眼淚全數流盡，內心一片空虛荒蕪。

時間緩慢地流淌，告別日落，歷經黑夜，又是再次日昇。我的時間感變得很淡薄，即便在公司也動不動就出神，終日渾渾噩噩。

還沒放下與顧凱風的分別，不久過後，又將迎來另一場別離。

梁子衿即將前赴美聯社任職，這是他一直以來的夢想。

新聞製作中心替他辦了送行會。原本只是個小型的聚會，誰知消息走漏，連電視新聞部的同仁都趕來替他送行，臨時將中包廂換成可容納五十幾個人的大包廂，顯示出梁子衿的好人緣。

這傢伙不管到哪裡都能自體發光，順帶連身邊的人一起照亮吧。

吃吃喝喝一陣後，新來的實習生妹妹怯生生地問：「梁副總監，我一直很好奇，您爲什麼要去『美廉社』工作啊？那不是一家跟全聯、頂好一樣的百貨超市嗎？您的專業根本不在於此。」

眾人大笑，笑得實習生妹妹臉上一陣青一陣白。

「美聯社，美國聯合通訊社（Associated Press），總部在美國紐約，在全球一百二十一個國家設有辦事機構，合作夥伴包括一千七百多家報紙，超過五千家電視和廣播電台……」小惠拍拍她的肩，「妹妹，加油好嗎？」

我看著在人群中也跟著笑得很開心的梁子衿，喝了一口手上的啤酒，在冰涼的氣泡中嘗到了苦澀的滋味。

幾天後的週末夜晚，我接到了梁子衿打來的電話。

在安靜的夜裡，他的聲音聽起來有些不那麼眞切：「陶子，我現在要去紐約啦……」

「現在？」

一時之間除了沉默，我竟不知如何是好，這沉默中包含了我的歉疚，和長久以來對他的不知究竟該如何定義的感情。

我的眼淚已經爲了我最愛的人流光，再也無力爲其他人流下任何一滴點。

「不是還有一個禮拜嗎？怎麼會是今天？」

「哈哈哈，措手不及吧？我沒騙妳，妳聽……」他將手機拿遠，傳入機場特有的廣播聲，要前往紐約的旅客前往十三號登機門登機。

我明白他的意思，他其實想說，就算我想去送行，也來不及了。

「我聽國家地理頻道的記者說，非洲有個土著民族，男人可以有十幾個老婆，那地方正好適合你，祝你左擁右抱、左右逢源，天天都是極樂天堂。」

他哈哈一笑，「妳就不怕我被吃乾抹淨，再也回不來了？而且我又不是去非洲！」

「那如果我叫你留下來，你願意留下來嗎？」

「妳在向我求婚嗎？如果是的話我就考慮考慮。」

「當然不是，你別偷換概念。」我說。

「我知道妳只是嘴硬。」

「老子的拳頭更硬。」

「唉唷，我會想念妳……硬硬的拳頭的。」他大笑。

「你，有多遠滾多遠。」

像從前任何一個時候一樣，我們說著漫無邊際的玩笑話，像是離別尚未近在眼前。

手機那端傳來他爽朗的笑聲，我能想像他笑起來的表情，鏡片後的眼睛彎成一條縫，鼻翼有著小小皺褶，笑聲彷彿能趕走所有煩惱。

「梁子衿，我們還是朋友吧？」

「嗯。」

隱隱傳來催促旅客關閉手機的廣播，梁子衿嘆了一口氣，「飛機要起飛了，我得關機了，我還有一句話來不及說，發訊息給妳吧。」

現在說還來得及吧，不就一句話而已嗎？

不等我回應，梁子衿逕自結束通話。

然後他很快傳過來一則訊息：「我們不適合當朋友，還是適合當戀人。」

這算什麼？是告白嗎？

而他的第二封訊息，卻足足遲了十八個小時。

「哈哈，嚇一跳吧。其實這句話是我教顧凱風說的。」

我忍不住按下LINE的語音通話鍵，對方幾乎是立即接起。

「我飛機才剛落地耶，妳就迫不及待想我了啊？」

「少囉嗦，你什麼意思啊？」

「那時徐自南找上我，說他是顧凱風，我一開始不肯相信，便問他當年向妳告白時說了什麼？這句話應該只有天知地知妳知我知顧凱風知，他答出來了，自然驗明正身無誤。」

我啼笑皆非，「對，但也不對。」

「咦？」

「當年是我先告白的，顧凱風從頭到尾只回了一句『我也是喔』。」

「哈哈哈，木頭就是木頭，虧我還教了他那麼久，那妳告白時說了什麼？」

我想也沒想便答：「我喜歡你。」

手機那頭安靜了幾秒，隨即我清楚地聽見梁子衿說：

「我也是喔。我喜歡妳，比妳想像得還要更久喔。顧凱風是我的好朋友，也是獨一無二的存在，所以我不想當他的替代品。等到妳能接受『戀人身分』的梁子衿，我會回來。」

✦

這天下午，我們齊聚在方霏家替她慶祝喬遷之喜，她和男友攢夠了頭期款，在遠離市區的地段買了一層老公寓，老公寓沒有電梯，沒有三溫暖、健身房和豪華的空中花園，但是有一大片面山的綠意和滿室的陽光，小陽台上種滿花花草草，房間牆壁貼了很多兩人的合照。

方霏的男友從廚房端出各式菜餚，菜色樸實，大家卻都吃得有滋有味。

四太妹難得聚在一起，不，應該說是前太妹了。怡君把家裡菜市場的肉圓店經營得有聲有色，已是擁有十幾家加盟店的小老闆；淑芬高中一畢業就結婚，如今躋身爲雙寶媽，小男孩明年就要上小學，小女孩才三歲，正是黏人的年紀。

曾經我們都是讓師長頭疼的麻煩人物，好像只是一眨眼的時間，有人幸福待嫁，有人升格做母親，有人事業有成。

我曾經以爲幸福的標準全都一樣，可是現在我對於幸福的理解卻變得十分模糊。

方霏捏著小男孩圓嘟嘟的臉蛋，笑得特別痴漢、特別猥瑣，「淑芬，我可以把妳兒子當下部小說的男主角嗎？」

「他才六歲耶。」淑芬還沒答話，怡君就替她抗議。

「很可以啊，我下部BL小說要寫兒時玩伴。」

「妳自己生一個啦，看妳愛怎麼寫就怎麼寫。」淑芬餵了一口泡芙給小女孩，小男孩見狀拚命掙脫怪阿姨的懷抱，跟媽媽要泡芙去了。

「這個嘛，可能還要好幾個月……」方霏語出驚人。

不需要大家拐彎抹角追問，她很快主動揭示答案。

「各位，我和他有孩子了。」方霏坦蕩地展示還看不出隆起跡象的小腹，「雖然不在計畫之中，但既來之則安之，我們決定把他生下來。」

孕婦成語用得怪怪的，但好像又有點貼切。

她挽著男友的手，「因爲要存奶粉錢，婚禮就從簡了，不過各位姊妹們的紅包可不能從簡唷，要讓我感受到大家滿滿的友誼才行。」

我們紛紛拿起桌上的爆米花輕輕丟向他們，感嘆今天來吃這頓眞是虧大了。

該怎麼去定義我們之間的情誼呢？

朋友、姊妹、閨密還是知己？這些字詞似乎都不足以形容我們之間的關係。

她被人劈腿了，妳氣得像是自己被劈腿了；妳惹事了，教官要打電話給妳媽媽，妳報的電話號碼其實是她的，而就算沒有事先套好招，她也能心有靈犀幫妳掩蓋過去；妳被眾人指責了，她們全都無條件站在妳身邊。

就是這些女孩子，以後再也不會有別人像她們這樣，願意拿自己的青春和妳的青春攪和在一起。

我多麼希望她們都能幸福，甚至比我自己還幸福一點點都沒關係。

我原本就有些酸澀的眼睛忽然一下子眼淚暴漲，怎麼年紀越大越愛哭呢？

方霏又好氣又好笑地看著我，語氣裡帶著些許嗔怪：「陶霸，妳哭啥啊？」

「我很高興，眞的。」我擦掉眼淚，很眞誠地對她說：「妳老公要是跟妳前男友一樣又劈腿，老子第一個閹掉他！」

婚禮在邁入冬天前舉行，只簡單宴請了雙方親友，沒有大宴賓客的喧嘩，氣氛溫馨。方霏穿著一件長魚尾裙的白紗禮服，沒有多餘的裝飾，一如她簡單直爽的個性。

因爲這場婚禮帶來的溫暖，今年冬天不再那麼難熬。

✦

應該要去完成顧凱風最後的心願了，要去見那個我最不喜歡、也最不願面對的人。

我帶著顧凱風離去前交給我的東西，約了嚴珍校長碰面。

某個清靜的咖啡館裡，很長一段時間我和她都沒有出聲，該怎麼稱呼對方？該用什麼表情？該說什麼？誰也不知道要怎麼開場。

窗外的雨紛紛揚揚地飄灑著，這是這年第一場雨。

我深吸一口氣，很迂迴地開口：「嚴珍校長，您最近還好嗎？」

也許是覺得我的問題有點虛僞，她臉上浮出一抹僞裝後的堅強笑容：「妳覺得呢？」

我沒有生氣，只覺得心酸。

「陶陶。」這是嚴珍校長第一次叫我的名字，以顧凱風母親的身分，我抬起頭看著她，安靜接受她的審視。「妳變成一位出色的記者了，我承認我看走眼了，妳們都是群出色的孩子。」

我心中一動，知道她在為從前的事道歉，我有很多的話想說，但是面對一個傷心的母親，卻無法說出任何責備之詞。

「我知道您以前對我們那麼說，其實也是為了我們好。」

我們言不及義地聊了一會兒學校的事，她話鋒一轉，觸碰我們之間最害怕的話題。

「我不知道我那兒做錯了，小時候這孩子什麼事都跟我說，長大後他卻什麼事都不肯跟我說，沒想到連他離開，我也幾乎是最後一個知道。」她聲音帶點哽咽，「我不但是個失敗的妻子，還是個失敗的母親。」

我知道我接下來要問的話很殘忍，但我還是問了：「妳為妳做過的事後悔嗎？」

她怔了怔，抬起眼睛看向別處，過了半天，她才回答我：「後悔，當然後悔。我以為我捍衛了我的愛情與親情，到頭來，我所做的事卻讓我失去了所有我愛的人。」

「您其實從來沒有失去過您的兒子。」我從包包拿出錄音筆，放在她面前，「他想對您說的話都在這裡。當年您唆使小混混去潑硫酸，是他拚命請求楊茜小姐不要提告；他明知您藉由鬥毆事件讓我父親被降職，卻選擇對我隱瞞；三年前他撇下您去救父親，還有……後來發生的一些事，雖然有點匪夷所思，但也請您試著接受，這些都在這個錄音檔裡。」

「這個傻孩子，他為什麼要這麼做？」

「因為對顧凱風來說，妳是他最重要的人啊。」

嚴珍校長愕然地望著我，我知道在那一瞬間她內心有著極大的震動。

「顧凱風最後的心願，就是希望我能跟您和解。」我鼓起勇氣，「嚴校長，抱歉當年騙了您，我並沒有懷過顧凱風的孩子，也從沒有為他墮過胎，當時一切都是我自導自演，只為了惹您生氣。」

她眼睛泛著淚光，不發一言地凝視著我，靜靜地流下眼淚。

「嚴校長，對不起，您就當我還是那個調皮搗蛋的學生吧。」我撐起一抹微笑，「如果您願意原諒我，我也會願意原諒您對我父親做的事。」

「好孩子，對不起，害妳受苦了，我錯了，我真的錯了。」

經歷生離死別，傷痕累累的我們，終於學會和解與諒解。

春天，我獨自去拜祭顧凱風。

夕陽瑰麗的顏色布滿整個天空，照片上的他還是當初那個少年，我以為我會號啕大哭，可是並沒有。

或許我應該大哭一場，為了他給了我最美的初戀和最後的道別。

醞釀了這麼多時日，積攢了足夠多的勇氣，我才敢來見他，然後默默在心裡問了一句：

顧凱風，此刻你在哪裡？

是天涯海角？還是就在咫尺之間？我看不見你、摸不到你，但我知道你一定在，你可以聽見我說的話。

嫁人生子，含飴弄孫，直到年老的時候，佝僂著身子，也許我會想起在我很年輕很年輕的時候，初次愛過一個少年。

很多很多個日子過去之後，我們會再見的，在另一個地方相見。

全文完

後記
最後的感謝與懺悔

想說的話太多了，一時之間不知道從何說起，決定把向來出現在後記文末的謝詞提到前面來。

謝謝不曾放棄我的你們，謝謝你們體諒朵朵任性的突然休假停筆，謝謝這段日子遇見的人，很多事情我們曾經努力過以及正在努力中，希望未來能看得到成果。引一句陳之藩先生說過的話，要感謝的人太多了，那就謝天吧。

謝謝老天、上帝、佛祖……謝謝大家。（鞠躬）

至於POPO的責編大人，我「一點都不」感謝——

朵朵下跪懺悔了，嗚嗚嗚，對不起啊，一點都不感謝，是萬分感謝妳一直以來的鞭子和糖，不然朵朵真的要跟大家說最後的再見了。

現在來說說《最後的再見》這本書。

這個故事講的是關於「和解」與「諒解」。

我們要學著與不完美的自己和解，並且諒解他人之所以將痛苦加諸在我們身上，大多都有其身不由己的苦衷。

虐心嗎？其實還好，至少一大半都是歡脫的校園情節，只設置了一個讓大家意外、帶著一點點奇幻和懸疑的反轉。

針對這個部分，我在文中沒有解釋太多，我想既然韓劇都能出現男女靈魂互換（《我的祕密花園》）、漫畫人物穿越至現實世界（《W世界》）、孫悟空愛上唐三藏（《花遊記》）……那麼應該可以縱容我的小小天馬行空吧？陶霸是我寫過最凶猛的女主，平淡無奇的人生不適合她。

後來看了一部動畫片《大魚海棠》，電影開場十幾分鐘男主就掛了（快結束時才被復活……不劇透，有興趣的孩子可以找來看，大推），當時朋友還笑說他是史上最短命的男主角，我聽了就想，那不如我來寫個男主很快掛掉的故事吧！

關於這個結局，我已經做好被罵的準備，歡迎大家寄刀片。

相信我，這是對顧凱風和陶陶最好的結局，畢竟從一開始，無良作者就抱定主意要賜死男主，如果這不是一本愛情小說的話，書名應該是「學霸死後重生最後說再見卻再也不見」。（好長的書名啊，哈哈）

在無良作者的腦洞中，顧凱風至少會有三次瀕臨死亡的機會：鬥毆時被刀刺死、墜海死、得了遺傳性肝癌死……（這作者究竟人生有多灰暗啊，哈哈哈）

但男主仍堅強地「活」了下來，還完成了最後的心願，真是個好孩子。（這結論也太弱）

至於頗受好評的工具人男二是否會跟陶霸在一起？別傻了，他是大家的。

後記掰到這裡，還沒劇透結局，朵朵是不是很厲害？

想知道結局是什麼？別偷翻後記了呀，快點從頭看起吧。

還有，《最後的再見》藏了幾個小秘密，你們發現了嗎？可以來粉絲團跟朵朵分享唷。

對了，書裡另外埋有一個小彩蛋，就是每篇章節的名稱都來自一首五月天的歌，獻給所有五迷們^_^

最後，雖然講這句話有點肉麻，但你們是我寫下去的動力，沒有你們，朵朵眞的不在了。

謝謝，謝謝大家。（再度鞠躬）

愛你們的朵朵

國家圖書館出版品預行編目資料

最後的再見／瑪琪朵著. -- 初版. -- 臺北市；城邦原創出版 ： 家庭傳媒城邦分公司發行, 2019.01
面；公分

ISBN 978-986-96968-5-2（平裝）

857.7 107023583

最後的再見

作　　者／瑪琪朵
企畫選書／楊馥蔓
責任編輯／楊馥蔓

行銷業務／林政杰
總 編 輯／楊馥蔓
總 經 理／伍文翠
發 行 人／何飛鵬
法律顧問／元禾法律事務所　王子文律師
出　　版／城邦原創股份有限公司
台北市中山區民生東路二段 141 號 6 樓
電話：(02) 2509-5506　傳真：(02) 2500-1933
E-mail：service@popo.tw
發　　行／英屬蓋曼群島商家庭傳媒股份有限公司城邦分公司
聯絡地址：台北市中山區民生東路二段 141 號 11 樓
書虫客服服務專線：(02) 25007718・(02) 25007719
24小時傳眞服務：(02) 25001990・(02) 25001991
服務時間：週一至週五09:30-12:00・13:30-17:00
郵撥帳號：19863813　戶名：書虫股份有限公司
讀者服務信箱 email：service@readingclub.com.tw
城邦讀書花園網址：www.cite.com.tw
香港發行所／城邦（香港）出版集團有限公司
地址：香港灣仔駱克道 193 號東超商業中心 1 樓
email：hkcite@biznetvigator.com
電話：(852)25086231　傳眞：(852) 25789337
馬新發行所／城邦（馬新）出版集團 Cité(M)Sdn. Bhd.
41, Jalan Radin Anum, Bandar Baru Sri Petaling,
57000 Kuala Lumpur, Malaysia.
電話：(603) 90563833　傳眞：(603) 90576622
email:services@cite.my

封面設計／Gincy
電腦排版／游淑萍
印　　刷／漾格科技股份有限公司
經 銷 商／聯合發行股份有限公司
電話：(02)2917-8022　傳眞：(02)2911-0053

■ 2019 年 1 月初版
■ 2023 年 5 月初版 12.8 刷
Printed in Taiwan

定價／270元

ISBN 978-986-96968-5-2

POPO城邦原創 www.popo.tw　城邦讀書花園 www.cite.com.tw